Es war ein kühler Oktobermorgen im Jahre 1321. Die Sonne war schon seit einigen Stunden am Himmel zu sehen, jedoch ließ die dicke Wolkendecke die wärmenden Strahlen nicht bis auf den Boden durch. Anne-Marie hatte die ganze Nacht wachgelegen und unter höllischen Schmerzen versucht ruhig zu bleiben und abzuwarten, wie es ihr die Hebamme geraten hatte. Doch der Schmerz brachte sie fast um und ihr war bewusst, dass sie es nicht mehr lange aushalten konnte. Das Kind musste endlich kommen!

„Mutter, brauchst du noch etwas? Kann ich dir noch eine Decke holen? Oder möchtest du etwas trinken?" Joseph, der älteste Sohn Anne-Maries war sehr besorgt um seine Mutter. Er war ein rebellisches und störrisches Kind, aber als sein erstes Geschwisterkind auf die Welt kam, änderte er sich von heute auf morgen. Er war gerade sechs Jahre alt, als Gustav geboren wurde. Es war eine schnelle Geburt. Anne-Marie wurde erst spät Mutter. Das ganze Dorf nahm an, dass sie verflucht war und gar keine Kinder gebären konnte, doch dann war sie mit Joseph schwanger. Danach folgten jahrelang keine weiteren Nach-kommen, bis sie Gustav zur Welt brachte. Anne-Marie merkte am frühen Vormittag, dass ihre Fruchtblase geplatzt war und bekam Gustav schon zur Mittagsstunde. Da Anne-Marie so schnell keine Hebamme auftreiben konnte, und ihr Mann zu dieser Zeit nicht zu Hause war, musste Joseph tun, was er nur konnte, um seiner Mutter zu helfen. Demnach hatte er ein besonders liebevolles Verhältnis zu seinem Bruder. Er übernahm viele Arbeiten, die sich um das Kind drehten. Er wollte den kleinen Gustav gar nicht mehr hergeben. Er war sein Ein und Alles. Diese Fürsorge und Liebe für Gustav verschwand nie, selbst heute, achtete er mehr auf ihn, als auf irgendetwas anderes. Für Joseph war die Geburt eines Kindes ein Wunder, ein Geschenk Gottes. Er konnte sich nicht erklären, woher dieses kleine Wesen kommen mag. Sicher, aus dem Leib der Mutter, aber wie kam es dort hinein? Wie entstand es? Er hatte diesbezüglich einmal versucht mit seinem Vater zu reden, doch der verzog nur die Augenbraue und lächelte ihn spöttisch an.

„Das sollte dich noch nicht interessieren, mein Sohn! Aber du wirst schon noch früh genug dahinter kommen.", hatte er daraufhin gesagt. Sein Vater war sehr selten zu Hause. Er verließ schon zu früher Morgen-stunde das Haus und kam erst nach Mitternacht zurück. Niemand aus der Familie wusste so recht, was er den ganzen

2

Tag trieb und wo er sich herumdrückte. Seine Arbeit hatte er bereits vor ein paar Monaten verloren und Anne-Marie war sich sicher, dass er noch keine neue Stelle gefunden hatte. Denn er brachte nie schmutzige Arbeitskleidung mit nach Hause oder sah in irgendeiner Weise so aus, als hätte er gearbeitet. Wenn sie ihn darauf ansprach, wo er denn den ganzen Tag gewesen sei, murmelte er ein paar Worte in seinen Bart und meinte etwas, wie *Das geht dich überhaupt nichts an, Weib.* Anne-Marie hatte deswegen an eine Geliebte geglaubt, die er täglich besuchte. Es gab für sie keinen anderen Grund für das Wegbleiben ihres Mannes. Aber wenn Anne-Marie ehrlich zu sich selbst war, war ihr der Umstand ganz recht. Sie begehrte ihren Mann und den Vater ihrer beiden Söhne schon lange nicht mehr und schlief mit ihm nur noch aus Gefälligkeit. Er dankte es ihr, indem er ihr eine hübsche Blume mitbrachte oder ihr ein Kompliment ins Ohr flüsterte. Auf mehr war von ihm auch nicht zu hoffen. Er war nie ein Mann großer Worte oder Taten. Und wenn dann doch eine liebe Geste von ihm kam, nahm Anne-Marie sie liebend gern an. Aber selbst diese Kleinigkeiten hörten auf und nun gab es für sie nichts mehr, wofür sie ihm diesen

Gefallen noch tun sollte. Er war deswegen oft sehr wütend und beschimpfte sie, sie würde ja nun gar nichts Gescheites mehr zu Stande bringen, doch Anne-Marie war das gleich. Sie hoffte nun inständig, dass ihr Mann eine neue Willige gefunden hatte und sie ihre Ruhe vor seinen Gelüsten hatte. Doch nun erwartete sie ein drittes Kind von ihm, und definitiv auch das letzte. Sie war weit über dreißig Jahre alt und sie merkte, dass weder ihre Nerven, noch ihr Körper der Belastung standhielten. So eine schwierige Geburt, wie sie ihr jetzt bevorstand, wollte und konnte Anne-Marie nie mehr aushalten.

„Nein, mein Sohn. Ich brauche nichts, danke. Aber ich glaube, irgendetwas stimmt nicht. Hol die Hebamme! Sie soll noch einmal nach mir sehen."

Joseph ging aus dem Schlafzimmer der Eltern ins Wohnzimmer, in dem sein Vater und die Hebamme warteten. Es war nur spartanisch eingerichtet. Ein abgenutzter Sessel, ein kleiner, viereckiger Tisch, mit abgenutzten Kanten, drei Stühle darum herum und ein Regal zierten den Raum. Zu mehr hatte es nicht gereicht. Aber der Familie ging es gut, zumindest bis Vater Kaufmann seine Anstellung verlor. Die Kaufmanns gehörten zum Bürgertum und waren somit gut gestellt. Jetzt jedoch, wo keiner der Familie eine Arbeit besaß, bis auf Anne-Marie selbst, die zweimal die Woche bei reichen Patriziern als Hilfskraft für Haus und Hof beschäftigt war, aber auch nicht viel verdiente, drohte der Abstieg. Anne-Marie war darüber zu tiefst unglücklich. Sie hatte sich ihr Leben anders vorgestellt. Sie hatte Träume und Wünsche, die sich aber nie erfüllt haben und auch nicht mehr erfüllen sollten. Als Tochter eines Schreibers und einer Tochter aus gutem Hause wäre sie heute wahrscheinlich fröhlich und glücklich mit zwei Kindern im Hof umher getobt, hätte sich keine Gedanken um Geld oder die Zukunft machen müssen, außer vielleicht, hätte sie eine Tochter, dass genau diese einen guten und reichen Mann heiratete, damit auch deren Leben abgesichert war. Aber Anne-Marie war mit ihrem heutigen Ehemann durchgebrannt, als sie 16 Jahre alt war. Sie kann sich noch genau daran erinnern. Es war das Jahr 1303. Anne-Marie kannte Matthias Kaufmann schon ihr Leben lang. Sie wuchsen zusammen auf und spielten den ganzen Tag Fangen und Verstecken. Im Winter kippten sie immer einen Eimer voll Wasser auf den Boden und schlitterten auf der entstandenen Eisfläche hin und her und zählten, wie oft jeder hingefallen war. Sie hatten sehr viel Spaß miteinander, aber es war nie bestimmt gewesen, dass Matthias einmal um Anne-Maries Hand anhalten sollte. Er war nur der Sohn eines Bierschenkers und stand so weit unter ihrem Stand. So kam es auch, dass Anne-Marie der Umgang mit Matthias verboten wurde. Sie sollte sich nicht mit dem Gesindel abgeben, sondern sich für die wichtigen, interessanten Männer bereit halten. Zu dieser Zeit war es sehr wichtig gewesen, eine gute Partie zu sein, wie es ihre Mutter immer zu sagen pflegte. Denn die damaligen jungen Männer aus gutem Hause waren rar und hatten dementsprechend eine große Auswahl jungfräulicher Bräute in Spe. Anne-Marie jedoch war von Gott gesegnet, denn sie war außergewöhnlich schön. Sie hatte langes, glattes, schwarzes Haar, welches im Licht leicht rötlich schien, dazu große, offene, braune Mandelaugen und schön geschwungene Lippen. Eines Tages, kurz nach ihrem 16. Geburtstag stand Jens Bergmann, der erste Sohn des Mühlenmeisters, vor der Tür und bat um Anne-Maries Hand. Natürlich waren ihre Eltern entzückt, denn Jens war ein sehr bescheidener Mann, im Gegensatz zu den meisten reichen Söhnen der Stadt. Er war gebildet, zuvorkommend und sah recht passabel aus. Außerdem besaß er mehr als 60% aller Mühlen in Deutschland und war so nicht auf das Erbe seines Vaters angewiesen. Die besten Voraussetzungen für ein glückliches Leben! Umso mehr war die Familie über das Erscheinen des Mannes vor deren Tür verwundert, denn er war auf dem Markt der heiratswilligen Männer äußerst begehrt. Es wäre jedes Mädchens Traum, solch einen Mann zum Ehemann zu haben, aber nicht Anne-Maries. Es dauerte nicht lange, dann stand alles fest und die Hochzeit sollte in wenigen Tagen stattfinden. Anne-Marie war völlig überrumpelt. Sicher hatte sie von ihren Freundinnen Berichte dieser Art erhalten und selbst miterlebt, wie eine ihrer Schwestern verheiratet wurde, aber sie hätte nie damit gerechnet, dass alles so schnell ging. Sie kannte diesen Jens überhaupt nicht, nicht ein Wort hatte sie mit ihm gewechselt. Gefalle ich ihm überhaupt, oder war er zufällig an meiner Tür vorbeispaziert und hatte sich gedacht, die kann ich heiraten? Sie fand keine Erklärung für diese plötzliche Wendung in ihrem Leben. Hatte sie gesündigt? Vielleicht wollte Gott sie für irgendetwas bestrafen! Aber für was? Sie weinte, nächtelang. Sie war so verzweifelt, wie noch nie. Wieso hatte man sie denn nicht einmal gefragt? Hatte sie denn kein Mitbestimmungsrecht? Katrin, ihre ältere Schwester hatte es jedoch auch nicht. Sie traf ihren heutigen Ehemann bei einem Marktbesuch. Beide verstanden sich auf Anhieb und allen war bereits bewusst, dass die beiden heiraten würden. Wahrscheinlich war Katrin deshalb nicht in der Lage, in der Anne-Marie sich nun befand. Als nun die Hochzeitsvorbereitungen in vollem Gange waren, hielt Anne-Marie den Druck und die Angst vor dem, was kommen mochte, nicht mehr aus. Sie traf sich heimlich mit Matthias und erzählte ihm von der geplanten Hochzeit mit Jens. Matthias war genauso erzürnt und perplex, wie sie selbst, und schlug ihr ein Angebot vor, das Anne-Marie nicht ablehnen konnte. So brannten die beiden schließlich durch und gründeten in Regensburg ein neues, aber armes Leben, da Matthias in der fremden Stadt seinem Beruf nicht mehr nachgehen konnte.

„Bitte, kommen Sie schnell!", bat Joseph die alte Frau, die es sich auf dem alten Stuhl nahe der Feuerstelle gemütlich gemacht hatte. Vermutlich wusste sie um die Lage der Mutter und hatte sich auf einen langen Tag bei den Kaufmanns eingestellt.

„Mein Junge, deine Mutter ist noch nicht soweit. Ich habe erst vor etwa einer Stunde nach ihr gesehen. Gott will noch nicht, dass das Kind auf die Welt kommt. Dagegen kann ich nichts machen." Daraufhin führte sie ihren Becher an den Mund und nahm genüsslich einen Schluck heißen Tee, den Gustav ihr zubereitet hatte.

„Aber meine Mutter verlangt nach Ihnen! Ihr ist nicht gut und sie hat Angst. Sie meint, dass etwas nicht stimme. Bitte, sehen Sie noch einmal nach ihr!", sagte Joseph jetzt flehend. Er bekam langsam ein sehr schlechtes Gefühl. Anne-Marie hatte glasige Augen und zitterte am ganzen Körper, abgesehen von den Schmerzensschreien. Er war bei Gustavs Geburt regelrecht schockiert gewesen über die Schreie seiner Mutter. Er dachte, sie würde sterben. Er hatte ja keine Ahnung. Aber nun kannte er die Situation und merkte trotzdem, dass es nicht so verlief, wie beim letzten Mal.

Widerwillig erhob sich die alte Frau und trottete langsam und schwerfällig hinüber ins Schlafzimmer, welches dunkel und stickig war. Die Hebamme hatte angeordnet, die Fenster zu schließen und zu verdunkeln. Das würde die Mutter beruhigen, hatte sie gesagt. Die beiden Männer warteten nun gespannt im Nebenraum auf die Diagnose der Alten. Beide waren nervös und besorgt um ihre Frau bzw. Mutter, aber sie strahlten dies unterschiedlich aus. Während der eine, steif wie ein Brett, auf seinem Sessel vor dem Feuer saß und, mit dem Blick auf die funkelnde Flamme, nur ab und zu mit dem Fuß auf den Boden trommelte, ging der andere schnell und hastig im Zimmer auf und ab. Joseph verstand seinen Vater nicht. Wie konnte man in solch einer Situation nur so ruhig bleiben. Wie viel Zeit war nun eigentlich vergangen? 10 oder 15 Minuten? Was machte die Alte bloß so lange bei Mutter? Kam das Kind etwa schon? Doch plötzlich wurde die Tür aufgerissen und die Hebamme kam heraus gestürmt und bat Matthias unter vier Augen zu sprechen. Beide, der Vater nun deutlich angespannter, als kurz zuvor, gingen in die Kochnische und tuschelten angestrengt. Joseph konnte fast nichts verstehen. Alles, was er aufschnappen konnte, war: „Sie wird es nicht schaffen. Das Kind hat sich gedreht. Ich muss es holen, sofort! Wenn ich das Kind jetzt nicht hole, wird es für beide kein gutes Ende nehmen!".

1.

9 Jahre lag die Geburt der kleinen Magdalena nun her. Ihre Mutter hatte es nicht geschafft und Magdalena beinahe auch nicht. Magdalenas Vater hatte den Tod seiner Frau nicht verkraftet und brachte sich drei Monate später um, indem er sich an einem ruhigen Abend von einer Brücke in ein ausgetrocknetes Flussbett stürzte. Nun war Joseph für alles allein verantwortlich. Nicht nur für die Sicherheit und für das Wohl seiner Geschwister, sondern überhaupt für das Leben der drei. Er musste Geld für die Familie verdienen, obwohl er selbst noch fast ein Kind war. Außerdem musste er Magdalena erziehen und dafür sorgen, dass sie eine gute Gattin und Hausfrau wurde. Dies bereitete ihm die meisten Sorgen, denn was wusste er schon davon! Er war ein junger Mann, der von seinem Vater handwerklich geschult wurde, sodass er einmal eine Chance im Gewerbe hatte und vielleicht selbst Meister wurde. Joseph war definitiv mit allem überfordert, doch er wollte nicht aufgeben und seine Geschwister im Stich lassen, so wie es sein Vater tat. Sein Glück war es, dass Gustav nicht der Klügste der Familie war. So konnte Joseph leicht die Kontrolle über ihn ausüben und Magdalena

war noch zu klein, um sich gegen den Willen ihres großen Bruders zu stellen. Doch Joseph merkte schnell, dass sie eine starke Persönlichkeit hatte und nicht lange nach seiner Pfeife tanzen würde. Aber es war die Zeit des Aufbruchs für Joseph. Durch die rasante Entwicklung der Städte in den letzten 200 Jahren, resultierend unter anderem aus dem wechselnden Klima, gelang es ihm, durch die gute Schule seines Vaters, wirtschaftlich Fuß zu fassen. Um 1300–1350 ging die Mittelalterliche Warmzeit in die folgende Kleine Eiszeit über, wodurch es mehr und mehr zu Missernten kam, obwohl das neu entwickelte System der Dreifelderwirtschaft eine steigende Nahrungsproduktivität versprach. Das bäuerliche Leben war schwer und hart gewesen, das städtische jedoch blühte förmlich auf. Die Stadt bot den Menschen geistliche und weltliche Sicherheit, gute hygienische und medizinische Bedingungen, wodurch die Lebenserwartung der Menschen deutlich stieg. Weiterhin sicherte sie einen Austausch von wirtschaftlichen Erfahrungen und einfachere Möglichkeiten und Bedingungen für ein sicheres Verkaufen ihrer Waren auf dem Markt. Doch durch den enormen Bevölkerungszuwachs und die

Missernten kam es zu Beginn des 14. Jahrhunderts zu gewaltigen Hungersnöten und anderen negativen Aspekten. So gab es etliche Menschen, die es nicht geschafft hatten, eine Arbeit zu finden und nun in der Stadt umherirrten und auf Almosen hofften. Folglich stieg die Kriminalität und die hygienischen Bedingungen ließen wieder nach. Der wöchentliche Markt wurde nun mehr und mehr von Überfällen und Diebstählen belastet und auch sonst musste jeder Bürger auf sein Hab und Gut aufpassen. Doch diese Unterschicht bestand nicht nur aus armen, arbeitslosen Bettlern, sondern vor allem aus Unselbstständigen, wie zum Beispiel Tagelöhnern, Dienstboten oder Knechten. Den Gegensatz dazu bildeten die Patrizier, welche meist reichgewordene Handwerks-meister waren. Diese hatten einen Sitz und eine Stimme im Rat. Wer jedoch einmal zu der Oberschicht gehörte, war damit nicht für sein Leben abgesichert. Ein Patrizier konnte genauso gut wieder absteigen. Solch ein Abstieg war nicht selten, weil viele Reichgewordene über ihre Verhältnisse lebten. Natürlich kam diese Entwicklung nicht von irgendwo her. Das Geschäft der Handwerker und vor allem das der Fernhandelskaufleute boomte. Es gab nun eine riesige Nachfrage bei den Käufern, die folglich die Preise der angebotenen Waren in die Höhe stiegen ließ. So wurden die Patrizier immer reicher und einflussreicher. Die größte Schicht bildete aber das Bürgertum, bestehend aus Handwerkern, Beamten, Krämern oder Ackerbürgern. Dazu gehörte auch Familie Kaufmann. Josephs Vater hatte in den letzten Monaten seines Lebens alles daran gesetzt, einen Beruf als Schmied ausführen zu können und hatte durch gute Beziehungen auch eine Anstellung gefunden. In genau dieser Werkstatt begann auch Joseph seine Ausbildung, in der Hoffnung, den Laden einmal übernehmen zu können. Sein Meister war ein alter und frustrierter Mann, der sich von der Zeit mehr erhoffte, nämlich, dass er in eine Zunft aufgenommen wurde und so sein weiteres Leben gesichert wäre. Denn die Zünfte sorgten für gute Lebensbedingungen. Man hatte als Mitglied einer Zunft einen Kündigungsschutz, die Frau erhielt Witwenrente, es wurde für Gleichheit der Angestellten gesorgt und es gab keine direkte Konkurrenz mehr, da sich viele Meister zusammenschlossen. Das wäre für den alten Arbeitgeber der Traum gewesen, aber es sollte nicht sein. So hoffte er wenigstens auf einen gutlaufenden

Laden, mit vielen Aufträgen und gutem Umsatz. Natürlich war es schwer, dies neben den Zünften zu erreichen, aber er konnte sich und seine Familie über Wasser halten und sogar noch Angestellte unterhalten. So jedenfalls bildete er Joseph Kaufmann, den Sohn seines ehemaligen Mitarbeiters, aus. Joseph war ein tüchtiger und starker Mann und der alte Meister erkannte in ihm gute Führungsqualitäten, die Joseph später beweisen sollte.

Magdalena war ein agiles und fröhliches kleines Mädchen. Sie liebte es im Licht des Sonnenaufgangs im Garten zu stehen und den ersten Klängen der Vögel zu lauschen, zu sehen, wie sich die Erde langsam erhellte und die Konturen der Umgebung sichtbar wurden und zu beobachten, wie ihr geliebter Apfelbaum seine wunderschönen Blüten bekam. Von Äpfeln hielt Magdalena nicht viel. Sie waren ihr meistens zu sauer, aber die Apfelbaumblüten waren das Schönste, was die Natur jeden Frühling hervorbrachte. Nichts bereitete ihr mehr Spaß, als im umliegenden Wald spazieren zu gehen und dabei alle Blätter zu sammeln, die sie finden konnte. Anschließend saß sie mit Joseph im Wohnzimmer mit einer Tasse Kakao und identifizierte die Blätter anhand ihrer Struktur. Danach sortierten sie die Blätter und ließen sie trocknen. Dazu pressten sie sie in ein altes Buch, in dem es fast keine freie Seite mehr gab, aufgrund der schon vorher gepressten Blätter. Wenn Magdalena dann schlief, schlich sich Joseph heimlich ins Wohnzimmer, in dem das alte Buch lag und entsorgte die ältesten Blätter, für die es sowieso keine Verwendung gab. Da Magdalena diese Untat jedoch bemerken würde, weil die ersten Seiten des Buches dann frei gewesen wären, sortierte Joseph die Blätter von Anfang an neu ein. Dieser Vorgang kostete ihn nicht weniger als eine Stunde der Nacht und am nächsten Morgen war er auf Arbeit so ausgelaugt, dass es ihm schwer fiel, sich zu konzentrieren. Wenn die beiden Geschwister am Vortag besonders viele Blätter gefunden hatten und Joseph in der Nacht noch länger für das Neusortieren gebraucht hatte, konnte es auch passieren, dass er bei der Arbeit einschlief. Aber Joseph achtete darauf, dass Magdalena nicht allzu viele Blätter mitnahm, sodass er in der Nacht weniger zu tun hatte. Einmal hatte Magdalena den Schwindel bemerkt. Sie war außer sich vor Wut und Enttäuschung. Joseph hatte ihr erklärt, warum er die getrockneten Blätter entfernte, aber Magdalena hörte gar nicht hin. Sie empfand es als die gemeinste Sache, dass ihr Bruder ihre Leidenschaft einfach wegwarf.

„Dann nehmen wir eben noch ein Buch, damit wir mehr Blätter trocken lassen können, einverstanden?", versuchte er sie zu beruhigen, „Wo sollen wir denn sonst hin mit den vielen Blättern? Fast jeden Tag sammelst du Unmengen, die alle aufgehoben werden müssen, obwohl du sie wahrscheinlich schon in hundertfacher Ausführung zu Hause hast!"

„Aber ich schmeiße deine *ach so wertvollen* Steine ja auch nicht einfach weg!", hielt sie dagegen. „Nur, weil es MEINE Blätter sind! Du gehst mit allem, was nicht dir gehört, so sorglos um!"

„Meine Güte, Magdalena!", sagte er nun gereizt, „Ich sammle ja auch nur Steine, die in meiner Sammlung fehlen! Aber du nimmst ja alles mit! Von den 20 Blättern, die wir vorgestern gefunden haben, sind 15 Blätter von der Eiche! 15 Blätter von ein und demselben Baum. Das muss doch nicht sein. Da ist es doch verständlich, dass ich einige entferne. Oder nicht?" Er wusste, dass er recht hatte und sie wusste es auch. Aber Magdalena war nicht der Typ, klein bei zu geben. Im Inneren verstand sie, was er sagen wollte und es war auch logisch, aber sie war zu stolz, um es einzugestehen.

„Aber…", begann sie, „ aber, wenn ein Riese nun Menschen sammelt. Und ausgerechnet du bist unter ihnen. Wie würdest du es denn finden, wenn er dich am Abend einfach wegwirft, nur weil er schon 20 deutsche Menschen hat!"

„Das ist doch etwas ganz anderes! Wir sind Menschen und keine Blätter, Magdalena! Ich will jetzt auch nicht über solch einen Schwachsinn reden." Damit ging er und auch die Gewohnheit, zusammen durch den Wald zu streifen, um Blätter zu sammeln. Magdalena war der Unterschied zwischen Menschen und Blättern wohl bewusst, aber es ging ihr um´s Prinzip. Die Blätter waren ihm nicht wichtig, sie war ihm nicht wichtig. Er hätte sie fragen und mit ihr zusammen aussortieren sollen. Aber es waren eben nur Blätter. Am nächsten Morgen hing der Haussegen immer noch schief. Joseph schien noch wütend zu sein und sprach mit seiner kleinen Schwester kein Wort beim Frühstück.

„Bist du immer noch böse auf mich?", fragte Magdalena schließlich. Natürlich war er das, aber sie versuchte die quälende Stille mit dieser Frage zu brechen. Joseph schien jedoch keine Lust zu haben, das Thema wieder aufzuwühlen und schwieg weiter, während er sein Brötchen aß. Er sah an diesem Morgen besonders schlecht aus. So sah er nur nach einem anstrengenden Arbeitstag aus, wenn er wieder einmal die schweren Rohstoffe zu seiner Werkstatt tragen musste, in der sie dann weiter verarbeitet wurden. Aber wenn Joseph ausgeschlafen war oder gar frei hatte, sah er sehr gut aus. Diese Schönheit hatte er wohl von seiner Mutter geerbt, im Gegensatz zu Gustav, der alles andere als hübsch war. Dadurch, dass sich Joseph in seiner Freizeit oft im Freien aufhielt, war seine Haut leicht gebräunt, sein Haar war zu einem schönen Mittelbraun ausgebleicht und seine Gesichtszüge schienen weich und freundlich, durch den Dreitagebart jedoch sehr männlich. Auch seine Figur musste er keineswegs verstecken, da er seinen Körper durch die schwere Arbeit täglich trainierte. Joseph war der beste Bruder, den sich Magdalena hätte vorstellen können. Er war ein fürsorglicher, warmherziger, geduldiger aber auch ein selbstbewusster und charmanter Mann. Wenn einer der beiden Geschwister Hilfe brauchte, egal in welcher Beziehung, war Joseph sofort da und half, wo er konnte. So lag es nicht fern, dass er ständig auf Marktbesuchen von Mädchen angestarrt und angelächelt wurde. Aber Joseph hatte keinerlei Interesse an Frauen, zumindest nicht in dem Maße, als würde er nach einer zukünftigen Ehefrau Ausschau halten. Sicherlich gab es die eine oder andere Intimität mit einer Magd oder einer Tochter seiner Kunden, aber für mehr war er nicht zu haben. Denn er hatte mit sich selbst und vor allem mit seinen Geschwistern genug zu tun, sodass es für eine Frau keinen Platz gab. Magdalena jedoch glaubte, dass die Richtige ihm noch nicht über den Weg gelaufen war. Joseph war viel zu stolz und sich seiner bewusst, als dass er sich mit einer Hure oder einer so unscheinbaren, hässlichen oder dummen Tochter eines armen Mannes, von dem er dann auch auf keine große Mitgift hoffen konnte, zufrieden gegeben hätte. Er wollte etwas besseres, denn er war es auch, obwohl sein derzeitiger Stand etwas anderes verlauten ließ. Joseph aber war sicher, dass er eines Tages Meister seines Berufes sein würde und sich ihm dann ganz andere Sphären öffnen würden. Wie gesagt, er war äußerst geduldig!

„Ach komm, eigentlich müsste ich doch sauer auf dich sein!", versuchte sie erneut.

Als wieder keine Antwort von ihm kam, erhob sie sich und ging hinaus in den Garten. Sie konnte seinen Blick förmlich auf ihrem Rücken spüren und wusste, dass der Streit ihm genauso zu schaffen machte, wie ihr.

Der große Garten war direkt von der kleinen, aber geräumigen Kochnische zu erreichen. Man stieg einige Stufen herab und stand auf der weitflächigen Wiese. Eigentlich sollte eine Terrasse das Gartenbild vollenden, aber dazu war es, als Anne-Marie starb, nicht mehr gekommen. Magdalena stand noch einige Sekunden an der Stelle und stellte sich die Terrasse mit einem Tisch und vier Stühlen vor. Das Mobiliar sollte weiß sein, mit grünen Auflagen auf den Stühlen. Um die Terrasse herum sollten Blumenbeete gepflanzt sein, die sowohl Tulpen, als auch Nelken nährten. Ja, das wäre schön gewesen, dachte sie. Sie ging in Richtung Wald, in die sie immer wanderte. Der Wald war nur wenige Minuten zu Fuß entfernt. Hier fand sie stets Ruhe und Zuflucht. So oft es ging, machte sie ausgedehnte Spaziergänge im Wald, weil sie hier sie selbst sein konnte und vor allem allein war. Zu Hause war sie ständig in der Obhut ihrer Brüder, die nichts Besseres zu tun hatten, als ihr vorzuschreiben, was sie zu tun habe. *Mach endlich deine Aufgaben im Hof! Willst du nicht noch ein bisschen Nähen üben? Wenn du nichts zu tun hast, dann wasch die Wäsche!* So war es nur im Hause Kaufmann. Und Magdalena war es leid, den beiden Männern ihren Kram hinterher zu räumen. Sie sah sich schon in 10 Jahren ausgelaugt und ausgebrannt eine Schar an Kinder pflegen und betreuen und sich gleichzeitig um ihren Mann und dessen Bedürfnisse kümmern. Bei diesem Gedanken schüttelte es sie am ganzen Körper. War das ihre Lebensaufgabe? War sie deshalb auf die Welt gekommen? Musste ihre Mutter dafür sterben? Nein, das konnte nicht sein! Sie musste doch zu mehr im Stande sein, als das, was Schicksal fast aller Frauen war. Sie kannte ihre Mutter zwar nicht, aber von den Erzählungen ihrer Brüder wusste sie eines, sie wollte nie so werden wie sie. Von ihrer Nachbarin bekam Magdalena die wichtigsten hauswirt- schaftlichen und mütterlichen Handwerke gezeigt. Beispielsweise, wie man richtig putzt, wie man gutes Essen zubereitet, wie man näht und strickt. Aber nicht, wie man rechnet, schreibt, ließt oder was in der Welt passiert, wo Afrika liegt oder wer der König von Dänemark war. Das alles hatte ein Mädchen nicht zu interessieren. Die meisten

Mädchen interessierten sich auch nicht dafür, aber Magdalena schon! Wenn sie nach der Schule bei Frau Müller, ihrer Nachbarin, in der Stadt umherschlich, schnappte sie nur Brocken auf. So auch dieses Mal, als sie auf den Markt geschickt wurde, um Brot zu kaufen: Der *junge König aus England hat seine Mutter und deren Geliebten gestürzt! Es heißt, der Earl of March sei hingerichtet worden und seine Mutter habe Arrest. Nun ist er nicht nur theoretisch König, sondern auch praktisch!* Der König von England. Was muss das für ein Mann sein, der seiner eigenen Mutter Schaden zufügt.

Magdalena hatte nicht viel Zeit, darüber nachzudenken. Sie musste sich beeilen, weil sie am Nachmittag wieder einmal ein heimliches Treffen mit Herrn Müller hatte. Herr Müller war ein Gelehrter und ein überaus kluger und weiser Mann. Er war Schreiber für den ehemaligen Herzog von Oberbayern und Pfalzgraf bei Rhein und danach für dessen Sohn gewesen. Seine Dienste wurden immer noch ab und an in Anspruch genommen, sodass er weiterhin einen guten Kontakt zum Pfalzgrafen pflegte. Da das Paar aber nun in die Jahre gekommen war und ihre letzten Abende in Ruhe und Frieden verbringen wollte, gingen sie zurück in die Heimatstadt Frau Müllers. Magdalena hatte das Glück, dass der alte Mann Kinder sehr gut leiden konnte und sein Wissen gern weiter trug. Herr Müller hatte der Familie Kaufmann schon oft angeboten, Gustav zu unterrichten, da es seiner Meinung nach wichtig sei, in der heutigen Zeit gebildet und wissend zu sein. Doch Gustav hatte andere Vorlieben und Interessen und war der Ansicht, dass eine Allgemeinbildung für seinen späteren Berufswunsch nicht erforderlich war. Daraufhin war Herr Müller zu tiefst beleidigt und vermied jeglichen freundschaftlichen Kontakt. Doch als die 9 jährige Magdalena nun täglich das Haus der Müllers besuchte, um, wie beschrieben, die Qualitäten einer guten Hausfrau und Mutter zu erlernen, änderte sich Herrn Müllers Meinung. Er war so verzückt von dem kleinen naiven Mädchen, dass er ihr jeden Wusch erfüllt hätte. Die Müllers waren kinderlos. Dies lag nicht nur an der ständigen Abwesenheit des Herrn, sondern vor allem an der Unfruchtbarkeit Frau Müllers. Umso mehr freute sich der in den Ruhestand getretene Herr über die Gesellschaft des kleinen Mädchens. Eines Tages versuchte Frau Müller Magdalena das Kochen beizubringen. Doch Magdalena, wie beschrieben erst neun

Jahre alt, hatte weder das Interesse, noch das Talent dafür und machte alles falsch, was nur falsch zu machen ging.

„Du dummes Ding!", schimpfte Frau Müller. Sie hatte keine Geduld und war auch nicht geübt im Umgang mit Kindern, wie sollte sie auch. Das bekam Magdalena oft zu spüren.

„Es tut mir sehr leid, Frau Müller. Ich werde meinen Bruder fragen, ob er Ihnen eine neue Schale besorgt. Es tut mir schrecklich leid! Ich habe so etwas noch nie gemacht. Ich weiß nicht, wie das geht. Mein Bruder Joseph macht das Essen bei uns sonst immer.", jammerte sie, während sie die Scherben der zerbrochenen Schale zusammen suchte. Als Frau Müller ihr dann noch deutlich zu verstehen gab, dass sie nicht auf das Geld ihres Bruders angewiesen waren und wie beleidigend das für Leute wie die Müllers sei, stürzte Magdalena weinend hinaus in den Hof des Ehepaars. Es dauerte nicht lange, bis der Herr des Hauses von der Geschichte hörte und sich tröstend zu dem Mädchen setzte.

„Das alte Weib ist fertig mit ihren Nerven. Du brauchst dir auf ihre Meckereien nichts einbilden. Was du falsch machst, ist das

Resultat ihres Versagens als Lehrerin, weißt du!" Er lächelte und bot ihr eine Birne an.

„Hier, nimm diese Birne. Es ist die erste, die ich dieses Jahr gepflückt habe. Normalerweise ist die Zeit der Birnen schon vorüber, aber dieses Jahr scheint wohl alles ein bisschen länger zu dauern."

„Wieso, was denn noch?", fragte Magdalena und biss genüsslich in die grüne Birne, nachdem sie sich ihre schmutzigen Finger an ihrem hellblauen Kleid abwischte.

Herr Müller erzählte ihr von den Ereignissen in England, vom König, von seiner Zeit beim Herzogen, seiner schulischen Ausbildung in einer Kathedralschule, eigentlich von seinem ganzen Leben. Für Magdalena war das eine ganz andere Welt. Eine Welt, die sie nie für möglich gehalten hatte. Sie war nicht nur interessiert, sondern regelrecht fasziniert von dem, was Herr Müller berichtete. Und Herr Müller war froh, endlich einen geduldigen Zuhörer gefunden zu haben.

„Wissen Sie, was mich schon lange beschäftigt? Ich habe in der Stadt schon viel von den Habsburgern, den Luxemburgern und den Wittelsbachern gehört. Aber wer sind die? Warum bekämpfen sich die drei Parteien. Und wie kam es zu unserem Kaiser? Ich habe diesbezüglich schon oft meinen Bruder gefragt, aber der schüttelt nur den Kopf und lacht mich aus."

„Nun ja, mein Kind, das ist eine komplexe und schwierige Thematik, die du angesprochen hast." Er schien kurz zu überlegen, wie er es dem Mädchen erklären konnte. Er berichtete von dem legendären Stauferkaiser Friedrich II. und von dem beginnenden, mit dessen Tod am 13. Dezember 1250, Interregnum im Heiligen Römischen Reich.

„Weißt du, was das ist, ein Interregnum?", fragte er Magdalena nun. Magdalena sah zu ihm auf und nickte bejahend. Sie hatte keine Ahnung. Nach einem kurzen Zögern fuhr der alte Mann fort. Es herrschte eine Zeit der Instabilität mit mehreren Königen und Gegenkönigen, in der vor allem die Macht des Kurfürstenkollegiums gestärkt wurde. Das Interregnum endete erst 1273 mit der Wahl Rudolfs von Habsburg zum König. Nach Auseinandersetzungen mit dem König von Böhmen, Přemysl Ottokar II., den Rudolf in der Schlacht auf dem Marchfeld am 26. August 1278 besiegte, erwarb er Österreich, die Steiermark und die Krain und legte so die Grundlage für den Aufstieg des Hauses Habsburg zur mächtigsten Dynastie im Reich. Jedoch gelang es ihm nicht, die Kaiserkrone zu erlangen. Daneben gab es aber noch zwei weitere mächtige Dynastien, nämlich die Luxemburger und die Wittelsbacher. Seine beiden Nachfolger, Adolf von Nassau und Albrecht I., standen im Konflikt mit den Kurfürsten. Adolf versuchte ohne großen Erfolg in Thüringen Fuß zu fassen. Er verlor schließlich in der Schlacht von Göllheim 1298 sein Leben. Aber auch Albrecht I. unterhielt kein gutes Verhältnis zu den Reichsfürsten. Seine Annäherung an Frankreich war ihnen alles andere als recht. Albrecht konnte sich behaupten, wurde 1308 aber von einem Familienangehörigen umgebracht. Noch im gleichen Jahr wurde Heinrich VII. aus der Luxemburger Linie zum König gewählt. Dieser wurde als erster römisch-deutscher König nach Friedrich II. zum Kaiser gekrönt. Heinrich versuchte ein letztes Mal, das Kaisertum in Anlehnung an die Staufer zu erneuern, jedoch verstarb er schon ein Jahr später. In Deutschland hatte er sich gegen die Ausdehnung Frankreichs gestemmt und die Eintracht der großen Häuser erreicht.

„Und wie ging es dann weiter?", fragte Magdalena interessiert.

1314 kam es dann zu einer Doppelwahl. Unser Kaiser konnte sich schließlich durchsetzen. Bald aber kam es zu einem schwerwiegenden Konflikt mit dem Papst. Dieser verweigerte ihm nämlich die Anerkennung und überzog ihn mit Ketzerprozessen. Daraufhin ließ sich unser Kaiser im Jahr 1328 vom römischen Stadtvolk zum Kaiser des Heiligen Römischen Reiches wählen und setzte seinerseits einen Gegenpapst ein.

„Das ist aber ganz schön kühn von unserem Kaiser gewesen.", gab Magdalena zu.

„Ja, das stimmt. Er setzt alles daran, die eigene Machtbasis möglichst im Hinblick auf ein Wittelsbacher Erbkaisertum zu vergrößern."

„Unglaublich! Ich würde auch gern mehr über Kultur, Geschichte und Philosophie wissen. Aber das ist wohl nicht meine Bestimmung.", gab Magdalena zu. Sie ließ den Kopf hängen und versuchte sich mit ihrer Situation und mit ihrem Schicksal abzufinden.

„Nein, das ist nicht deine Bestimmung, Herzchen. Du solltest eher bemüht sein, deinem Bruder zu helfen, ihn zu unterstützen, damit er seinen Beruf gut ausüben kann. Natürlich solltest du dir auch einen guten Mann suchen, bei dem du dann vielleicht auch selbstständig Aufgaben erledigen kannst, wie zum Beispiel Produkte auf dem Markt verkaufen. Viele, oder die meisten Frauen unterstützen ihre Männer im Beruf oder führen selbst Geschäfte." Aber er bemerkte sofort, dass sich Magdalenas Gemüt trübte und sie den Tränen wieder nahe war.

„Aber, wenn du so gern möchtest, kann ich dir ein bisschen was beibringen. Ich hoffe nur, du bist dir über die Ehre, die dir gebührt, auch bewusst. Dein Bruder war es offenbar nicht!" Dabei kräuselten sich seine Lippen und sein Blick wurde starr. Er war anscheinend sehr über die Ablehnung seines Angebots enttäuscht und verletzt. „Überleg es dir gut. Und wenn du möchtest, können wir nach deinem Unterricht meiner Frau noch eine Stunde oder zwei Stunden Lesen, Schreiben und Rechnen üben."

„Das wäre fantastisch! Oh ja, bitte! Bitte, Herr Müller. Ich möchte das alles wirklich sehr gern lernen. Ich wäre Ihnen sehr dankbar!" Mit einem zustimmenden Nicken und einem Lächeln erhob sich der alte Mann, schaute auf das weite Land hinaus, an dessen Ende die wärmende Sonne des Tages bereits begonnen hatte unterzugehen und ging schweigend ins Haus.

2.

Monate vergingen und erste Herbststürme zogen auf. Magdalena war allein zu Hause. Gustav trieb sich irgendwo herum und Joseph war bei der Arbeit. Sein Meister hatte einen guten Auftrag für sich gewonnen und so mussten die beiden jeden Tag länger arbeiten, um der Arbeit gerecht zu werden. Magdalena legte sich eine warme Decke um, machte Feuer und ließ einen Topf Wasser für heißen, frischen Tee warm werden. Es blitzte. Magdalena erschrak. Sie fürchtete sich bei Gewitter. Der helle Blitz und der laute Donner ließen sie jedes Mal zusammen zucken. Oft schon dachte sie über dieses Naturschauspiel nach, aber sie konnte sich nie erklären, wie so etwas zustande kommt.

„Hallo, Magda." Joseph kam klatschnass zur Tür herein. Durch den laut tobenden Wind hatte Magdalena ihren Bruder nicht kommen hören.

„Joseph, zum Glück. Sieh, was draußen schon wieder los ist." Sie stand am Fenster vor der Feuerstelle und starrte nach draußen. Die Bäume schienen fast aus der Erde gerissen zu werden, so stark bogen sie sich.

„Ja, ich weiß. Ich habe mit jedem Mitleid, der sich bei diesem Unwetter draußen befindet." Er streifte seine nasse Jacke ab. Magdalena sah zu ihm herüber. Er wirkte nachdenklich.

„Was überlegst du?", fragte sie schließlich.

„Wohin ich meine Jacke lege.", gab er lächeln zu.

Magdalena lachte. „Ach, gib her.", sagte sie und nahm ihrem Bruder die tropfende Jacke ab. Sie hing sie im Nebenraum auf. „Wie läuft es auf Arbeit?", fragte sie Joseph, als sie zurück kam und das brodelnde Wasser im Topf in eine Kanne goss.

„Nichts neues, Magda." Er schniefte. „Nur das übliche, du weißt schon."

„Na du bist ja nicht gerade gesprächig."

„Ach, es war einfach ein anstrengender Tag. Ich bin müde und erschöpft." Joseph ließ sich in den Sessel fallen und atmete lautstark aus. „Wo ist eigentlich Gustav?"

„Ich weiß es nicht. Als ich von den Müllers kam, war er bereits weg. Vielleicht hat er ja eine Verabredung?" Magdalena kam mit der Teekanne zurück und stellte zwei Tassen bereit. Sie schmunzelte über ihre eigenen

Worte und auch Joseph konnte sich ein Schmunzeln nicht verkneifen.

„Wir sind gemein, Magda.", sagte er dann.

„Wieso gemein?", erwiderte sie, „Wir haben nichts böses gesagt."

„Ach komm, so absurd ist es doch gar nicht."

„Doch Joseph, das ist es." Beide mussten lachen. Sie liebten ihren Bruder, aber beide hielten es nicht für möglich, dass sich auch nur ein Mädchen der Stadt auf ihn einlassen würde. Er war kein schlechter Mensch, aber er war definitiv nicht der Traum aller Mädchen. Es blitze erneut und kurz darauf ertönte ein krachendes Geräusch. Magdalena zuckte zusammen.

„Komm her, Magda!" Joseph rutschte an den Rand des Sessels und bedeutete seiner Schwester, neben ihm Platz zu nehmen. Magdalena wartete nicht lange und eilte zu ihrem Bruder. Sie kuschelte sich neben ihn und schmiegte sich an ihn. Sie fühlte sich sicher. Sicher und geborgen. So war es immer. Joseph breitete die Decke aus und warf sie schwungvoll über sich und seine Schwester. Eine Weile starrten beide schweigend auf das flackernde Feuer.

„Du, Joseph?", fing Magdalena an.

„Hm."

„Wie entsteht so ein Unwetter eigentlich? Ich meine, wie geht so etwas?" Joseph bewegte sich nicht und wendete auch seinen Blick nicht vom Feuer.

„Du stellst Fragen!" Er überlegte. „Ehrlich gesagt, weiß ich das auch nicht genau." Er sah zu Magdalena hinunter, die sich noch immer an seine Brust kuschelte. Er erkannte ihre Enttäuschung in ihrem Gesicht. Dann richtete er sich ein bisschen auf und setzte an: „Aber ich glaube, dass sind die Götter." Magdalena sah auf.

„DIE Götter?", fragte sie. „Wir haben doch nur einen."

„Ja, aber früher glaubten manche Menschen an mehre Götter. Auch heute gibt es diese Menschen noch."

„Wie soll das gehen, Joseph?" Magdalena schien die Worte ihres Bruders nicht zu verstehen.

„Vor sehr, sehr vielen Jahren lebten weit im Süden Menschen, die daran glaubten, dass es außer ihnen noch andere Wesen gibt, die über sie wachen und sie beschützen. Wie eine große Familie. Und jedes dieser Familienmitglieder hatte eine besondere Fähigkeit. Verstehst du? Es gab nicht nur einen, der die Welt und alle Menschen erschaffen hat, sondern eben viele, die das gemeinsam geschaffen haben. Das waren die Götter."

„Magdalena schaute ihren Bruder argwöhnisch an. „Du willst mich doch veräppeln!"

„Nein, Magda. Es war wirklich so. Vielleicht ist es auch heute noch so. Ich weiß es nicht. Jedenfalls gab es beispielsweise einen Gott, der die Meere beherrschte, den Gott des Lichtes, den des Himmels, den der Sonne oder den Gott des Todes. Aber es gab auch Göttinnen. Zum Beispiel gab es die Göttin der Natur oder die der Fruchtbarkeit, aber natürlich auch die Göttin der Schönheit und der Liebe."

Magdalena glaubte ihrem Bruder kein Wort, aber ihr gefielen die Geschichte und die Vorstellung, dass eine göttliche Familie über die Menschheit und die Natur wacht. Sie sah es pragmatisch. Dank der Arbeitsteilung hatte nicht einer allein die gesamte

Verantwortung und musste nicht alles allein regeln.

„Und was hat das jetzt mit dem Unwetter zu tun?", fragte sie.

„Nun warte doch ab.", gab er zurück. „Es gab auch einen Göttervater."

„Einen Göttervater? Ach Joseph, hör auf mit dem Quatsch!"

„Weißt du, was dieser konnte? Er konnte Blitze abfeuern!" Magdalena schloss die Augen. Die Stimme ihres Bruders wurde immer leiser, aber sie lauschte der Geschichte weiter bis sie sich in stiller Dunkelheit befand.

„…und deswegen blitzt und donnert es am Himmel." Josephs Arm war eingeschlafen. Er zog ihn vorsichtig unter seiner Schwester, die schnarchend schlief, hervor und stand vorsichtig auf. Das Gewitter schien wegzuziehen. Der Donner war nicht mehr so laut und der Wind ließ ein wenig nach. Behutsam hob er Magdalena hoch und griff nach der Decke, die zu Boden gefallen war. Wie schwer sie geworden war, dachte er sich, als er sie in ihr Bett brachte.

„Hatte er auch eine Frau?" Joseph sah Magdalena an. Ihre Augen waren geschlossen. Sie musste träumen. Joseph lächelte, weil er nun wusste, dass seine Geschichte sie anscheinend doch mehr bewegte, als sie selbst dachte.

3.

Magdalena ging nun schon seit fünf Jahren bei den Müllers ein und aus, hauptsächlich wegen des Unterrichts bei Herrn Müller. Das Spektrum an dem, was ihr verborgen bleiben sollte, war ihr alles andere als bewusst. Sie hatte ja nicht den geringsten Schimmer, was in der Welt vor sich ging. Magdalena hörte von den Klosterschulen und sogar, dass es einige Universitäten gab, die jedoch für sie niemals zugänglich sein sollten. Warum nur, dachte sie enttäuscht. Nur weil ich ein Mädchen bin darf ich nicht lernen und einen Beruf ausüben? Die Welt oder besser die Gesellschaft schien ihr so ungerecht. Warum müssen denn Frauen Kinder bekommen? Magdalena war nun 14 Jahre alt und befand sich in einer Phase, in der sie alles und jeden in Frage stellte. Oft fand sie Rat bei ihrem Lehrer oder ihrem Bruder, doch auf alle Fragen hatten die Beiden keine Antwort, weil sie darüber auch gar nicht nachdachten, sondern es einfach so hinnahmen, wie es nun einmal war. Aber auch die Arbeit bei Frau Müller lohnte sich. Magdalena war nun gelehrt in allen Bereichen des Haushalts und des Hofes. Natürlich gefiel das besonders ihren beiden älteren Brüdern, die sich nun getrost zu

Hause zurück lehnen und der Frau des Hauses alles Anfallende überlassen konnten.

Magdalena war gerade damit beschäftigt, die Feuerstelle zu säubern, da es am Vorabend sehr kalt und stürmisch war und die Familie Wärme im Feuer suchte, da klopfte es an der Haustür. Magdalena war verwundert über den frühen Besuch, denn normalerweise traf sich Joseph abends mit seinen Freunden auf einen Schluck oder sie gingen zusammen aus. Sonst besuchte sie keiner weiter und schon gar nicht zur frühen Morgenstunde. Magdalena machte ihr Gesicht und ihre Hände schnell mit einem Tuch sauber, da ihre Haut überall mir Rußflecken übersät war. Wie sah sie überhaupt aus? Schnell rief sie etwas wie *Ich bin gleich da*. Vielleicht war es ja der nette Fleischersjunge. Magdalena verharrte kurz vor dem Spiegel und stellte sich vor, wie er mit einer Tulpe in der Hand vor ihrer Tür stand. Dann wurde sie von einem erneuten Klopfen aus ihren Gedanken gerissen. Sie strich sich die blonden Haare glatt und öffnete dann die Tür.

„Oh, hallo! Mit dir hätte ich nun überhaupt nicht gerechnet.", sagte sie erstaunt. Vor ihr stand eine gute Freundin aus Kindeszeiten.

„Komm doch bitte rein!", bat sie und hielt ihrer Freundin die Tür auf. Margarete sah furchtbar aus. Sie hatte geweint, das war nicht zu übersehen, denn ihr sonst schmales Gesicht wirkte aufgedunsen und war feuerrot. Ihre Augen waren verquollen, es schossen noch immer einzelne Tränen heraus und kullerten über ihre Wangen.

„Meine Güte, was ist denn passiert? Du siehst ja furchtbar aus!" In diesem Moment überkam es Margarete erneut und sie weinte hemmungslos, während sie einzelne Brocken in den Raum warf, die Magdalena aber nicht verstand.

„Beruhige dich erst mal! Ich verstehe kein Wort von dem, was du sagst. Ich mache uns erst einmal einen Tee, in Ordnung?" Magdalena brachte das Wasser, welches sie aus dem Brunnen im Garten geholt hatte, zum Kochen und schaute dabei ins Wohnzimmer, wo sich Margarete langsam erholte und sich nun in den Sessel fallen ließ. Sie wirkte völlig verwirrt und nicht bei sich. Als das Wasser endlich heiß war, gab Magdalena schnell ein paar Kräuter dazu und begab sich mit den Bechern zu Margarete, die sich sofort über das heiße Getränk stürzte, als hätte sie tagelang keinen Schluck Wasser bekommen.

„Pass auf, der ist noch heiß!" Doch da war es schon zu spät und Margarete hatte sich die Zunge verbrannt.

Ein langes, unangenehmes Schweigen entstand. Magdalena sah ihrer Freundin den Kummer an, er sprang ihr regelrecht ins Gesicht, aber Margarete schien nun so zu tun, als gäbe es nichts Besonderes, als wäre sie rein zufällig an dem Haus vorbei gekommen. Magdalena war nun langsam genervt. Warum konnte Margarete nicht einfach ihre Sorgen loslassen, deswegen war sie ja wohl gekommen. Ständig musste Magdalena ihrer Freundin alles der Nase heraus ziehen.

„Also, was ist denn passiert?", begann sie nun.

„Ach, sieht man mir das wirklich so sehr an?", sagte sie ehrlich bedrückt. Eine kurze Pause folgte. Es sah so aus, als müsste sich Margarete wirklich stark überwinden ihrer Freundin zu erzählen, was geschehen war. Sie fummelte nervös an ihrem Kleid herum und strich es sich ständig glatt. Ihre Augen bewegten sich schnell hin und her, als würde sie den Raum innerhalb von Sekunden bis ins Detail abspeichern wollen.

Dann atmete sie tief ein, sah Magdalena traurig an und begann zu berichten.

„Mein Vater will mich mit dem Wirtssohn verheiraten! Er hat es mir vorhin gesagt. Er meinte, ich würde sowieso keinen Besseren finden und solle nicht noch länger unnütz im Hause wohnen. Kannst du dir das vorstellen, Magda? Wie kann er nur? Ich bin gerade 15 Jahre alt, ein Kind! Ich habe solche Angst. Ich will das nicht, ich bin doch noch gar nicht bereit dazu! Hilf mir, bitte! Ich bin verzweifelt und ich weiß mir keinen Ausweg"

„Oh mein Gott, Liebes! Aber ich dachte, dein Vater könne den alten Wirt nicht ausstehen! Warum dann dessen Sohn?"

„Ich weiß es nicht. Das ist es ja. Das schlimme daran ist, dass Hendrik nicht einmal um meine Hand angehalten hat, sondern mein Vater den Wirt regelrecht überreden musste, dass dieser der Hochzeit seinen Segen gibt! In der Stadt heißt es sogar, er habe dem Wirt eine enorme Summe an Mitgift versprochen! Ich glaube bald, mein Vater will mich um jeden Preis loswerden. Kann er mich denn kein Stück leiden?" Und Margarete brach erneut zusammen. Hendrik, der Sohn eines alkoholsüchtigen, alten, fetten Mannes, der auch noch, zu seinem Unglück, direkt an der Quelle saß, war nicht nur genauso hässlich wie sein Vater, sondern, durch die Geschehnisse zu Hause und die Alkoholsucht seines Vaters, äußerst verbittert und frustriert. Er hatte bis jetzt, Hendrik war zu diesem Zeitpunkt 18 Jahre alt, noch nichts zustande gebracht. Er war faul, arrogant und völlig kritikunfähig. Er schob diese Tatsache auf seine schwierige Kindheit mit seinem jähzornigen Vater. Er meinte, diese 18 Jahre überstanden zu haben, sei schon die größte Kunst, die es überhaupt gibt. Also warum sollte er sich noch zusätzlich Probleme und Schwierigkeiten aufhalsen. Er lebte sonst ja sehr gut! Aber der alte Wirt war nicht dumm. Er wusste genau, was sein intriganter Sohn vorhatte und versuchte nun, ihm, mit dieser Heirat, einen Strich durch seine Rechnung zu ziehen. Hendrik nämlich wusste, dass sein Vater nicht mehr lange leben würde und er, Hendrik, dann die Schenke, die gut besucht war, übernehmen würde. Sein Vater jedoch wollte genau das verhindern, weil dann seine gesamte Arbeit über Jahre hinweg binnen weniger Monate zerbrechen würde. So zwang er seinen Sohn nun, sich mit seiner Ehefrau eine neue Bleibe zu suchen und zu sehen, wie er sich und sie durchs Leben kriegen will. Natürlich hatte er schon oft an solch einen Plan gedacht, aber nicht mit Margarete! Sie entsprach nun gar nicht den Vorstellungen seines Vaters, denn ein bisschen Geschmack hatte er auch und suchte eine Frau, die zwar dumm, aber schön sein sollte.

Als Magdalena ihre Freundin nach Hause brachte und sie verabschiedete, hielt sie einen Moment inne. Zu diesem Zeitpunkt wurde Magdalena zum ersten Mal wirklich bewusst, was es hieß, ein Mädchen zu sein, und dass nicht sie, sondern in ihrem Fall ihr Bruder entscheiden würde, wen sie zum Mann nimmt und wen nicht. Sie konnte die Angst und Verzweiflung ihrer Freundin zwar nicht nachvollziehen, aber erahnen. Wie schrecklich muss es sein, jemanden zu heiraten, den man nicht nur nicht kennt, sondern nicht ausstehen kann? Doch die Heirat an sich war wohl nicht das Furchtbarste!

In Gedanken versunken ging Magdalena den Weg zurück nach Hause. Es dämmerte schon und es war kalt. Magdalena fröstelte. Sie ging ein wenig schneller, damit sie es noch vor Einbruch der Dunkelheit nach Hause schaffte. Der Weg war nicht weit. Sie überquerte den Marktplatz und bog dann links in eine schmale Gasse ab. Als sie gerade abbiegen wollte, erkannte sie in der Ferne einen jungen Mann, der zusammen mit anderen Jungen an einer Kreuzung stand.

„Holger!", rief Magdalena dem jungen Mann zu. Sie lief auf ihn zu und machte vor der Truppe halt.

„Hallo, Magdalena." Magdalena bemerkte, dass er ein bisschen rot wurde. Sie lächelte und erhielt ein Lächeln zurück. Er nahm sie am Arm und führte sie ein Stück weg von seinen Freunden. Anscheinend war es ihm unangenehm mit ihr vor seinen Kumpels zu reden.

„Störe ich etwa?", fragte Magdalena irritiert.

„Nein, nein. Überhaupt nicht. Aber Sie wissen doch wie die sind." Magdalena verstand nicht, was er meinte, aber für ihn waren die Worte anscheinend die perfekte Erklärung.

„Wie geht es Ihnen? Ich habe Sie lange nicht auf dem Markt gesehen."

„Ja, ich weiß. Mein Bruder Gustav geht jetzt immer hierher. Die Aufgabe wurde ihm von

Joseph aufgetragen, weil er ja sonst nichts macht." Magdalena lächelte und schaute schüchtern auf. Hatte Holger es ebenfalls als Scherz verstanden oder dachte er, sie würde sich über ihren Bruder auslassen. Aber Holger lachte.

„Ich verstehe. Ich hatte mir bereits Sorgen gemacht. Sie hätten erkrankt sein können oder womöglich", er hielt inne und wurde plötzlich ernst, „verheiratet."

„Verheiratet? Nein, nein. Nie im Leben." Magdalena musste bei dem Gedanken lachen. An die Heirat, ihre Heirat hatte sie noch nicht eine Minute lang gedacht. Sie fragte sich eher, wann ihre Brüder endlich eine Frau finden würden. Bei dem Gedanken kam Magdalena sofort wieder ihre Freundin in den Sinn. Sie würde niemals heiraten, dachte sie sich.

„Magdalena?" Holger riss sie aus ihren Gedanken.

„Entschuldigung. Es ist nur.", Magdalena überlegte, „Ach nichts."

„Darf ich Sie ein Stück begleiten?", fragte Holger und wurde erneut rot.

„Aber gern." Gemeinsam gingen die beiden den Weg bis nach Hause. Sie plauderten über alles Mögliche, die steigenden Marktpreise, Holgers Berufswunsch und seine Zukunftsvorstellungen, aber auch über Magdalenas Wünsche vom Leben. Es war ein sehr angenehmes und vertrautes Gespräch und zum ersten Mal spürte Magdalena eine Veränderung in ihrem Körper, die sie nicht einordnen konnte. Es war ein komisches Gefühl, fremd, aber angenehm. Dieses Gefühl ließ sie über Scherze lachen, die eigentlich gar nicht komisch waren, es trieb zu einem unaufhaltsamen Redefluss, der untypisch für sie war, es brachte sie dazu, aufrecht zu gehen und auf ihre Gestik zu achten, und es machte sie traurig, als sich die beiden vor Magdalenas Haustür verabschiedeten.

„Ich wünsche Ihnen eine gute Nacht, Magdalena Kaufmann." Er hatte ihre Hand genommen und hielt sie nun in seiner.

„Ich wünsche Ihnen auch eine gute Nacht, Holger Werner." Magdalena lächelte unentwegt. Eine beklemmende Stille machte sich breit.

„Ich muss reingehen." Sie löste ihre Hand aus seiner und ging die drei Stufen zur

Haustür hinauf. Vor dem Eintreten drehte sie sich noch einmal zu Holger um. Er stand immer noch an Ort und Stelle und schaute zu ihr hinauf. Sein Blick hatte sich verändert. Er war warm und liebevoll und seine Augen strahlten. Selbst in der mittlerweile herrschenden Dunkelheit konnte Magdalena es sehen. Sie winkte ihm zu und ging dann hinein. Ihr Herz pochte und sie zitterte. Sie musste sich einen Moment hinsetzen, da ihre Beine nachzugeben drohten. Als sie sich ein wenig beruhigt hatte, ging sie in den Essbereich. Der Geruch von frischem Tee stand in der Luft. Auf dem Tisch standen zwei Tassen, von denen eine benutzt war. Die Tür zum Garten stand offen und eisiger Wind wehte hinein. Verärgert über ihre Brüder, die die Tür anscheinend nicht geschlossen hatten, ging Magdalena zu ihr, um sie zu schließen.

„Da bist du ja. Ich wollte gerade losgehen, um nach dir zu suchen."

„Joseph!" Magdalena war überrascht, ihn hier draußen sitzend zu sehen.

„Komm rein, es ist furchtbar kalt hier draußen!" Aber er regte sich nicht. Magdalena ging die Stufen hinab und setzte sich neben ihren Bruder.

49

„Hier, nimm einen Schluck." Er reichte ihr eine Tasse mit dampfendem Tee."

„Danke. Wem gehört die andere Tasse, die drinnen auf dem Tisch steht?", fragte sie.

„Gustav, aber der ist schon zu Bett gegangen. Er sagt, er wäre krank. Schon wieder."

„Joseph, es tut mir leid, dass du dir Sorgen gemacht hast. Ich habe mich mit Margarete getroffen. Es geht ihr sehr schlecht und sie brauchte mich zum Reden."

„Ich wusste gar nicht, dass Margarete jetzt einen Kurzhaarschnitt trägt und dich verliebt wie eh und je anstarrt." Magdalena wurde rot. Joseph hatte sie mit Holger gesehen.

„Holger habe ich auf dem Rückweg getroffen. Er war so freundlich und hat mich nach Hause gebracht." Magdalena nippte an dem Tee und sah ihren Bruder schuldbewusst an.

„Bist du böse auf mich?", fragte sie vorsichtig.

„Nein." Joseph drehte sein Gesicht zu ihr und lächelte. „Holger Werner also?" Auch Magdalena lächelte. Dann wandte sie ihren

Blick nach oben. Der Himmel war sternenklar.

„Schau, wie sie funkeln!" Magdalena war fasziniert. Auch dies war ein Wunder der Natur, welches sie sich nicht erklären konnte.

„Siehst du diese Sterne da?", fragte sie Joseph, der ihrem Blick gefolgt war. Er rechnete bereits damit, dass sie ihn fragen würde, was Sterne sind und wie sie entstehen würden und überlegte sich, was er antworten könnte.

„Wusstest du, dass Sterne kosmische Körper aus Gas sind?" Verblüfft sah Joseph seine Schwester an.

„Wie bitte?", fragte er nach.

„Ja, das stimmt. Und dieses da,", sie zeigte auf ein Sternzeichen, welches aus fünf Sternen bestand, „ist das Himmels-W." Magdalena zeigte auf das Sternebild. Als sie merkte, dass ihr Bruder sie immer noch irritiert ansah, stupste sie ihn an und bedeutete ihm, ihrer Hand zu folgen. Perplex sah er hinauf und zu seiner Überraschung erkannte er tatsächlich ein W in diesem Sternebild.

„Unglaublich! Woher weißt du das?"

„Herr Müller hat es mir verraten." Magdalena war stolz, ihrem Bruder auch einmal etwas zeigen und erklären zu können.

„Was hat er dir denn noch alles verraten?"

Magdalena lächelte ihren Bruder nur an, aber er verstand sofort und sah ebenfalls lächelnd wieder nach oben. Beide saßen noch eine Weile nebeneinander auf der Treppe und genossen den Moment der Zweisamkeit unter dem prachtvollen Sternenhimmel.

4.

„Hoch soll sie leben, hoch soll sie leben, dreimal hoch!"

Magdalena hatte das Gefühl, als wäre das Familienleben noch nie harmonischer gewesen. Joseph und Gustav hatten eine unvorstellbar schöne Torte organisiert, die sie ihrer kleinen Schwester nun voller Stolz präsentierten. Sie war zweistöckig und mit einer Schokoladenglasur überzogen. Bei diesem Anblick lief Magdalena sprichwörtlich das Wasser im Mund zusammen. Ihr war zwar etwas schleierhaft, warum um ihren 15. Geburtstag solch ein Gewese gemacht wurde, aber sie wollte an diesem Tag nicht darüber nachdenken, sondern genoss die Aufmerksamkeit.

„Ich freue mich so! Womit hab ich das nur verdient?" sprach sie lauthals aus, als Joseph die Torte gerade auf einen kleinen Tisch in der Kochnische abstellte und dabei war, ein Messer zu suchen. Da Magdalena es nun nicht mehr abwarten konnte, endlich ein Stück zu verzehren, sprang sie ihrem Bruder zur Seite, griff das Messer und schnitt ein großes Stück heraus. Schnell sah sie ihren Bruder über die Schulter an und konnte seinen Blick sofort deuten. Er sagte nichts mehr, als *wir wollen auch etwas abhaben.* Schuldbewusst gab sie ihrem Bruder den Teller mit ihrem Stück und schnitt zwei weitere ab. Während Magdalena damit beschäftigt war, zwei Teller aus dem Schrank zu holen, ging Joseph mit seinem zurück ins Wohnzimmer und machte es sich vor dem Feuer bequem. Es war ein furchtbarer Tag, was das Wetter betraf. Ein kühler Oktobertag, wie Magdalena ihn lange nicht erlebt hatte. Es war bitterkalt und regnete unaufhörlich.

„Bring bitte noch ein Stück mit!", rief Joseph.

„Natürlich, oder denkst du, ich würde unseren Gustav verhungern lassen?", sagte sie und trat soeben in das Wohnzimmer mit den Tortenstücken. Sie stellte die beiden Teller auf dem kleinen Tisch ab, der der Familie schon ewige Jahre Treue bewiesen hat, obwohl er aussah, als würde er keinen einzigen Tag mehr von allein stehen, und musste sich ein Grinsen verkneifen. Sie wusste, dass der Scherz ihren Bruder wie eine kleine Nadel direkt ins Herz traf. Gustav war regelrecht fett geworden. Er arbeitete nun in einer Bäckerei als Knecht und stopfte sich so jeden Tag ein Biskuit nach dem anderen in seinen Körper.

„Nein, ich meine noch ein Stück. Wir bekommen heute noch Besuch.", sagte Joseph betont beiläufig.

„Oh, na gut. Ich mache noch einen Teller fertig." Dann drehte sie sich um und ging zurück in die Küche. Wer sollte denn noch kommen? Margarete vielleicht? Oder doch der Junge vom Fleischer! Holger. Sie hatte ihn lange nicht gesehen.

„Wer besucht uns denn noch? Margarete? Ich hoffe doch nicht, dass dieser... wie heißt er noch gleich... Holger? Ich hoffe nicht, dass dieser Bursche noch kommt!" Natürlich hoffte sie es, aber das konnte sie ja nicht zugeben. Sie musste lachen. Die Vorstellung, dass Holger an ihrem Geburtstag vorbei kommt, während ihre Brüder im Haus sind, war unvorstellbar witzig. Was würden die beiden wohl sagen? Wahrscheinlich wäre es Gustav egal. Aber wie würde Joseph reagieren. Vielleicht will Holger auch um ihre Hand anhalten. Wieder musste sie schmunzeln. Das wäre zu schön. Nie hätte sie gedacht, einmal solche Gedanken zu haben, aber nun. Vielleicht war ein Leben als Hausfrau doch nicht schlecht. Als jedoch keine Antwort kam, ging sie ein paar Schritte zurück und schmulte ins Wohnzimmer, doch keiner ihrer Brüder schien bewegt zu sein, ihrer Frage überhaupt Aufmerksamkeit zu schenken.

Dann ging sie mit einem weiteren Teller in der Hand wieder ins Wohnzimmer. Gerade wollte sie ihre Frage wiederholen, als es an der Tür klopfte. Magdalena wurde plötzlich ganz mulmig. Sie begann zu schwitzen. Sie konnte nicht auf einer Stelle stehen, sondern trat von dem einen Fuß auf den anderen. Sie war aufgeregt!

Schnell erhob sich Joseph und sah Magdalena an. Sein Blick wirkte betrübt, fast traurig.

„Joseph, was…", doch er schnitt ihr das Wort ab.

„Setz dich und benimm dich anständig!", sagte er, während er zur Tür ging. Davor blieb er kurz stehen, als würde er überlegen, was als nächstes zu tun war und öffnete schließlich.

Nun war Magdalena noch aufgeregter. Aber sie spürte, dass etwas nicht stimmte. Josephs Blick verhieß nichts Gutes. Was sollte sie nun tun? Konnte sie überhaupt etwas tun. Schnell warf sie Gustav einen erwartungsvollen und fragenden Blick zu, in der Hoffnung, er würde ihr beruhigend zuschmunzeln. Aber dieser starrte nur aus dem Fenster, als wäre er abwesend.

Dann vernahm sie Stimmen. Die eine war definitiv Josephs, und die andere? Sie hatte sie schon einmal gehört. Was hatte das zu bedeuten? Ging es überhaupt um sie? Vielleicht war es ein Kunde von Joseph oder ein alter Freund? Auf jeden Fall handelte es sich um einen Mann. Und dann schoss es ihr in den Sinn.

Ich soll verheiratet werden! An meinem Geburtstag! Oh nein, nein. Magdalena wollte schreien und wegrennen, aber sie war wie angewurzelt und konnte sich nicht rühren. Als die Schritte näher kamen, sah Magdalena angstvoll hoch und sah eine hochgewachsene Figur. Er sagte irgendetwas zu ihr, doch sie konnte ihn nicht verstehen. Um sie herum war plötzlich alles verschwommen und begann sich zu drehen. Sie hielt sich an dem Stuhl fest, weil sie das Gefühl hatte, jeden Moment umzukippen. Wie konnte er ihr das nur antun? Er hätte mit ihr reden müssen. Erste Tränen liefen über ihre Wange. Sie hatte Angst. Was, wenn...

„Magdalena? Sieh doch, wer sich extra den Weg gemacht hat!" Als sie jedoch immer noch nicht reagierte, griff Joseph verlegen nach ihrem Arm und zwang sie so, aufzustehen.

„Guten Tag, Magda, und einen wundervollen Geburtstag wünsche ich Ihnen. Ich hoffe doch, Sie sind nicht allzu sehr über meinen Besuch erstaunt. Es ist sehr lange her, seit wir uns zuletzt gesehen haben." Dabei drehte sich der Besucher fragend zu Joseph und erwartete irgendeine Reaktion von ihm. Magda? Hat er Magda gesagt? Nur Margarete und meine Brüder nennen mich so.

„Holger! Oh, bitte entschuldige. Ich war wohl gerade nicht bei mir! Wie schön, dass Sie gekommen sind. Möchten Sie einen Tee? Ich habe für Sie schon einen Teller mit der besten Torte der Welt bereitgestellt. Machen Sie es sich bequem. Ich bin gleich mit dem Tee zurück!"

Holger lächelte verlegen und setze sich neben Gustav auf eine kleine Holzbank. Er musste zugeben, dass er leicht aufgeregt war. Nein, eigentlich raste sein Herz und drohte jeden Moment heraus zu springen. Er hatte erst gedacht, Magdalena würde sich über seinen Besuch nicht freuen. Sie schien fast geschockt zu sein. Hatte er denn die

Zeichen so missverstanden. Das Lächeln auf dem wöchentlichen Marktbesuch. Das Interesse, wenn sie sich auf der Straße begegneten und sich dann kurz über seine Arbeit unterhielten? Er blickte sich in dem kleinen Raum um und versuchte die Zeit der Stille für eine intensive Erkundung des Raumes zu nutzen. Doch es gab nicht viel zu erkunden. Es stand ein Sessel in dem Raum, auf dem ein anscheinend missgelaunter junger Mann saß, der seinem Blick außergewöhnlich stark auswich. Dann gab es den äußerst kleinen Tisch, der mit Abstand der Hässlichste war, den Holger je gesehen hatte, auf dem drei Teller standen, auf denen nur noch ein paar Krümel lagen, und ein vierter mit einem wirklich lecker wirkenden Stück Torte. Um diesen Tisch waren vier Stühle und eine Holzbank, auf der er saß, platziert. Neben der Feuerstelle hing ein Bild. Es musste schon alt sein. Auf ihm waren vier Menschen zu sehen, die draußen standen. Hinter ihnen erstreckte sich ein Waldgebiet. Es musste ein schöner Tag gewesen sein, denn die Sonne schien, der Himmel war wolkenlos und die Menschen lachten. Sie lächelten nicht, sie lachten. Bei dem Anblick musste Holger selbst lachen. Zumindest bis auf das kleinste Kind auf dem Arm eines Jungen. Es wirkte verärgert, als wenn es schmollte. Aber trotzdem zerstörte es den Anschein der Fröhlichkeit nicht im Geringsten. Nach kurzem Überlegen fiel Holger auf, dass es sich um die Familie Kaufmann selbst handelte. Der erwachsene Mann schien der Vater zu sein, der kleine Junge, Joseph, das schmollende Kind, Magdalena, und der zweite Junge an der Hand des Vaters, Gustav. Das war aber auch das einzige Bild. Bilder waren sehr kostspielig. Maler forderten einen hohen Preis für ihre Künste. Wahrscheinlich hat die Familie für dieses Portrait ein Vermögen ausgegeben. Aber Holger musste zugeben, dass der Künstler zu Recht als Solcher bezeichnet werden konnte.

Die Stille war unerträglich. Keiner der beiden Männer wechselte auch nur ein Wort mit ihm. Warum hatten sie ihn dann überhaupt eingeladen? Er wünschte sich nur, dass Magdalena schnell zurück kommen würde.

Magdalena platzte fast vor Glück. Er war es also wirklich! Sie hatte sich diese Szene tausend Mal in ihrem Kopf vorgestellt, es aber nie für möglich gehalten. Und nun war er da, saß nur ein paar Schritte von ihr entfernt. Ihr war zum Schreien zu Mute, aber sie musste sich fassen und ganz normal sein. Nach ihrem missglückten Auftritt gerade, kam sie sich dämlich und kindisch vor. Also strich sie ihr Haar zurück, kniff sich schnell in die Wangen, stellte sich aufrecht und gerade hin, nahm die Tasse mit dem Tee und stolzierte in das Wohnzimmer zurück. Beim Hinsetzen versuchte sie so würdevoll und vornehm wie möglich zu erscheinen. Sie wollte ja ein gutes Bild von sich abgeben.

Als sie das behagliche Schweigen im Raum wahrnahm, räusperte sie sich und fragte: „So, womit habe ich denn die Ehre verdient, dass Sie uns besuchen kommen. Sie wussten doch sicherlich nicht, dass heute mein Geburtstag ist, oder etwa doch?" Natürlich wusste sie, dass auch er es wusste. Joseph musste ihn eingeladen haben und er wird sicherlich auch erwähnt haben, dass sie Geburtstag hatte.

„Nun, meine Liebe.", er verschluckte sich, tat aber so, als müsste er husten. War er auch nervös?

„Mir wurde allerdings berichtet, dass dieser Tag ein Besonderer ist. Und, nun ja, da dachte ich mir, dass es doch ein erfreuliches Ereignis ist und ich dies mit Ihnen zusammen zelebrieren sollte." Ihm war ganz deutlich anzumerken, dass er sich nicht wohl fühlte. Alles an ihm wirkte gespielt und der Text auswendig gelernt.

Dann meldete sich plötzlich Gustav zu Wort: „Also, nun sagen Sie schon, warum Sie hier sind!" Erstaunte Blicke wanderten durch das Zimmer. Magdalena, die natürlich geschmeichelt war, starrte ihren Bruder an. Joseph erschrak, stöhnte dann leise und wandte seinen Blick zu dem Gast. Dann erhob sich Holger schlagartig, als hätte er nur auf das Kommando gewartet, und kniete sich vor Magdalena hin, der die Luft weg zu bleiben schien.

„Liebste Magda, ich weiß, wir kennen uns nicht lang. Naja, genau genommen, eigentlich gar nicht," ‚er grinste verlegen, „aber die kurze Zeit mit Ihnen hat meine Gefühle beflügelt, wie ich es noch nie erlebt habe. Jedes Mal, wenn wir uns begegnet sind, wurde ich zutiefst nervös und benahm mich fast wie ein Trottel, dabei waren Sie stets so voller Anmut und Klasse, wie eine Adlige! Ich kann nicht aufhören an Sie zu denken, ich muss mich regelrecht dazu zwingen, verstehen Sie? Ich weiß nicht, wie ich es sagen soll, aber ich möchte gern mit Ihnen mein Leben verbringen. Ich würde mir sonst nie verzeihen, Sie gehen gelassen zu haben. Deshalb erweisen Sie mir bitte die Ehre und nehmen mich zum Manne." Er zitterte, am ganzen Körper und in seinen Augen standen Tränen. Er meint es tatsächlich ernst! Magdalena verschlug es die Sprache. Sie saß steif auf dem Stuhl und es schien ihr, als wäre ein Film an ihr vorbei gezogen. Hatte er gerade um ihre Hand angehalten? Oh Gott, ja, das hat er! Sie wusste nicht, ob sie weinen oder lachen sollte und entschied sich einfach für beides.

„Ja, bei Gott! Ja, ich möchte Sie zum Manne nehmen. Keinen anderen will ich!" Und sie fielen sich in die Arme.

5.

„Wo bleibt der Wein?"

„Ich bin gleich da. Beruhige dich!" Magdalena füllte gerade den Wein in fünf dafür vorgesehene Becher, stellte sie auf ein Brett, das als Tablett dienen sollte, und begab sich in den Wohnbereich.

„Hier, bitte sehr Männer. Das Essen dauert auch nicht mehr lange." Sie stellte jedem von Holgers Freunden einen Becher auf den Tisch und warf ihrem Mann dabei einen finsteren Blick zu. Sie war verärgert, nein, sogar wütend auf ihn. Jeden Abend das gleiche Spiel. Die Männer trafen sich, ließen sich vollaufen und spielten Karten, bis spät in die Nacht. Nicht nur die Funktion als „Dienerin" ärgerte Magdalena, sondern vor allem die ungehobelte Art der Männer, wenn sie zu viel Wein getrunken hatten. Sie schrien, lachten, machten vulgäre Witze und verloren am zunehmenden Abend immer mehr ihren Anstand, vergaßen ihre gute Erziehung und fingen an, Magdalena als Objekt der Begierde darzustellen. Ständig musste sie sich frauenverachtende Sprüche anhören, sich beleidigen lassen oder schlimmer noch, den dreckigen Händen der Betrunkenen ausweichen.

Aber Magdalena versuchte die Fassung zu wahren. Sie war eine gute Ehefrau und Gastgeberin und würde sich nicht so leicht aus der Ruhe bringen lassen. Schließlich lebte sie seit der Hochzeit mit Holger sehr gut. Sie hatte ihm viel zu verdanken. Sie wohnten in einem guten Haus, besaßen das nötigste Mobiliar und konnten sich auf dem wöchentlichen Markt ab und zu auch etwas leisten. Erst der stechende Geruch von Angebranntem riss Magdalena aus ihren Gedanken. Ihre selbst zubereitete Kürbiskernsuppe war angebrannt. Verdammt! Die ganze Arbeit umsonst. Jedoch würden die Männer ihr Missgeschick in deren Zustand wahrscheinlich gar nicht bemerkten. Also servierte sie den Männern wie gewohnt das Abendessen und begab sich an die anfallenden Säuberungsarbeiten.

„Was ist denn das für'n Fraß?", rief einer der Männer.

Ein zweiter lachte lauthals und lallte etwas wie *Das würde ich mir von meinem Weib aber nicht gefallen lassen. Wenn sie einmal auch nur auf die Idee kommen würde, mir schlechtes Essen zu bringen, wäre sie mindestens einen Kopf kürzer!* Und wieder schallte lautes Gelächter durch den Raum. Magdalena überlegte kurz, was sie tun sollte. Sollte sie sich entschuldigen oder die Sache einfach auf sich beruhen lassen? Sie entschied sich für Letzteres.

Der restliche Abend verlief ungewohnt ruhig und heiter. Magdalena versorgte die Gäste noch eine ganze Weile mit Getränken und ging dann zu Bett. Sie war froh, dass es wegen der misslungenen Suppe keine weitere Diskussion gab. Nach ein paar Stunden unruhigen Schlafes wachte Magdalena vom lauten Abschiedsgetöse und vom anschließenden Türknallen auf. Endlich, dachte sie. Dann vernahm sie Schritte auf der schmalen Holztreppe, die in das Schlafgemach der Eheleute führte. Holger kam auf allen Vieren die Treppe heraufgeschlichen.

„Da habt ihr heute aber bestimmt drei Runden zusätzlich gespielt, was?", fragte sie mit einem gewissen vorwurfsvollen Unterton.

„Halt's Maul!", schrie er sie plötzlich an. „Was erlaubst du dir überhaupt? Mich vor meinen Jungs so zu blamieren!" Er konnte seine Stimme kaum halten. Immer wieder verlor sie sich. Magdalena reagierte gar nicht erst, sondern drehte sich um und versuchte wieder einzuschlafen.

„Ich hab dich was gefragt, du blödes Stück!",
schrie er erneut. Er kam nun ganz dicht an
ihr Gesicht heran und rüttelte an ihrer
Schulter.

„Es reicht.", antwortete Magdalena genervt.
Normalerweise hätte sie sich solch einen
Ton nicht gefallen lassen, aber sie schrieb
dem   Alkohol   derartige   emotionale
Ausbrüche zu. Sie war zu müde, um sich
aufzuregen.

„Jetzt antworte mir gefälligst! Du bildest dir
wohl ein, du könntest mit mir alles machen.
Aber da denkst du falsch. Ich bin der Mann
und bestimme, was geschieht, was du zu
machen und zu sagen hast!" Nun war
Magdalena hellwach. Er ging zu weit.

„Erst einmal, sprich nicht mit mir in diesem
Ton und zügle deine Zunge. Leg dich
schlafen, morgen sieht die Welt wieder
anders aus."

„Du bist also doch so dumm, wie die
anderen sagen. Ich habe gesagt, ICH
bestimme was gemacht wird!", brüllte er nun
mit solch einer Wut in der Stimme, dass
Magdalena plötzlich Gänsehaut am ganzen
Körper bekam. Sie hatte ihn nicht ernst
genommen. Sie setzte sich auf und

versuchte ihn mit Entschuldigungen wegen des Essens zu beruhigen.

„Es tut mir wirklich leid. Ich war in Gedanken versunken. Das passiert mir nicht noch ein Mal."

„Wie steh ich denn jetzt da? Alle werden mich wegen dir verspotten…" Dann versagte seine Stimme erneut. Er lief in dem kleinen Raum auf und ab und sah Magdalena nicht ein einziges Mal an.

„Ich habe ja gesagt, es tut mir leid. Deine Jungs werden schon nicht sterben, weil die Suppe ein bisschen angebrannt ist. Jetzt leg dich endlich hin, sonst brichst du dir noch ein Bein, wenn du die Treppe runter fällst." Sie lächelte ihn an und erstarrte wenige Sekunden später. Sein Blick lag nun starr auf ihr. Weder blinzelte er, noch rührte sich nur einer seiner Gesichtsmuskeln. Sie hatte zuvor noch nie solch einen hasserfüllten Blick gesehen. Es lag nicht nur Hass in ihm, sondern auch Wut und grenzenlose Verachtung.

„Was hast du gerade gesagt?" Er sprach diese Worte so ruhig und betont aus, dass es Magdalena am ganzen Körper schüttelte. Sie konnte sein Verhalten nicht einordnen.

Gerade, als sie überlegte, was sie als nächsten machen sollte, stürzte Holger wie eine Furie auf sie. Er schlug ihr mitten ins Gesicht und schrie wie ein Irrer.

„Lass mich los! Holger bitte, du tust mir weh!", flehte sie. Doch er schien sie nicht zu hören oder nicht hören zu wollen. Er stand auf, hielt sie an den Haaren fest und zog sie abrupt hoch. Ein stechender Schmerz durchfuhr sie. Magdalena hatte das Gefühl, als hätte er ihr alle Haare aus der Kopfhaut gerissen. Sie hielt seinen Arm fest und versuchte mit der anderen Hand seinen Griff zu lösen. Doch vergebens.

„Du bist meine FRAU!", schrie er ihr ins Gesicht, „Du wirst mir nie wieder so blöde kommen, hast du mich verstanden? Du solltest mir dankbar sein." Daraufhin ließ er sie los.

„Los, runter auf die Knie!", sagte er. Er starrte sie noch immer an.

„Holger, was ist denn nur in dich gefahren? Du bist völlig außer dir!"

„RUNTER, hab ich gesagt!"

„Holger, um Himmels Willen…"

Er wartete ihre Worte gar nicht erst ab, sondern schlug ihr direkt in den Magen, sodass sich Magdalena mit den Armen vor dem Bauch geschlungen auf den Boden fallen ließ. Sie lag da und krümmte sich vor Schmerz. Was geschah hier gerade? Was ist passiert? Sie versuchte gerade aufzustehen, als sie erneut einen dumpfen Schmerz in der Magengegend verspürte. Nur dieses Mal viel intensiver und härter. Alles um sie herum verschwamm langsam. Erst der schmale Kleiderschrank zu ihrer linken, den sie von Joseph bekommen hatte, dann die Wände um sie und schließlich der Boden, auf dem sie lag. Magdalena kannte solch ein Gefühl nicht. Sie wollte sich bewegen, aufstehen oder irgendetwas sagen, doch ihr Körper reagierte nicht auf die Befehle, die ihr Gehirn an ihn sandte. Sie fühlte sich schwerelos und gleichzeitig schwer wie Blei. Dann verlor sie das Bewusstsein. Als sie nach kurzer Zeit wieder zu sich kam, saß Holger neben ihr und starrte ziellos an die Wand.

„Holger", wimmerte Magdalena, „bitte!" Ihr liefen Tränen über die Wange und sie hatte das Gefühl, als würde ihr Magen jeden Moment rebellieren. Holger kniete sich zu ihr herunter. Er zog ihren Kopf an den Haaren hoch, sodass er ihr in die Augen blicken konnte.

„Ja, was? Jetzt flehst du. Genau, das sollst du tun. Du sollst mich anbetteln. Du sollst meine Güte schätzen, mich verehren und mich nicht bloß stellen. Willst du wieder frech sein?"

„Nein, nein, bitte lass mich los!"

Sein Griff wurde lockerer und er lächelte plötzlich. Er umfasste nun ihr Gesicht mit seinen Händen und zog sie mit Gewalt an sich heran. Er leckte sich über die Lippen und küsste sie unsanft. Er stank so furchtbar nach Alkohol, dass Magdalena schlecht wurde. Sie konnte sich kaum aufrecht halten vor Schmerzen. Was hatte ihn nur dazu getrieben, sie zu schlagen und zu treten? Er begann nun ihre Brüste zu umfassen und küsste sie immer unkontrollierter und heftiger.

„Du hast Glück, Magdalena. Wärst du nicht so schön, würde ich dich wahrscheinlich zum Teufel jagen."

„Hör jetzt sofort auf!", schrie sie und stieß ihn beiseite. Schnell sprang sie auf, mobilisierte all ihre Kräfte und lief zu der Treppe, die nach unten führte. Es fühlte sich an, als wäre sie nicht in ihrem Körper, sondern sehe von außerhalb zu. Sie war viel zu langsam, das wusste sie. Sie hatte überhaupt Mühe, sich aufrecht zu halten und geradeaus zu gehen. Als sie endlich die erste Stufe erreichte, packte sie eine starke Hand an der Schulter und wirbelte sie herum, sodass Magdalena direkt in Holgers hassverzerrtes Gesicht sehen konnte. Er holte blitzschnell aus und schlug ihr abermals ins Gesicht. Dann nahm er sie am Arm und schleifte sie durch das kleine Zimmer. Magdalena versuchte verzweifelt, sich von seinem Griff zu befreien, aber er war einfach zu stark. Sie schrie, ununterbrochen. Es war das Einzige, was ihr einfiel. Alles, was dann geschah ging rasend schnell. Er schubste Magdalena auf die Strohmatratze , drehte sie herum und sah sie einen kurzen Moment an. Er wirkte ehrlich erschrocken, als er sie betrachtete. Magdalena strömte Blut aus der Nase, sie hatte eine tiefe Platzwunde an der Augenbraue, aus der unaufhaltsam Blut quoll und ihr rechtes Auge war fast komplett zugeschwollen. Magdalena wusste, was nun auf sie zukam. Er würde versuchen, sie zu vergewaltigen. Dann verlor sie wieder das Bewusstsein.

6.

Die Vögel zwitscherten fröhlich miteinander, die ersten Sonnenstrahlen fielen in den kleinen stickigen Raum, in dem die Staubflocken zu tanzen schienen. Magdalena wachte auf und sah sich scheu um. Niemand war zu sehen. Sie sah aus dem fensterähnlichen Guckloch rechts vom Bett. Es hätte ein sehr schöner Tag werden können, wenn Magdalena nicht sofort die quälenden Erinnerungen an die gestrige Nacht eingeholt hätten. Sie betrachtete erst ihre Hände, die durch das getrocknete Blut braun aussahen, danach sah sie sich im Raum um. Es sah wie auf einem Schlachtfeld aus. Ihr einziges Bild war von der Wand gerissen worden, kleine Schüsseln und Vasen lagen zerbrochen auf dem Fußboden. Die zwei Bettdecken waren völlig verdreckt und blutverschmiert und das einzige Kopfkissen war zerrissen. Dann sah Magdalena langsam an sich hinunter. Ihr graute vor dem, was sie wahrscheinlich gleich bestätigt bekommen würde. Sie rechnete mit blutverschmierten Beinen, einer wunden Scheide und weiß Gott was noch alles. Doch zu ihrer Verwunderung war alles heil. Sie verspürte auch keinen Schmerz. Sogar ihr Nachthemd trug sie noch. Er hatte sie also doch nicht angerührt. Doch plötzlich spürte sie in ihrem Unterleib einen ziehenden Schmerz. Es war wie ein kurzer, aber dafür umso heftigerer Krampf. Magdalena wurde schwindelig. Sie hielt sich den Bauch und wippte vor und zurück. Sie stöhnte vor Schmerzen. Was war das, um Himmels Willen? Die Folge des Krampfes war ein Blutschwall aus ihrem Unterleib.

„Oh Gott, was ist das? Hilfe!", rief sie unter Tränen. Der Krampf war zwar vorüber, aber dafür kam nun Panik in ihr auf.

„Hilfe, Hilfe! Bitte, Joseph!" Sie hatte Angst. Magdalena konnte sich das Blut nicht erklären und das Erste, woran sie dachte, war, dass sich der Teufel ihrer angenommen hat. Holger kam die Treppe hinauf gelaufen.

„Was ist los?", fragte er. Aber als er sie sitzend im Bett sah und das viele Blut bemerkte, war ihm mehr als unwohl. Es tat ihm leid, mehr als das. Er hatte die Kontrolle verloren. Wieder sah er sie an. Er nahm nun all die Verletzungen in Magdalenas Gesicht wahr. Als sie unbewusst ihr Nachthemd ein Stück nach oben zog, sah er auch den meeresblauen Bauch. Alles war seine Schuld! Was hatte er nur getan. Er begann zu weinen, nicht ein bisschen, sondern so heftig, dass es ihn am ganzen Körper schüttelte. Er rannte zu seiner Frau und nahm sie in die Arme.

„Es tut mir so sehr leid. Bitte verzeih mir, Magda! Bitte! Es wird nie wieder geschehen. Das schwöre ich."

Magdalena nahm seine Worte nicht zur Kenntnis. Sie befand sich jetzt in einem Zustand, in dem alles an ihr vorbeizog. Wie ein leichtes Band, das vom Wind durch die Luft getragen wird. Sie sah zwar alles, jedoch kam es ihr irreal vor. Nicht echt und nicht jetzt und nicht um sie. Sie spürte ein leichtes Rütteln an ihrer Schulter. Es hätte aber auch ein Streicheln sein können, oder ein verhaltenes Pusten.

Dann aus einem ihr unbegreiflichen Grund, nahm sie alles plötzlich gestochen scharf wahr. Sie sah besser, als je zuvor. Sah jedes einzelne Staubkorn, das in der Luft tanzte, hörte den Wind lauter wehen, als je zuvor, registrierte die kleinsten Kleinigkeiten, etwa eine abgenutzte Kante an der Wand oder den dreckigen Schranktürknauf. Und auch Holger nahm sie bewusster wahr, als noch vor wenigen Minuten. Sie sah ihn im Blickwinkel an ihrer Schulter gelehnt weinen und hörte ihn jammern, wie leid ihm alles tue und dass so etwas nie wieder vorkomme. Doch Magdalena fühlte trotz ihrer enorm überempfindlichen Wahrnehmungskraft nichts. Nichts. Weder Schmerz, noch Leid, Verachtung, Wut, Trauer oder Erleichterung. Sie stand auf, ging die Treppe hinunter, begab sich in den kleinen abgetrennten Raum, der als Kochstelle diente, und bereitete heißen Früchtetee vor.

Magdalena hatte an diesem Sommermorgen ihr erstes Kind verloren...

Es waren mittlerweile drei Tage vergangen. In dieser Zeit lebte Magdalena wie in Trance. Sie funktionierte einfach. Schließlich hatte sie weiterhin häusliche Verpflichtungen, wie ihr Holger immer wieder vorhielt. Er sprach sowieso ständig auf sie ein, *Verlass bloß nicht das Haus! Wenn es an der Tür klopf, mach nicht auf! Um Himmels Willen, jetzt tu doch nicht wieder so! Ständig ziehst du ein Drei-Tage-Regenwetter-Gesicht!* Magdalena hatte nicht einmal versucht um einen Besuch beim benachbarten Heiler zu bitten, denn sie kannte Holgers Antwort bereits. Also nahm sie all seine Regeln hin und tat, was getan werden musste. Nicht einmal die Fehlgeburt machte ihr zu schaffen, sie wusste noch nicht einmal, dass sie ein Kind erwartete, sondern die Schläge, die sie derart brutal nie erwartet hätte. Ihr ganzer Körper war noch immer blau und grün. Auch die Schmerzen am Bauch, an den Armen und im Gesicht waren noch immer so stark, dass Magdalena bei jeder Bewegung an den furchtbaren Abend erinnert wurde. Wenigstens fielen die täglichen Besuche von Holgers Freunden aus, dachte Magdalena beinahe sarkastisch.

Aber sie musste sich nun langsam zusammenreißen, denn morgen stand ihr wöchentlicher Besuch bei den Müllers an. Magdalena besuchte die alten Leute noch immer ein Mal in der Woche. Nun nicht mehr, um häusliche Fähigkeiten zu erlernen, sondern um dem Ehepaar unter die Arme zu greifen. Sie ging einkaufen, putzte, kochte, kümmerte sich um den Garten und sorgte in den kalten Wintermonaten für reichlich Holz zum Heizen. Natürlich fanden weiterhin geheime Gespräche mit Herrn Müller statt, denn sonst hätte Magdalena den Job als Haushälterin wahrscheinlich schon längst hingeschmissen. Frau Müller wurde im Alter immer schlimmer, so schien es Magdalena. Die Alte behandelte Magdalena wie eine Sklavin, die nichts recht machte und sowieso ein Nichtsnutz war. Jetzt jedoch, seit sie mit Holger verheiratet war, genoss sie die Stunden bei den Beiden. Im Vergleich zu ihrem eigenen Zuhause, war der Aufenthalt bei ihren Arbeitgebern eine wahre Wohltat. Und manchmal, wenn Magdalena auf dem Weg nach Hause war, weinte sie. Sie hatte keine Angst vor ihrem Mann, aber sie fühlte sich so unwohl in seiner Nähe. Ständig seine Ausraster, seine Vorwürfe, Anschuldigungen und Schläge. Nichts konnte sie ihm recht machen, noch weniger, als der alten Müller. Es war fürchterlich. So fürchterlich, dass Magdalena aufhörte zu essen und sich heimlich selber verletzte, um dem Druck für einen Moment zu entfliehen und abgelenkt von all den seelischen Schmerzen zu sein. Wenn Holger sie auf ihre Verletzungen ansprach, sagte sie, sie hätte sich beim Kochen oder sonst wo geschnitten. Wenn sich Magdalena ihre Narben und ihren immer dünner werdenden Körper ansah, war sie selbst erschrocken, aber wen interessierte es? Sie lebte in ihrer eigenen kleinen Welt, abgeschnitten von dem Leben außerhalb ihres Hauses. Sie hatte keine Freundin mehr und zu ihren Brüdern konnte sie auch nicht gehen. Entweder hätten sie ihr nicht zugehört oder ihren Verfall mit einem Schulterzucken abgetan. Natürlich liebten ihre Brüder Magdalena, aber sie hatten genug eigene Probleme, als sich mit Magdalenas kaputter Psyche zu beschäftigen. Also schwieg sie und machte einfach so weiter wie bisher. Schließlich war sie noch nicht tot. Lebensfreude war ein weit entferntes Gefühl, das sie schon ewig nicht mehr empfand. Trauer, Selbstlosigkeit und Unzufriedenheit waren ihre Lebensbegleiter. An nichts konnte sich Magdalena mehr erfreuen, an gar nichts. Außer, wenn sie mit Herrn Müller sprach. Dann fühlte sie sich weit weg von ihrem armseligen Leben. Dann fühlte sie sich nicht als bereits tot, sondern beachtet, geschätzt und auf eine seltsame Art und Weise geliebt, wie ein Vater seine Tochter liebt. Sie weinte auf dem Weg nach Hause, fast jedes Mal. Denn dann war der kurze Moment des Wohlbefindens vorbei. Was war nur mit ihr geschehen, fragte sie sich in klaren Momenten selbst. Was war aus der selbstbewussten jungen Frau geworden? Ein Wrack. Ein scheues Mädchen ohne Selbstbewusstsein, ohne Lebensmut, ohne Freude auf die Zukunft. Sie war aufgeweckt, zielstrebig und fröhlich gewesen. Ja, sie strotzte vor Energie, sodass Joseph manchmal nicht wusste, wie er seine Schwester auslasten konnte. Aber all das war vorbei. Dieses Mädchen gab es nicht mehr. Warum sollte Magdalena noch aufgeweckt sein? Welche Pläne oder Träume sollte sie zielstrebig verfolgen und woran sollte sie sich erfreuen? Magdalena war psychisch kaputt, ausgebrannt. Nur bekam es niemand in ihrer Umgebung mit. Alle dachten, sie hätte „mal wieder" schlechte Laune. Es gab niemanden, der auch nur hinter die Kulissen blicken *wollte*. Denn das wäre wahrscheinlich zu anstrengend gewesen. Genau das trieb Magdalena zu einem Versuch sich das Leben zu nehmen. Es war ja bereits kein Leben mehr, in dem sie sich befand. Sie vegetierte einfach vor sich hin. Was nütze es also weiter zu machen? Doch wie sollte sie es am besten machen? Natürlich hatte sie Angst vor Schmerzen. Also suchte sie heimlich ihren benachbarten Heiler auf und bat , angeblich für ihren Mann, um Medizin, die den Körper von Schmerzen befreien und ihm einen tiefen Schlaf bringen sollte. Magdalena bekam sie. Der Heiler wies sie ausdrücklich darauf hin, dass ihr Mann nur die Hälfte der Flüssigkeit zu sich nehmen dürfe, da die Dosis sonst fatale Folgen haben kann.

Holger war an diesem Abend nicht zu Hause. Magdalena setzte sich auf das Bett und sah sich die Flüssigkeit in dem kleinen Fläschen genau an. Sie war grün oder türkis. Magdalena war entschlossen. Was sollte sie hier noch? Sie war allen eine Last, alles machte sie falsch. Sie hatte das Gefühl, dass ihr Kopf platzen würde, weil er voller Gedanken, Selbstzweifel, Wut, Zorn und tiefer Traurigkeit gefüllt war und dem Volumen nicht mehr standhalten konnte. Ohne nur eine Träne zu vergießen trank sie die Flüssigkeit. Sie versteckte das Fläschen und legte sich dann auf das Bett. Sie merkte nichts. Geduldig schloss sie die Augen und wartete auf den Tod.

7.

Am nächsten Morgen wachte Magdalena auf. Ihr war übel und sie fühlte sich fürchterlich schwach. Mit Mühe stand sie auf und ging sich waschen. Es hatte nicht geklappt. Enttäuscht liefen Magdalena ein paar Tränen über die Wange, doch die Übelkeit verdrängte ihre Enttäuschung. Dann kam sie zurück, zog sich an und sah hinaus. Es musste bald Nachmittag sein! Eilig lief sie die Treppe hinunter, an Holger vorbei, der mit irgendetwas beschäftigt war, und schnappte sich ihre Jacke.

„Holger, ich komme zu spät. Ich muss sofort aufbrechen."

„Magdalena, du kannst nicht gehen!" Holger hielt sie am Arm fest und zerrte sie die Treppe nach oben.

„Ich sehe, dass mit dir etwas nicht stimmt und die Anderen werden es auch sehen! Was um Himmels Willen hast du getan? Du bist völlig außer dir."

„Ich habe nichts gemacht. Es geht mir heute einfach nur nicht so gut. Das ist alles. Aber wenn ich jetzt nicht gehe, wird man sich Sorgen machen und die Müllers schöpfen

Verdacht. Vielleicht kommt Herr Müller vorbei, um nach mir zu sehen und dann werde ich ihm eben sagen müssen, was geschehen ist. Willst du das?"Er ließ sie los und verzog das Gesicht zu einem schelmischen Grinsen.

„Als wenn jemand auch nur einen Gedanken an dich verschwenden würde. Du stellst dich ein bisschen höher, als du bist, Frau. Wenn ich sage, du verlässt das Haus nicht, dann verlässt du es auch nicht. Verstanden?" Langsam drehte er sich um und starrte an die helle Wand, als suche er nach etwas. Völlig abwesend sagte er weiter: „Die Zeit, die du dort bei den alten Leuten verbringst, ist sowieso verschenkte Zeit! Ich frage mich, warum sie dich überhaupt noch beschäftigen. Im Haus kannst du nichts richtig machen, dumm bist du und hässlich noch dazu. Es wird eh nicht mehr lange dauern bis sie dich rauswerfen."

Ohne sie anzublicken ging er. Es raschelte, knisterte und dann hörte sie die knarrende Tür zu fallen. Magdalena ließ sich auf den Boden fallen. Sie stützte sich mit der einen Hand auf dem Boden ab und mit der anderen Hand hielt sie sich den Kopf. Sie hatte fürchterliche Kopfschmerzen. Außerdem war ihr speiübel. Holger hatte recht, sie war nicht sie selbst. Sie konnte sich kaum aufrecht halten. Weder stehen, noch sitzen. Wenn sich Magdalena hinlegte, fing alles um sie herum an, sich zu drehen. Hätte Magdalena geahnt, welche Nebenwirkungen das Medikament verursachen würde, hätte sie es nicht genommen. Zumal es den erhofften Effekt nicht gebracht hat. Aber trotz allem, sie durfte nicht zu spät zu den Müllers kommen. Diese Arbeitsstelle durfte sie um nichts auf der Welt verlieren. Nicht um des Geldes willen, sondern wegen ihres Lebens. Also riss sie sich zusammen, sammelte all ihre Kraft, atmete einmal tief ein und stand auf, fiel aber sofort wieder um. Was hatte sie nur getan? Magdalena versuchte es erneut. Dieses Mal ganz langsam. An der Wand angelehnt, hangelte sie sich Schritt für Schritt zur Tür hinaus. Die Sonne blendete sie so stark, dass sie nichts sah und zu Boden fiel. Sie war wie benebelt. Ihr war übel, so sehr, dass sie das Gefühl hatte, sich übergeben zu müssen. Sie konnte nicht klar denken, nicht reden und auch nichts hören. Wie sollte sie nur den Tag überstehen. Sie begann zu schwitzen, nicht ein bisschen, der Schweiz lief ihr die Stirn hinunter. Langsam, als wäre sie betrunken, taumelte Magdalena den Weg bis zur

Stadtgrenze entlang, dann lief sie über den gut besuchten Marktplatz. Die Welt schien sich zu drehen. Alles war verschwommen, sodass sie nicht sah, wohin sie trat. Die Menschen hatten zwei oder drei Köpfe und mehrere Gliedmaßen. Sie spürte alle Blicke auf sich gerichtet. Ständig stolperte sie und drohte zu fallen, wäre der Platz nicht so voll, dass sie sich hätte abstützen können. Als sie das Tor der Müllers erreichte, war Magdalena so sehr geschafft, körperlich wie geistig, dass sie sich wünschte, sie hätte ihr Haus nicht verlassen. Vor dem Tor blieb sie stehen und setzte sich dann auf den Boden, um sich kurz auszuruhen. Gerade überlegte sich Magdalena wieder umzukehren, als die Tür der Müllers aufging und eine fluchende Frau Müller herauskam.

„Meine Güte, Kind. Ich dachte schon, du kommst gar nicht mehr. Es gibt so viel zu tun! Nun steh endlich auf und…" Sie brach ab und sah die eingefallene und völlig erschöpfte junge Frau geschockt an.

„Um Himmels Willen Alfred, komm schnell! Beeil dich! Alfred!" Alfred Müller kam aus dem Haus gelaufen und erstarrte auf der Stelle, als er Magdalena in den Armen seiner Frau sah.

„Was ist bloß geschehen?", fragte er mehr sich selbst, als seine Frau. Dann nahm er Magdalena auf den Arm und trug sie ins Haus, wo Frau Müller einen Tee kochte und ein Stück Brot holte. Herr Müller legte Magdalena auf das alte Sofa und legte ihr einen in Eiswasser getauchten Lappen auf die heiße Stirn. Magdalena stöhnte leise und fiel in einem tiefen Schlaf. Als sie erwachte war es bereits dunkel geworden. Sie musste den ganzen Tag geschlafen haben. Langsam versuchte Magdalena auf zu stehen. Es ging ihr schon ein bisschen besser. Zumindest war die Übelkeit verschwunden und sie konnte auch wieder normal geradeaus sehen. In diesem Moment kam Herr Müller mit einer Schüssel dampfender Suppe herein und reichte sie ihr. Er tätschelte liebevoll ihre Schulter und betrachtete Magdalena sehr besorgt. Sie fühlte sich fast von ihm durchleuchtet. Es war unangenehm, aber sie war zu schwach, aufrecht zu sitzen oder ihre blauen Flecke zu verstecken. Sie war einfach dankbar für die Suppe und den Moment der Ruhe.

„Holger hat mich geschlagen.", platzte Magdalena plötzlich heraus. „Er war so wütend wie noch nie." Ich kann mich nicht mehr genau erinnern, aber alles, was ich noch weiß ist, dass ich solche Angst hatte.

Er ist ständig wütend. Alles, was ich mache, ist falsch oder unzureichend. Ich kann ihm nichts recht machen. Und dann ständig diese Beleidigungen. Herr Müller, ich halte das nicht mehr aus." Dann begann sie fürchterlich zu weinen. Magdalena schluchzte unaufhaltsam, sodass sie kaum Luft bekam. Die gesamte Anspannung und das Leid, das sich all die Zeit über angesammelt hat, brachen aus ihr heraus. Von den Medikamenten und den Selbstverletzungen erzählte sie jedoch nichts. Es war ihr zu peinlich. Herr Müller war ein hervorragender Zuhörer. Geduldig und aufmerksam verfolgte er jedes Wort des weinenden Mädchens.

„Meine Güte, Kind. Warum bist du nicht eher zu mir gekommen? Du weißt doch, dass du mir alles sagen kannst. Egal was, egal wann."

Nach einer kurzen Denkpause stand Herr Müller auf, drehte sich im Kreis, verschränkte die Arme und ging schließlich zu seiner Frau ins benachbarte liegende Zimmer. Magdalena wollte gerade aufstehen und sich verabschieden. Sie wusste bereits, was sie zu Hause erwarten würde. Holger war sicher wahnsinnig zornig. Erneut befiel sie ein flaues Gefühl im Magen, aber diesmal war es keine Übelkeit, sondern die Angst vor dem, was noch passieren würde.

„Wo willst du hin?", fragte Herr Müller, der gerade wieder den Raum betrat.

„Ich bin schon viel zu lange hier. Ich muss nach Hause. Holger wird sicher nicht erfreut sein. Bitte sagen Sie ihm nicht, dass ich Ihnen erzählt habe, was vorgefallen ist. Ich hätte gar nichts sagen dürfen."

„Du gehst nirgendwo hin. Und erst recht nie wieder in dieses Haus und zu diesem Mann. Gudrun bereitet gerade einen Schlafplatz für dich vor. Du wirst erst einmal hier bleiben und morgen werden wir sehen, wie es weiter geht."

Magdalena konnte ein Lächeln voller Erleichterung nicht unterdrücken. Herr Müller hatte gesagt, sie müsse nicht mehr zu Holger, nie wieder. Oh, kann Gott wirklich so gnädig sein? Voller Dankbarkeit und Freude fiel Magdalena dem alten Mann um den Hals und flüsterte ein leises, kaum hörbares, *Danke*.

Die Nacht war vergangen. Magdalena war nicht ein Mal aufgewacht. Sie schlief durch bis zum frühen Vormittag. Als sie schlaftrunken die Augen öffnete, realisierte sie erst, wo sie war. Schnell setzte sie sich auf, streifte die leichte Decke ab, stand auf und zog sich das Kleid, das sie getragen hatte, an. Sie lief in das Wohnzimmer der Müllers. Alles war aufgeräumt, wirkte sauber, aber verlassen. Der Koch- und Essbereich des Hauses war ebenfalls aufgeräumt. Der Esstisch, den die Müllers zum Frühstücken benutzten, war abgeräumt und feucht abgewischt. Magdalena konnte die feuchten Spuren des Lappens auf dem Tisch noch sehen. Sie rief verlegen *Hallo*, aber niemand meldete sich zu Wort. Dann ging sie an dem Tisch vorbei und öffnete die Terrassentür. Alfred und Gudrun Müller werkelten in den Beeten. Beide hatten sich Schürzen umgebunden und trugen alte Lederhandschuhe. Frau Müller hatte einen von der Sonne ausgeblichenen Strohhut auf dem Kopf, den zwei gelbe Bänder zierten. Was für ein idyllisches Bild, dachte sich Magdalena.

„Hallo.", sagte sie leise.

„Oh, guten Morgen. Hast du gut geschlafen?" Schnell war Frau Müller an Magdalenas Seite. Sie zupfte ihre Schürze zurecht und schob sich den Hut aus der Stirn.

„Ich habe dir Frühstück gemacht. Es steht auf dem kleinen Beistelltisch in der Nische. Na, du weißt schon wo." Sie lächelte Magdalena an. Ein komisches Gefühl flammte in Magdalena auf. Sie war sich unsicher, wie sie diese plötzliche Freundlichkeit, fast schon Warmherzigkeit der sonst so zynischen alten Frau einordnen sollte. Herr Müller kam nun zu den zwei Frauen. Auch er wirkte fröhlich und entspannt.

„Was für ein herrlicher Tag! Ich möchte nachher zum Markt gehen und uns etwas Feines zum Mittagessen kaufen. Lena, möchtest du nicht mitkommen? Ich könnte weitere zwei Hände beim Tragen gebrauchen. Außerdem glauben die jungen Leute, sie könnten einen alten Mann wie mich übers Ohr hauen." Er zwinkerte ihr zu und lächelte.

Lena? Niemand hatte sie je so genannt. Was war hier los? Irgendetwas stimmte hier nicht! War es Mitleid, das die alten Leute so weich werden ließ oder führten sie etwas im Schilde. Etwas, das unangenehm für Magdalena werden würde. Die Situation wirkte auf Magdalena beunruhigend. Sie hatte das Gefühl, sich nicht in der realistischen Welt zu befinden, in der sie eben noch erwacht ist. Das Bild stimmte nicht. So verwirrt wie sie war, konnte sie nicht antworten. Sie stand einfach nur da, lächelte gezwungenermaßen und nickte abwesend. Herr Müller drehte sich daraufhin um und widmete sich wieder seiner Gartenarbeit. Frau Müller plapperte auf Magdalena ein, erzählte ihr von einer Idee für ein neues Beet und was es sie aber für Mühe kosten würde, dafür den geeigneten Platz zu finden, geschweige denn herzurichten. Magdalena hörte der alten Frau gar nicht zu. Sie blickte sich um und versuchte zu begreifen, was passierte. Die Beiden schienen weder besorgt, noch angespannt oder sonst in irgendeiner Weise nachdenklich. Dazu kam diese überzogene Freundlichkeit bzw. Beschwingtheit, die zu der aktuellen Situation ganz und gar nicht passte.

„Ich muss zurück zu Holger, stimmt's?" Die Frage richtete sich eher an Herrn Müller, als an dessen Frau, obwohl diese immer noch direkt neben Magdalena stand. Der alte Mann stand mühselig auf, streifte seine Handschuhe ab und kam langsam auf Magdalena zu.

„Aber nie und nimmer, mein Liebes!" Er schaute sie eindringlich an. Seine Augen spiegelten Magdalena die erwartete Mitgenommenheit nun endlich wider. Sie waren müden, erschöpft, aber ehrlich.

„Ich habe dir gestern gesagt, du wirst dort nie wieder hin gehen und das wird auch heute und auch morgen der Fall sein. Ich habe mit Gudrun lange gesprochen und wir haben eine Idee, wie du von deinem Mann weg kommst, ohne Angst haben zu müssen und ohne gesellschaftlichen Schaden anzurichten, weder für dich als Ehefrau, noch für Holger." Er deute mit seiner Hand auf die Holzbank, die neben der Terrassentür stand und setzte sich darauf. Er wartete bis sich seine Frau setzte und schaute dann zu Magdalena hoch, die immer noch still und steif da stand.

„Dein Bruder, Joseph, war gestern Abend noch bei uns." Magdalena sah auf und erschrak. Nicht doch! Ihre Brüder sollten von allem nichts wissen. Sie hat sich ihnen gegenüber als glückliche und muntere Ehefrau gegeben, um sie nicht zu beunruhigen und zu belasten. Sie musste doch eine gute Frau sein, damit sie die Beiden nicht enttäuschte.

„Magdalena, er war ehrlich bestürzt, als er erfuhr, wie es dir die letzte Zeit erging."

„Er war sehr aufgebracht und drohte, den alten Säufer umzubringen!", mischte sich Frau Müller ein und sagte dies mit einem gering schätzenden Unterton. Dann schaute sie zur Seite und tat, als würde sie ihren Gemüsebeet-Plan weiter spinnen.

„Tatsächlich. Er war bereit, etwas sehr, sehr Dummes zu tun. Ich konnte ihn davon abbringen und ihm meinen ... äh... unseren Plan unterbreiten." Herr Müller schaute kurz zu seiner Frau, doch auch jetzt tat sie so, als ob sie nicht mehr zuhörte. Nun setzte sich Magdalena. Sie sah auf die Bank, die jedoch für eine dritte Person keinen Platz mehr bot. Sie griff neben sich, fasste einen klapprigen Holzstuhl und stellte diesen dem Ehepaar gegenüber. Magdalena war fassungslos. Alles ging so schnell. Ihr geliebter Bruder war hier. Gestern. Als sie schlief und machte sich Sorgen. Warum weckte sie niemand? Sie hätte ihn so gern gesehen, ihm gern alles selber erklärt, jetzt, da er eh schon alles wusste. Sie wäre gern dabei gewesen, als es um ihre Zukunft ging. Was war denn der Plan? Der Plan, den andere für sie geschmiedet hatten. Weg von Holger, ohne gesellschaftlichen Schaden zu hinterlassen? Was sollte das bedeuten? Sollte Holger sterben? Sollte sie selbst sterben? Oder ihr Tod zumindest vorgetäuscht werden? Denn nur dann gäbe es keinen *gesellschaftlichen Schaden*, wie es die Müllers ausgedrückt hatten. Nein, nein, das würde sie nicht zu lassen. Auch wenn sie weg von ihrem Mann wollte, wollte sie doch nicht dessen Tod. Und ihren schon gar nicht. Aber eingesperrt, bis an ihr Lebensende, war für Magdalena noch unvorstellbarer. Dann ging sie lieber freiwillig zurück zu Holger. Vielleicht ließe er ja mit sich reden, ist bereit sich zu ändern. Herr Müller bemerkte Magdalenas angestrengtes Denken, er sah die Panik in ihr aufsteigen und unterbrach ihre Gedanken mit einem lauten Räuspern.

„Du wirst nach Heidelberg gehen. An den Hof des Pfalzgrafen. Du wirst eine Arbeitsstelle in der Küche annehmen." Es war kein Vorschlag, keine Frage, kein Aufzeigen einer Möglichkeit. Es war der Plan, den andere geschmiedet hatten und der nun umgesetzt wird.

„Was? Nach Heidelberg soll ich gehen?" Magdalena stand auf und stieß aus Versehen den Stuhl um. „Nein, niemals! Ich verlasse meine Heimat nicht. Ich werde meine Stadt nicht verlassen und ich gehe auch nicht weg von meinen Brüdern!" Sie lief aufgeregt umher, hob den Stuhl auf, setzte sich, stand wieder auf, lief auf den ihr vertrauten Wald zu und kehrte wieder um. Tränen standen ihr in den Augen. Sie blickte zu ihrer rechten Seite, wo sie die Umrisse ihres Elternhauses erkannte. Ihr Bedürfnis zu ihrem Bruder zu laufen und sich an ihm festzuklammern war nie größer, als in diesem Moment.

„Magdalena, setz dich!", sagte Herr Müller bestimmt. Er verstand ihre Angst. Er hatte sich lange überlegt, wie er der jungen Frau helfen konnte. Aber alles wäre für ihre Zukunft fatal gewesen. Sie hätte als Sünderin dar gestanden, egal was sie gemacht hätte. Keine Frau verlässt ihren Ehemann. Außer, sie findet eine Anstellung. Das war die einzige Möglichkeit, weg von Holger zu kommen und in Sicherheit leben zu können. Hier, in Regensburg wäre Magdalena, abgesehen von dem schlechten Ansehen in der Gesellschaft, nie wieder sicher gewesen. Ihr Leben wäre jede Minute in Gefahr. Verschwundene Frauen waren nicht selten. Deren Tod und der Fund ihrer Leiche wurden hingenommen. Niemand stellte Fragen, niemand wollte Erklärungen. Und wenn die Männer ebenfalls nichts zu sagen hatten, war der Fall schnell abgeschlossen.

„Hab keine Angst, mein Kind! Meinst du wirklich, ich hätte mir das alles nicht gründlich überlegt? Ich habe nicht umsonst die ganze Nacht mit deinem Bruder gesprochen und alles abgewogen. Glaube mir, es ist die beste Lösung für dein Problem." Er stand nun neben Magdalena und streichelte ihr die Schulter. Magdalena sah in seinen Augen jedoch die gleiche Angst, die auch sie verspürte. Die Angst vor dem Ungewissen, die Angst vor der fremden Stadt und die Angst, nie mehr zurückkehren zu dürfen.

„Ich weiß nicht, ob ich das möchte.", räumte Magdalena ein. Ihr liefen Tränen über die Wangen. Sie schaute wieder hinüber zu ihrem Elternhaus. Sicherlich, sie hatte keinen guten Kontakt mehr zu ihren Brüdern. Eigentlich wusste sie gar nicht, was die Beiden trieben, wie es ihnen ging oder welche Pläne sie hatten. Aber, sie waren stets in ihrer Nähe. Sie wusste einfach, dass sie da waren und immer die Möglichkeit der Zuflucht und der Sicherheit, aber vor allem der Geborgenheit boten. Sie wollte ihre Familie nicht verlassen, aber bei Holger hielt sie es nicht länger aus. Sie spürte, dass sie zugrunde ging und wäre erst ein Kind da, gäbe es für Magdalena keine Chance auszubrechen. Der alte Mann schaute Magdalena noch eine Weile an, drehte sich um, nahm seine Handschuhe auf und streifte sie sich über. Als er auf dem Weg zu seinem Gemüsebeet war, sagte er: „Magdalena, in zwei Tagen kommt der Kutscher. Sei bereit!" Dann ging er zurück an seine Arbeit. Magdalena schaute zu Frau Müller hinüber, die, ihr immer noch abgeneigt, auf der Bank saß. Sie rührte sich nicht. Sie starrte in die Ferne, erhob sich schließlich und blickte Magdalena nun mit eiskaltem Ausdruck in den Augen an.

„Nimm diese Möglichkeit an, meine Güte. Jammere nicht, denn an den Hof des Pfalzgrafen zu kommen ist ein Privileg und keine Bestrafung! Du bist so undankbar. Das warst du schon früher." Damit verschwand die alte Frau im Haus. Die Alte hatte recht. Es war ein Privileg an den Hof eines so bedeutenden Mannes zu kommen. Sie hatten eine Anstellung und konnte leben. Allein. Magdalena war bereit. Sie hatte nichts, was sie mitnehmen würde, außer dem, was sie an ihrem Leib trug. Sie war bereit zum Aufbruch. Zum Aufbruch in ein neues Leben.

8.

Die Kutschfahrt dauerte nun schon eine ganze Weile. Magdalena hatte von Frau Müller ein Paar Kleider, Schuhe und einen Mantel und von Herrn Müllern ein Paar Taler erhalten. So sollte sie ihr neues Leben am Hofe des Pfalzgrafen beginnen. Sie war aufgeregt. Was würde wohl auf sie zukommen? Was würde von ihr erwartet werden? Wo würde sie schlafen? Wie waren die Menschen dort? Waren sie nett oder hochnäsig und eingebildet? Ging es den Angestellten überhaupt gut oder waren sie Sklaven des Grafen, die stets seinen Launen und Belieben ausgesetzt waren? Wer ist der Pfalzgraf überhaupt? All diese Fragen gingen durch Magdalenas Kopf. Ja, sie hatte Angst. Am gestrigen Abend lief Magdalena zu ihren Brüdern. Sie wollte sich verabschieden, mit der Hoffnung, ihr Bruder Joseph hätte doch noch die rettende Idee, wie ihr geholfen werden könne, ohne die Stadt verlassen zu müssen. Aber die Hoffnung wurde im Keim erstickt. Es war niemand zu Hause. Entweder war wirklich niemand daheim oder man wollte ihr nicht öffnen. Magdalena wartete mehrere Minuten, lief um das Haus herum, in der Hoffnung, einer von Beiden könnte im

Garten sein und kam schließlich zurück zur Eingangstür, als sie auch dort niemanden antraf. Plötzlich kam die Pferdekutsche zum Stehen.

„Wenn du pinkeln musst, geh jetzt!", rief der alte Kutscher. Dass er sich überhaupt noch auf den Beinen halten konnte, war erstaunlich, geschweige denn eine so lange Fahrt bei Wind und Wetter aushielt. Er stieg herab, streckte sich und verschwand hinter einer dichten Baumgruppe. Magdalena hatte wirklich ein Bedürfnis, aber sie wollte und konnte sich nicht vor dem Kutscher frei machen. Also hielt sie an. Es würde hoffentlich nicht mehr lange dauern, bis sie ihr Ziel erreicht hatten. Was aber noch viel schlimmer war, war der Hunger, der beinahe unerträglich wurde. Als der Mann zurückkam, fragte Magdalena: „Wie lange werden wir noch brauchen?" Der Mann hob die Schultern und ließ sie wieder fallen. Er brabbelte etwas, was sie nicht verstand, stieg wieder auf und deutete somit an, ebenfalls einzusteigen. Sie fuhren weiter und weiter und dann war Magdalena eingeschlafen. Als sie erwachte dämmerte es bereits. Nun erkannte sie gar nichts mehr um sie herum. Alles verschwamm in rot-orangem Licht. Alle Konturen schienen in einander überzugehen. Magdalena lehnte sich zurück. Sie versuchte sich zu entspannen, aber es gelang ihr nicht. Sie mussten bald angekommen sein. Es konnte nicht mehr lange dauern. Und dann, dann gäbe es kein Zurück mehr. Sie fing an zu schwitzen. Dann waren ihre Hände eiskalt, sie fror und im nächsten Moment war ihr wieder schwindelerregend heiß. So heiß, dass der Schweiß erneut aus allen Poren austrat. Plötzlich hörte Magdalena den alten Kutscher mit jemandem reden. Sie verstand nicht, was die Beiden sagten, oder waren es drei Stimmen, aber sie nahm, dass sie ihr Ziel erreicht hatten, da auch die Kutsche zum Stehen gekommen war und sich nicht weiter fortbewegte. Es passierte eine Weile gar nichts, dann wurde die Tür geöffnet und zwei fremde Augen, die so schwarz wie die mittlerweile eingetretene Dunkelheit waren, starrten sie prüfend an. Magdalena war erschrocken und sah wahrscheinlich wie ein ängstliches Reh aus, das sich, von Feinden bedrängt, in die äußerste Ecke drängte.

„Steig aus!", befahl der Fremde. Magdalena gehorchte, wusste aber nicht, wohin mit sich und blieb vor der Kutsche stehen. Der Fremde packte ihre wenigen Habseligkeiten und ging durch ein großes eisernes Tor in Richtung Eingang. Magdalena schaute ihm nach, völlig verwirrt und hilflos stand sie da.

Der Kutscher war ebenfalls verschwunden. Keine Menschenseele war zu sehen, niemand, der sie in Empfang nahm, begrüßte oder ihr wenigstens sagte, wohin sie gehen sollte. Was sollte sie denn nun machen? Sie beschloss, dem Fremden zu folgen und begab sich durch das Hoftor. Links und rechts waren Blumenbeete angelegt. Das konnte Magdalena selbst in der Finsternis erkennen. Der Weg zum Eingang des Hauses musste aus hellen Steinen gepflastert worden sein. Mehr konnte sie nicht erkennen. Am Eingang des dunkel wirkenden Hauses standen zwei Fackeln, die ein angenehm warmes Licht auf die große Doppeltür warfen. Magdalena klopfte. Erst etwas zaghaft, dann, als niemand öffnete etwas kräftiger. Nach einem kurzen Augenblick wurde die große Eingangstür geöffnet. Drinnen erwartete Magdalena eine hübsche Empfangshalle mit einer prachtvollen Treppe aus massivem Holz mit goldenen Verzierungen. Überall hingen schwere samtige Vorhänge. Gemälde hingen an allen Wänden. Es gab mehrere Bilder vom Vater des Pfalzgrafen, in jungen Jahren, in seiner Zeit als Kurfürst, aber auch ihn in mitten von Schlachten. Im zweiten Stockwerk erkannte Magdalena ein weiteres Gemälde von dem Herzogen und dessen Frau. Weitere Familienportraits schmückten die Galerie. Auf den meisten waren die sechs Kinder des Ehepaares abgebildet. In der Mitte hing ein großes, sehr aufwendig gestaltetes Portrait von einem jungen Mann. Magdalena nahm an, dass es sich hierbei um den Herrn des Hauses handeln musste. Daneben hing ein kleineres Portrait von einer unterkühlten, aber ehrfürchtig wirkenden Frau. Dies musste wohl die Ehefrau des Pfalzgrafen sein. Magdalena war fasziniert von dem Eindruck, den sie in den ersten Minuten in diesem Haus erhielt. Neugierig schaute sie sich um, bis sie eine junge Frau, vielleicht noch ein Mädchen, welches schüchtern neben der Tür stand, bemerkte.

„Guten Abend.", sagte Magdalena. Doch das Mädchen sah sie weder an, noch sagte sie etwas. Schüchtern blickte sie zu Boden, deutete jedoch mit ihrer linken Hand in eine Richtung. Magdalena versicherte sich mit einem Handzeichen, erst auf sich, dann in die Richtung zeigend, ob sie gemeint war und sich dorthin begeben solle. Da das Mädchen sie aber immer noch nicht anschaute, ging Magdalena einfach in die ihr vorgegebene Richtung. Sie ging durch einen schmalen, langen Flur, der von flimmerndem Kerzenschein erhellt war, bis sie vor einer großen dunklen Holztür stand. Es war der einzige Weg, der aus diesem Flur führte. Magdalena war sich nicht sicher, ob sie wirklich hierentlang gehen sollte, aber da kein anderer in der Halle war, musste das Mädchen sie gemeint haben. Magdalena klopfte an die Tür. Nichts rührte sich. Dann klopfte sie ein zweites Mal. Wieder nichts. Vorsichtig öffnete Magdalena die schwere Holztür und zu ihrer Verwunderung befand sich nichts dahinter. Nur eine schmale Holztreppe, die nach unten führte. Verwirrt und unsicher schaute sich Magdalena um. Durfte sie sich hier überhaupt aufhalten? Vielleicht hatte sie das Mädchen auch hinters Licht führen wollen. Vielleicht sollte sie doch in der Halle empfangen werden. Magdalena hatte auf solche Spielereien keine Lust. Sie war es leid. Deswegen ging sie die Treppe hinunter. Dort wartete ein langer schmaler, aber weniger gut beleuchteter Gang auf sie. Er war nicht nur dunkel, sondern strahlte wegen eben dieser Dunkelheit etwas Kaltes und Unheimliches aus. Die Wände waren gemauert und feucht. Irgendwo tropfte es. Da jedes Geräusch hier unten aber schallte, konnte Magdalena die genaue Herkunft nicht einordnen. Der Gang war sehr schmal und sehr tief. Magdalena war kein großes

Mädchen, aber sie musste in geduckter Haltung laufen. Es gab dieses Mal zwei Möglichkeiten. Sie konnte dem Gang nach links oder rechts folgen. Sie entschied sich für die linke Seite. Sie lief den Gang entlang, bis es eine weitere Abzweigung gab. Nun blieb sie stehen. Irgendetwas stimmte nicht. Man konnte doch nicht von ihr erwarten, dass sie sich allein in einem so großen und noch dazu fremden Haus zurechtfinden sollte. Sie ging zurück. Dann würde sie eben die ganze Nacht in der Empfangshalle stehen. Gerade, als sie an der Treppe, die nach oben führte, angekommen war, hörte sie eine Stimme: „Hier entlang." Magdalena drehte sich überrascht um, aber da war niemand zu sehen. Sie schaute nach links, dann nach rechts. Niemand war zu sehen. Woher kam diese Stimme? Vielleicht hatte sie es sich auch nur eingebildet. Sie nahm die erste Stufe der morschen Treppe, als sie die gleichen Worte erneut hörte, dieses Mal kräftiger. Schnell hüpfte Magdalena die Stufe hinunter.

„Wer ist da?", fragte sie. Eigentlich war es egal, wer es war. Sie kannte die Person sowieso nicht, aber die Worte kamen einfach aus ihr heraus. Dann erschien ein dunkler Schatten. Er kam von der rechten Seite des Ganges auf Magdalena zu.

„Du musst Lena sein. Du wurdest schon angekündigt." Die Person, ein junger Mann, musterte Magdalena eingehend, rümpfte die Nase und drehte sich um. Er schlich den Gang entlang ohne ein weiteres Wort zu sagen.

„Ist ja sehr freundlich!", brummte sie.

„Was?" Der junge Mann drehte sich abrupt um und sah sie forschend an. „Hast du was gesagt?"

„Nein, nein." Magdalena folgte ihm schweigend.

„Hier unten sind die Schlafbereiche der Angestellten.", sagte er nun, „ Du wirst bei der alten Helga schlafen. Ich hoffe, du schläfst fest, denn sonst wirst du kein Auge zu machen." Er lachte kurz auf, verstummte aber sofort wieder. Dann blieb er stehen.

„Hier, wir sind da. Ich hole dich morgen in der Früh ab und zeige dir deinen Arbeitsbereich."

„Oh, ja gut. Werde ich heute noch gebraucht? Wann werde ich denn den Grafen und seine Frau kennen lernen?" Doch der Mann war bereits weg. Bevor Magdalena die Tür öffnete, schaute sie sich noch einmal den Weg, den die beiden zurück gelegt hatten, an. Sie würde nie mehr allein zurück finden. Auf dem Weg hierher hatten sie mehrere Abzweigungen genommen. Es war wie ein Labyrinth.

Der Raum war ebenso feucht und kalt, wie der Gang vor dem Zimmer. Eine Kerze stand in der Mitte des Raumes. Magdalena konnte in der Dunkelheit die Größe des Raumes nicht ausmachen, aber besonders groß konnte er nicht sein. Als sich ihre Augen an die Dunkelheit gewöhnt hatten, erkannte sie zwei Strohbetten. Auf dem einen lag jemand. Das musste Helga sein. Das andere war leer. Plötzlich merkte Magdalena, dass sie nicht nur erschöpft, sondern hundemüde war. Sie streifte sich ihr Kleid ab und legte sich in das leere Strohbett. Sie war sofort eingeschlafen. Von Helgas Schnarchen hörte Magdalena nichts.

Es kam Magdalena vor, als wäre sie eben erst eingeschlafen als eine knurrige tiefe Stimme sie mit den Worten *Steh endlich auf!* weckte. Langsam öffnete sie ihre Augen. Sie war wie gerädert. Jeder Muskel, jedes Gelenk tat ihr weh. Immer noch liegend schaute sie sich im Raum, der noch immer stockdunkel war, um. Die Kerze, die sie am Abend ausfindig gemacht hatte, brannte nun. Aber der flimmernde Schein brachte so gut wie kein Licht in die Finsternis. Allerdings erkannte Magdalena eine knochige Frau, die sich hektisch im Raum bewegte. Es sah so aus, als ziehe sie sich an.

„Ist es schon Morgen?", fragte Magdalena und gähnte ausgelassen.

„Ich weiß ja nicht, wo du herkommst, aber hier beginnt die Arbeit vor dem Morgengrauen!", schnauzte Helga. Dann blieb sie abrupt stehen, sah Magdalena an, die sich im Bett streckte, schüttelte den Kopf und verschwand aus dem Raum.

„Warte!", rief Magdalena. Aber Helga wartete nicht. Magdalena sprang nun auf, zog sich ihr Kleid, das sie gestern getragen hatte über und ging hinaus in den furchterregenden Gang. Allerdings sah der Raum auch nicht gemütlicher aus. Magdalena blieb vor der Tür stehen. Wohin sollte sie überhaupt gehen, vorausgesetzt sie fände den Weg dorthin. Sie entschied, nirgendwo hin zu gehen. Der Mann hatte ihr gesagt, er würde sie abholen. Dieses Mal vertraute sie auf dessen Worte und würde sich nicht rühren. Während Magdalena wartete, sah sie an sich hinunter. Ihre

Hände waren dreckig. Unter ihren Fingernägeln war Dreck. Der Saum ihres Kleides war schmutzig. Wahrscheinlich war auch ihr Gesicht schmutzig und wer weiß, wie ihr Haar aussah. Sie fühlte sich insgesamt einfach nur schmutzig. Ihre Haut klebte und sie roch übel. Nach Schweiß, Dreck und der fauligen Feuchtigkeit. Tränen schossen ihr in die Augen. Wieder sah sie sich ihre Hände an. Sonst hatte sie ihre Hände gepflegt. Sie hatte stets schöne Fingernägel, nicht zu lang, aber gesund und schön gefeilt. Jetzt sah sie, dass zwei Nägel abgebrochen waren und die anderen sahen, wie beschrieben, furchtbar aus. Sie kam nicht aus schlechtem Hause, aber wenn man sie nun sah, hätte man denken können, sie wäre eine umherstreifende Bettlerin. Magdalena kniete sich nieder und begann nun bitterlich zu weinen. Sie fühlte sich allein. Nein, sie war traurig, weil sie allein war. Es gab niemanden, der ihr Mut machte, sie auffing und tröstete. Sie vermisste ihre Heimat. Ihr Haus, ihren Garten, den sie mühselig angelegt hatte, ihre hübschen Decken, die sie im Herbst gehäkelt hatte, selbst die misslungenen Vasen, die sie getöpfert hatte. Die alte Müller hatte recht. Sie war undankbar und nie zufrieden mit dem, was sie hatte. Ihr Leben war schön und Holger hätte sich vielleicht geändert. Vielleicht war er auch nur wütend, weil sie wirklich Fehler machte, die sie hätte vermeiden können oder müssen. Sie musste hier weg. Sie würde versuchen aus dem unterirdischen Labyrinth zu kommen und würde dann heimlich von hier verschwinden. Den Weg nach Regensburg würde sie schon irgendwie finden. Vielleicht konnte sie sich einer Karawane anschließen.

„Du bist schon fertig? Wunderbar, dann komm!", sagte plötzlich eine Stimme, die von weit herkam. Zumindest hörte es sich so an. Magdalena schaute überrascht auf und erhob sich. Sie wischte sich ihre Tränen mit der Handfläche ab und ging auf den Mann zu, der, mit einer Fackel in der Hand, stehen geblieben war und auf sie wartete. Schweigend liefen sie den muffig riechenden Gang entlang, nahmen wieder unzählige Abzweigungen und waren schließlich an der vertrauten Holztreppe angelangt. Dann blieb der Mann stehen. Er lächelte Magdalena an. Im Licht der Fackel erkannte Magdalena, dass er kaum noch Zähne hatte. Seine Haut sah furchtbar aus. Mehrere Narben zeichneten sein junges Gesicht. Was hatte der arme Kerl schon alles erlebt, fragte sich Magdalena. Dann wanderte ihr Blick weiter nach oben auf sein Haar. Er hatte fast keines.

„Wegen der Läuse.", sagte er, als er ihren Blick bemerkte. „Wenn du Glück hast, bleibt dir diese Prozedur erspart. Frauen können ihre langen Haare meistens behalten." Er zwinkerte ihr zu und stieg dann die Treppe hinauf. Als sie die Empfangshalle passierten, war Magdalena überrascht. Die so prunkvoll gewirkte Halle war plötzlich gar nicht mehr so prachtvoll wie am Abend. Sie wirkte nun eher bescheiden und schlicht. Die Vorhänge waren ausgeblichen und an den Wänden bröckelte bereits der Lehm aus den Fugen. Das einzige, was immer noch außerordentlich herausstach, waren die Gemälde, die Magdalena schon am Abend bemerkte. Auf der anderen Seite der Halle befand sich ein weiterer schmaler Flur. Der Mann stellte die Fackel in eine Vorrichtung, wartete kurz und lief dann diesen Flur entlang. Es war nur ein kurzes Stück zurückzulegen, als eine Tür den Flur beendete.

„Da wären wir.", sagte er. Er holte ein Tuch aus seiner Hosentasche, wischte Magdalena damit im Gesicht herum, steckte es wieder ein und lächelte sie an.

„Sie haben nicht gelogen.", sagte er. Der junge Mann betrachtete Magdalena noch eine Weile. Es kam ihr vor wie eine Ewigkeit, bis er sie schließlich fragte: „Bist du bereit? Und sei nicht aufgeregt. Du wirst dich bei uns wohl fühlen." Er tätschelte Magdalenas Schulter, jedoch eher zaghaft, als beruhigend, klopfte drei Mal an die Tür und ging. Magdalena stand nun vor der Tür, wieder allein gelassen und ohne zu wissen, was zu tun war. Wenigstens hörte sie nun endlich ein Paar beruhigende und nette Worte. *Du wirst dich bei uns wohl fühlen.* Hoffentlich hatte er recht. Dann wurde die Tür geöffnet.

Der Raum war groß. Groß und lichtdurchflutet. Überall standen frische Blumenarrangements. Weitere Gemälde hingen an den Wänden. Sie zeigten tapfere Krieger im Kampf, Burgen, die von leichten Wolken am Himmel geschützt wurden, Frauen, die sich vergnügt mit Obst in den Händen um junge Männer wanden und weite Wiesen, die von Mohnblumen übersät waren. Die Fenster auf der rechten Seite des Raumes waren bedeutend größer, als die, die sie üblicherweise in Regensburg gesehen hatte. Die Sonne war zwar noch nicht vollständig aufgegangen, aber trotzdem wirkte der Raum hell und freundlich. Magdalena kam aus dem Staunen gar nicht mehr heraus.

„Du bist also die kleine Lena. Ich habe zwar nicht viel über dich gehört, aber das, was mir erzählt wurde, stimmt." Er saß am Ende des Saales. An der Stirn einer langen Tafel. Sein Haar war frisiert und sein Bart akkurat geschnitten. Er war noch nicht alt, aber er wirkte, als hätte er vieles erlebt. Neben ihm saßen vier Männer, deren Funktion Magdalena jedoch nicht ausmachen konnte. Vielleicht waren es Berater oder dergleichen, dachte sie sich. Bei genauem Hinschauen, erkannte Magdalena jedoch den Kutscher, der gestern so plötzlich verschwunden war.

„Komm heran, Kind." Der Pfalzgraf stand auf und reichte Magdalena die Hand. „Komm zu mir und zeige dich." Schüchtern schritt Magdalena zu dem Pfalzgrafen. Sie blieb in einiger Entfernung stehen und blickte zu Boden. Ihr Herz raste. Sie merkte, wie ihre Wangen glühten und ihre Hände schwitzig wurden. Die Situation war mehr als unangenehm. Sie kam sich vor wie Frischfleisch, welches auf dem wöchentlichen Markt begutachtet wurde. Als Magdalena kurz aufsah, sah sie, dass alle Blicke auf sie gerichtet waren. Die Männer musterten sie von oben nach unten. Sie schämte sich. Sie schämte sich so sehr für ihre Erscheinung, dass ihre Wangen noch mehr anfingen zu glühen.

„Komm näher, Kind. Ich sehe nicht sehr gut." Magdalena ging weitere Schritte auf den Herrn zu. Den letzten Schritt, der Magdalena nun von dem großgewachsenen Mann trennten, machte er. Er fasste sie am Arm, drehte sie und ging wieder einen Schritt zurück.

„Sehr hübsch. Ja wirklich. Da hat der gute Alfred tatsächlich Wort gehalten." Die anderen vier Männer stimmten zu. „ Zu schade für die Küche, nicht wahr, meine Herren? Mein Kind, welche Talente hast du vorzuweisen?"

Magdalena überlegte. Welche Talente? Gar keine, ihrer Meinung nach.

„Nun", sie räusperte sich, „ ich kann eigentlich nichts…"

„Ach, nun nicht bescheiden sein, Liebes. Alfred erzählte mir, du hast jahrelang die gute Schule seiner Frau genossen. Ich schließe daraus, dass du in sämtlichen häuslichen Tätigkeiten bewandert bist." Er beugte sich zu den Männern zu seiner

Rechten, dann zu denen, die links von ihm saßen. Wieder nickten sie zustimmend.

„Nun ja", er ging zu den Fenstern, blieb stehen und schaute hinaus. Magdalena bezweifelte, dass er draußen etwas ausmachen konnte, wenn er sie auf einen Meter entfernt kaum erkennen konnte. „Du bist jung. Wie alt bist du? 15 oder 16 Jahre? Du bist nett anzusehen und verfügst über alle häuslichen Fähigkeiten. Lesen und Schreiben kannst du auch."

Da blickte Magdalena plötzlich auf. Woher wusste er das? Das konnte nur Herr Müller verraten haben. Stünde sie jetzt in einem noch schlechten Licht. Ein Mädchen, das lesen und schreiben kann, wurde nicht gern gesehen. Sie hatte andere Dinge zu erledigen. Das Privileg besaßen nur Männer.

„Ich habe eine Tochter. Anna. Sie ist 8 Jahre alt und hat ihre Mutter, Gott habe sie selig, früh verloren. Ich denke, es wäre gescheit, wenn du sie schulst. Ja, das ist es. Lehre sie in all den Dingen, die ihr Mädchen eben macht." Darauf fiel er in schallendes Gelächter, welches sofort von den anderen Männern aufgenommen wurde. Er drehte sich zu Magdalena um und nickte ihr zu.

Damit war die Vorstellung beendet. Magdalena sagte: „Ja Herr.", und verließ den Raum zügig. Als sie die Tür hinter sich schloss, vernahm sie weiteres Gelächter. Sie atmete durch. Erst jetzt bemerkte sie, dass sie am ganzen Leib zitterte.

„Die Küche wartet nicht auf dich. Du solltest hier nicht rumstehen und Däumchen drehen. Geh den Gang zurück zur Halle und dann links. Dann gehst du geradeaus und die dritte Tür links…"

„Ich werde nicht in der Küche arbeiten.", sagte Magdalena zu dem Mädchen, welches ihr gestern den Weg in den Keller gewiesen hatte. „Ich möchte wissen, wo ich Anna finde." Das Mädchen schaute auf und meinte sich verhört zu haben.

„Was willst du von des Grafen Tochter? Du bist wohl außer Verstand."

„Sage mir einfach, wie ich zu Anna gelange und dann kümmere dich um deine Pflichten."

In diesem Augenblick kamen mehrere Damen in schönen Kleidern herbei gelaufen. Zwischen ihnen lief ein Kind, das aufgeregt erzählte, fast schon plapperte, und unentwegt zwischen den Damen auf und ab sprang.

„Bitte sehr.", sagte das Empfangsmädchen schnippisch und deutete in die Richtung der Frauenschar.

Anna blieb vor Magdalena stehen. Offenbar wollte sie zu ihrem Vater. Beide sahen sich einen Augenblick an. Obwohl das Mädchen seine Mutter verloren hatte, strahlte es eine unbändige Lebensfreude aus. Ihre grünen Augen funkelten und trugen ein Feuer in sich, was Magdalena dazu brachte, den Blick nicht senken zu können. Sie war bildschön. Schon jetzt verrieten ihre sanften Gesichtszüge, dass aus ihr in wenigen Jahren eine wahre Schönheit werden würde. Trotz ihrer Lebendigkeit wirkte sie zart wie eine Elfe, die über den Boden zu schweben schien und deren Bewegung eine kunstvolle Kür darstellte. Dann lächelte Anna verschmitzt und verschwand in dem Saal, aus dem Magdalena gekommen war. Die Damen, es waren drei, blieben vor der Tür stehen. Sie wirkten gestresst und überfordert. Sie unterhielten sich über die morgendlichen Strapazen und Gepflogenheiten des Mädchens und wie sie es schaffen sollten, das Mädchen zu einer gesellschaftsfähigen Dame zu erziehen. So standen die vier Frauen nun vor dem Saal und warteten. Darauf, dass das junge Mädchen wieder hinaus kam. Magdalena schaute sich die drei Gouvernanten an. Sie selbst passte überhaupt nicht in die Gruppe. Alle Drei waren deutlich älter als Magdalena. Sie hatten sicher selbst Kinder und kannten sich in dem, was sie taten bestens aus. Magdalena war selbst noch ein Kind. Ohne Erfahrung sollte sie nun die Tochter des Pfalzgrafen erziehen. Bei diesem Gedanken kamen ihr Zweifel auf. Was, wenn Anna ihr auf der Nase herumtanzen würde. Wie sollte sie denn eine Autoritätsperson darstellen, wenn sie Annas Schwester hätte sein können? Trotzdem gefiel ihr die Vorstellung deutlich besser, als sich in der Küche abschuften zu müssen. Als Gouvernante hatte man eine gute hierarchische Stellung am Hof oder eben in diesem Haus. So würde die eingebildete Empfangsdame ihr wenigstens nichts mehr zu sagen haben.

„Du gehörst zu uns?", fragte eine der Damen. Magdalena nickte nur und lächelte. Sie musste sich mit den Damen gutstellen, um sich einzuleben, von ihnen zu lernen und überhaupt anzukommen. Das Lächeln wurde erwidert.

„Uns wurde schon von dir berichtet." Die Dame lächelte freundlich. „Mein Name ist Paula. Das sind Sieglinde und Marie." Die beiden anderen Frauen schauten zu Magdalena und nickten ihr zu. „Hast du Erfahrungen im Umgang mit Kindern?"

„Pah, die ist doch selbst noch ein Kind!", mischte sich Sieglinde ein. Das breite Lächeln verriet jedoch, dass der Kommentar nicht böse gemeint war.

„Es wird nicht leicht für dich. Erlaube dir keine Fehler! Sei aber nicht zu streng, sonst erwartet dich der unnachgiebige Zorn des Grafen." Magdalena verstand. Sie stand auf dem Prüfstein. Aber sie würde sich ihrer Aufgabe stellen. Magdalena dachte an Joseph. Er war ihr immer ein guter Bruder gewesen. Er war geduldig, liebevoll, aber konsequent. Trotzdem ließ er ihr mehr Freiheiten, als jedes andere Mädchen erfahren hatte. Früher, vor ihrer Hochzeit mit Holger, hatte sich Magdalena geschworen, als Mutter genauso zu sein, wie ihr Bruder zu ihr war. Er war ihr Vorbild in allen Lebensbereichen. Also, sagte sie sich, würde sie versuchen, ebendieses Vorbild für Anna zu sein.

9.

Die Tage im Hause des Pfalzgrafen vergingen und mit jedem Tag fühlte sich Magdalena wohler. Sie verstand sich auf Anhieb mit Anna und empfand es als Freude, ihr verschiedene Dinge zu zeigen. Während Paula, Sieglinde und Marie vor allem Lehreinheiten im Nähen, Stricken, Singen und Klavierspielen übernahmen, zeigte Magdalena dem Mädchen die Natur. Sie hielten sich stets draußen auf, auch wenn es regnete. Magdalena machte das Mädchen auf die verschiedenen Baumarten aufmerksam, erklärte ihr, wie sie die einzelnen Arten unterscheiden konnte und welche besonderen Eigenschaften sie hatten. Sie steckte mit dem Mädchen Blumenzwiebeln, säte Grassamen und legte ein Gemüsebeet an. Am späten Nachmittag machten die Beiden häufig einen Spaziergang über Wald und Wiesen, beobachteten die wilden Tiere und dachten sich spannende Geschichten aus. Wenn sie dann heimkamen, schrieben sie diese auf. Es war herrlich. Im Gegensatz zur herrschenden Meinung war der Pfalzgraf über Annas Fähigkeiten im Schreiben und Lesen entzückt. Ihm gefiel es, wenn seine Tochter ihm ihre Geschichten, die sie geschrieben hatte, vorlas. Magdalena fühlte sich in ihre eigene Kindheit zurück versetzt und konnte all ihre Träume noch einmal oder endlich ausleben. Es war wie ein Traum. Wenn sie mit Anna allein war, alberten die Beiden herum, lachten viel und benahmen sich überhaupt nicht vornehm. Oft sahen sie nach ihren Spaziergängen aus, als hätten sie sich im Schlamm gewälzt. Aber all das war nicht schlimm. Niemand schimpfte, außer die Frauen, die die Wäsche zu waschen hatten. Magdalena war nun zum ersten Mal in ihrem Leben wirklich dankbar. Dankbar hier sein zu dürfen. Dankbar, so wenigen Regeln und Vorschriften ausgesetzt zu sein. Und dankbar für den respektvollen und freundlichen Umgang. Sie fühlte sich zu Hause. Am Abend nahmen der Pfalzgraf, Anna, die drei Gouvernanten und Magdalena gemeinsam das Abendessen ein. Der Pfalzgraf war wirklich ein netter und humorvoller Mann. Er erzählte von seiner Vergangenheit, von komischen Geschichten und lustigen Ereignissen. Ab und zu, wenn er bereits ein paar Gläser Wein getrunken hatte, wurde er melancholisch und berichtete über weniger erfreuliche Geschehnisse, wie dem Zwist mit seinem Onkel, dem Verlust seiner Frau oder aber

seiner Angst, Anna verlieren zu können. Sie
war sein Ein und Alles.

10.

„Lena, Lena! Sie sind da. Komm schnell!"
Anna lief wie ein wildgewordenes Huhn über
den Rasen, der wenige Tage zuvor das
letzte Mal in diesem Jahr in Form gebracht
wurde. All die hübschen Wildblumen
mussten dabei ihre Köpfe lassen und so sah
die Wiese wieder akkurat aus. Magdalena
und Anna waren immer traurig, wenn die
Grashalme gekürzt wurden, weil sie den
natürlichen Zustand bedeutend hübscher
fanden. Magdalena war gerade dabei, mit
dem jungen Gärtner, der sich
leidenschaftlich um die Sträucher, Bäume
und Blumen kümmerte, zu plaudern. Sie
hatte ein Auge auf ihn geworfen, das wusste
jeder im Haus, nur der Gärtner selbst nicht.
Er war nicht schüchtern, aber eben
zurückhaltend und in keinster Weise
aufdringlich.

„Was, jetzt schon?", rief Magdalena. Sie
wandte sich wieder dem süßen Gärtner zu.

„Na gut, ich werde dann reingehen. Bis
bald.", sagte sie zu ihm, lächelte verlegen
und ging Anna entgegen. Als die beiden
Mädchen nicht mehr in Sichtweite des
Gärtners waren, begannen sie zu rennen.
Dabei lachten sie lauthals und rempelten

sich wie zwei junge Rehe an. Drinnen wartete schon der Besuch. Die Mädchen bremsten vor der Hintertür ab, atmeten tief durch und betraten dann das Haus.

„Wie sehe ich aus?", fragte Magdalena ihre junge Freundin. Anna streckte ihren linken Daumen in die Höhe und lachte.

„Joseph, wie schön dich endlich zu sehen." Sie fiel ihrem Bruder um den Hals, umarmte ihn so fest, dass dieser ihren Griff etwas lockern musste. Beide hatten Tränen in den Augen. Wie lange war es wohl her, dass sie sich zuletzt gesehen hatten? Vielleicht ein halbes Jahr. Die Geschwister standen einander gegenüber und sahen sich freudestrahlend an. Für einen kurzen Moment herrschte Stille, aber keine unangenehme Stille, sondern jene, die keine Worte verlangte. Es war ein Augenblick, der für sich allein stand, der nicht mit Worten oder Taten gefüllt werden musste, der keine Beklommenheit auslöste oder zu einer Peinlichkeit führte. Wie sehr hatte sich Magdalena auf dieses Treffen gefreut.

„Wo ist Gustav?", fragte sie nun.

„Er ist krank.", antwortete Joseph. „Nichts schlimmes, aber es geht ihm zumindest so schlecht, dass er die Reise nicht unternehmen konnte." Joseph hielt kurz inne. Sein Blick lag fest auf seiner Schwester. Wie sehr sie sich verändert hatte, dachte er. Sie war nicht nur größer geworden, sondern mittlerweile eine junge Frau. Zum ersten Mal fielen ihm ihre Brüste auf, die wegen des enganliegenden Kleides nun deutlich zu sehen waren. Sonst trug Magdalena weite Kleidung, in der ihre Körperformen förmlich untergingen. Nun aber war ihre weibliche Silhouette nicht zu verstecken.

„Du siehst wunderschön aus, Magda. Ich bin sprachlos. Dir scheint es hier sehr gut zu gehen." Die Beiden bewegten sich nun Arm in Arm in Richtung Salon, in dem Gäste empfangen wurden.

„Ach, du Witzbold.", kicherte Magdalena. Sie hatte sich in ihren Augen gar nicht verändert. Sie trug jetzt hübsche und vor allem saubere Kleider, ja, aber das würde sie doch nicht derart verändern.

„Du hast dich dafür überhaupt nicht verändert, Bruderherz.", scherzte sie, „Aber sag, wie geht es euch zu Hause? Was macht die Arbeit?"

„Es geht uns gut. Ich kann gut für uns sorgen und die Arbeit macht mir immer noch sehr viel Freude. Sie ist mittlerweile mühseliger geworden, aber auch das packe ich noch." Er zwinkerte ihr zu und sah sich beim Laufen das Haus an.

„Es ist wirklich schön hier, Magda. So ein Leben muss großartig sein. Aber ich denke, für mich wäre das nichts." Magdalena schaute verwirrt auf und sah ihren Bruder fragend an.

„Was meinst du?"

„Es wäre mir auf Dauer zu langweilig."

„Ach, Blödsinn." Sie schnitt ihm das Wort ab und tat seine Äußerung mit einer Handbewegung ab. „Es würde dir hier gefallen, Joseph. Was denkst du denn, was die Männer hier tun? Sicherlich kommt es auf deine Position hier im Haus an, aber die machen sich hier alle nicht tot, das kannst du mir glauben." Diese Worte flüsterte Magdalena hinter vorgehaltener Hand. Natürlich, jeder wusste, dass es in diesem Haus ruhig, gesittet und sicherlich nicht hektisch ablief, aber das durfte man offiziell natürlich nicht frei äußern.

„Du könntest mit den Anderen jagen gehen. Hinten haben sie eine kleine Werkstatt. Da könntest du … ach weiß Gott, alles Mögliche werkeln. Hier ist so gut wie alles erlaubt, Hauptsache du erledigst zuerst das, wofür du hier bist und hast immer etwas zu tun, ob es nun nützlich und sinnvoll ist oder nicht." Joseph sah Magdalena schmunzelnd an. Er glaubt mir nicht, dachte sie. Sie schmunzelte zurück und schweigend gingen sie das letzte Stück zum Salon.

„Möchtest du Wasser? Tee? Schnaps?" Sie schaute ihn an und lachte. Magdalena goss das heiße Wasser in eine Kanne, in der bereits mehrere Kräuter in einem Säckchen hingen, und stellte zwei Tassen auf den Tisch, der an einer Holzbank stand. Der Bezug der Bank war gerade erst fertig genäht worden. Magdalena hatte selbst mitgearbeitet. Magdalena konnte nicht sagen, um welche Art von Stoff es sich handelte, aber die Farben waren ihr wichtig. Rosa, Weiß und helles Gelb waren in breiten Streifen verarbeitet worden. Zwischen jeder Farbe verlief ein schmaler goldener Faden, der den gesamten Bezug sehr edel und teuer wirken ließ. Joseph stand am Fenster. Er schaute sich neugierig die Fenster an. Dann öffnete er eines und schloss es wieder. Er wartete kurz, schaute sich das Fenster wieder erst von rechts, dann von links prüfend an, öffnete es schließlich und schloss es wieder. Magdalena beobachtete ihren Bruder bei dieser Aktion. Es amüsierte sie, wie bewundernd er diese Fenster begutachtete.

„Ich glaube, diese Fenster werden auch hinten, in der Werkstatt, hergestellt.", sagte sie mit dem Versuch, es beiläufig klingend wirken zu lassen.

„Haha." Joseph setzte sich auf die Bank. Er nahm einen Schluck von dem Tee, setzte die Tasse ab und schaute sich im Salon um.

„Was bedrückt dich Joseph? Ich merke das doch. Gibt es doch Ärger zu Hause? Ist etwas mit Holger? Hat ER Ärger gemacht?"

„Nein. Es ist alles in Ordnung. Ich vermisse dich nur. Du bist nun so weit weg. Ich dachte, ich könne es besser verkraften, aber es gelingt mir nur schwer. Jetzt aber, da ich sehe, wo du lebst und dass es dir gut geht, bin ich beruhigt. Ehrlich." Das war noch nicht alles. Magdalena spürte es. Sie sah Joseph eindringlich an. Er hatte noch etwas auf dem Herzen. Es schien, als suche er nach den passenden Worten. Dann sagte er: „Holger hat es uns nicht leicht gemacht. Er war wütend. Er versuchte die alten Müllers zu bedrohen und so zu erfahren, wo du bist. Sie konnten ihn gemeinsam überwältigen, aber Frau Müller hat ganz schön was abgekriegt. Jetzt geht es ihr wieder gut, keine Sorge."

Magdalena war nicht wirklich überrascht. Etwas in der Art hatte sie erwartet. Holger war nicht der Typ Mann, der solch eine Schmach und eine derartige Hinterlist einfach auf sich sitzen ließ.

„Hat er auch euch angegriffen?", fragte sie.

„Ja, er hat es versucht. Wir haben uns aber wehren können und ihm unmissverständlich klar gemacht, dass das, was wir bzw. du getan hast auch für ihn als Ehemann die beste Lösung war. Ich weiß nicht, ob er sich damit abfinden kann und wird, aber ich denke, er hat es wenigstens verstanden. Wir sollten unsere Ruhe vor ihm haben." Nun schaute auch Magdalena hinaus. Sie sah Anna mit einem Papierdrachen über die Wiese laufen. Hinter ihr flitzte Marie, die völlig außer Puste war, und versuchte, dem jungen Mädchen zu folgen. Magdalena schmunzelte bei dem Bild, das sich ihr bot. Dann sah sie zu Joseph. Auch er hatte die Szene beobachtet und als er merkte, dass

Magdalenas Blick auf ihn gerichtet war, mussten sie beide herzlich darüber lachen.

Sie liefen noch eine ganze Weile im Haus herum. Magdalena zeigte ihrem Bruder all das, was sie zeigen durfte. Die offiziellen Säle natürlich nur. Auch den Garten schauten sich beide ausgiebig an. Er bot bedeutend spannendere Dinge, als das Haus, fanden die Beiden. Als sie die angelegten Wege entlang spazierten, hielt Magdalena nach dem Gärtner Ausschau. Aber von ihm war nichts mehr zu sehen. Aus Angst, ertappt worden zu sein, huschte ihr Blick schnell zu ihrem Bruder, aber er schien von der Pracht des Gartens so fasziniert zu sein, dass er nichts anderes um sich herum mitbekam.

„Was es hier für Blumen gibt!", stellte er überwältigt fest. „Und dort, was ist das für ein Strauch?"

Magdalena wusste es selbst nicht. Es gab Pflanzen, die Magdalena noch nie gesehen hatte. „Ich glaube, manche Pflanzen werden aus fernen Ländern hierher gebracht. Sie sind nicht heimisch, weißt du." Joseph sah sie überrascht an. Er nickte und ging weiter.

Die Dämmerung setzte langsam ein.

„Das ist das Zeichen für mich, wieder aufzubrechen.", sagte Joseph merklich traurig.

„Kannst du nicht einfach hier bleiben. Wir finden bestimmt eine Möglichkeit für dich und auch für Gustav, hier im Haus arbeiten zu können.", bat Magdalena ihren Bruder flehend. Sie wusste natürlich, dass es diese Möglichkeit nicht gab, aber sie hoffte doch auf den Willen ihres Bruders. Doch dieser schüttelte nur den Kopf.

„Magda, ich kann nicht hier bleiben. Selbst wenn es von dieser Seite klappen würde, von meiner nicht. Ich habe das Haus. Und Gustav. Der bewegt sich keine drei Schritte weg von unserer Haustür. Ich habe gute Chancen den Betrieb zu übernehmen. Der alte Mann geht an seine Grenzen. Er wird es nicht mehr lange machen, glaube mir. Und dann, dann bin ich endlich unabhängig." Magdalena sah es ein.

„Aber du kommst mich jetzt häufiger besuchen, ja?"

„Natürlich.", versicherte er ihr. Dann küsste er sie auf die Stirn, nahm ihre Hand und ging mit ihr langsam zurück zum Haus. Drinnen wartete bereits der Kutscher, der schon Magdalena hierher gebracht hatte. Auch er hatte sich nicht verändert. Er sah immer noch so verkniffen und zornig aus, wie am ersten Tag, als Magdalena ihn gesehen hatte. Magdalena nickte ihm grüßend zu, doch der Kutscher tat nicht dergleichen.

„Also. Ich danke dir für deine Gastfreundschaft. Sei nicht traurig!" Joseph hob Magdalenas Kinn, um ihr in die Augen sehen zu können. „Ich komme bald wieder, versprochen. Und dann hoffentlich mit dem faulen Hund." Er zwinkerte und lächelte. Dann umarmten sich die beiden Geschwister und Joseph verließ das Haus. Tränen standen in Magdalenas Augen. Die Zeit war viel zu kurz. Sie hatte gar nicht alles fragen können, was sie wissen wollte. Hatte Joseph vielleicht schon eine Frau? Oder Gustav? Das war zwar eher unwahrscheinlich, aber ausgeschlossen war es nicht. Schnell riss Magdalena die Eingangstür auf und rannte die Treppen nach unten. Vorbei an den Blumenbeeten, die den Weg zum Hoftor säumten, bis sie das Tor erreicht hatte. Doch Joseph war fort. In der Ferne erkannte sie die davon trabende Kutsche, die nichts weiter, als eine Staubwolke, hinterließ.

11.

Das ganze Haus war in hellem Aufruhr. Alles Mögliche wurde verpackt und in Kisten verstaut. Die Wäscherinnen hatten in ihrem Leben noch nie so viel Arbeit wie an den letzten Tagen, zumindest behaupteten sie das. Magdalena bekam von alldem nicht viel mit. Sie wurde nur damit beauftragt, das Wichtigste für Anna einzupacken. Der Aufenthalt würde zwar nicht sehr lange andauern, aber es mussten mindestens drei Kleider pro Tag mitgenommen werden. Diese Kleider durften nur die besten Stücke sein, die dementsprechend schwer waren und viel Platz brauchten. Außerdem mussten alle Toilettenartikel mitgenommen werden, die allein schon drei Kisten füllten. Man hätte denken können, die Familie verlässt mit samt ihren Angestellten das Land. Dem war zwar nicht so, aber das Vorhaben war nicht weniger aufwendig und benötigte sicher bedeutend mehr Vorbereitungsmaßnahmen. Es ging schließlich zum Kaiser!

Er hatte seinen Neffen eingeladen. Der Grund war Magdalena nicht bekannt. Letztlich ging es sie auch nichts an. Sie musste sich nur um Anna kümmern, wie bisher. So wurde es ihr aufgetragen.

Trotzdem war sie aufgeregt. Der Kaiser! Wie er wohl aussah? Und wie würde er sein? Magdalena spann sich viele Bilder im Kopf aus und träumte sogar in der Nacht von riesigen Burgen mit großen Rosenbüschen, die an den Wänden empor rankelten. Überall standen Kutschen und wilde Schimmel überquerten die weiten Wiesen. Das Land war so groß, dass man das Ende nur in der Ferne erahnen konnte. Es gab keine Zäune, keine Tore. Alles war weit und der wilden Natur überlassen. Herrlich, dachte sie sich jedes Mal, wenn sie sich wieder Gedanken über des Kaisers Anwesen machte.

Die Fahrt war mühselig und zog sich ewig in die Länge. Ständig wurde ein Stopp eingelegt. Magdalena hatte das Gefühl, sie würden einfach nicht voran kommen.

„Wie lange würde die Fahrt dauern?", fragte sie Sieglinde bei einem der Zwischenstopps. Sieglinde war deutlich angespannt. Aber nicht wegen der Aufgeregtheit vor dem Kaiser, sondern, weil die Reise für sie viel größere Strapazen bedeutete, als für Magdalena. Sie berichtete ihr von der letzte Reise zum Kaiser, kurz nach dessen Krönung. Sie erzählte, dass es ein langer Weg sei und sie mindestens zwei Tage brauchen würden. Nach dem ersten Tag, taten Magdalena bereits alle Knochen weh. Das Sitzen in der Kutsche brachte all ihre Glieder zum Schmerzen. Es war eng, unbequem und fürchterlich stickig in der Kutsche. Marie und Sieglinde stöhnten unentwegt. Sie schworen die häufigen Pausen herbei, damit sie sich die geschwollenen Beine vertreten konnten. Auch Magdalena war nun froh über die Pausen. Allerdings gestaltete sich das Pinkeln ebenso schwierig, wie bereits zu ihrer Fahrt zum Pfalzgrafen. Privatsphäre gab es nicht. Auch nicht für die junge Anna. So gingen die vier Damen mit Anna tief in den Wald, suchten ein verstecktes Plätzchen und verrichteten ihr Geschäft. Es war furchtbar. Furchtbar beschämend, vor allem für Anna. Sie war in einem Alter, in dem ihr alles, was ihren Körper betraf, peinlich war. Auch Magdalena zierte sich. Aber was blieb ihr anderes übrig? Sie musste essen, trinken und sich eben auch erleichtern. Viel schlimmer als all das war die eisige Kälte. Es war Winter. Der kurze Aufenthalt draußen verursachte in kurzer Zeit blaue Lippen und ein Zittern am Körper, das nicht zu unterdrücken war. Die Kälte schmerzte. Selbst im Kutschwagen war es kalt. Die Enge jedoch führte wenigstens

134

dazu, dass es auszuhalten war. Allen Reisenden ging es von Stunde zu Stunde schlechter. Der wenige Schlaf und die Kälte verbreiteten eine schlechte Laune und eine Angespanntheit, die kaum noch zu ertragen war. Magdalena hoffte, dass sie bald angekommen waren.

Aus zwei Tagen wurden vier. Doch als Magdalena beim letzten Halt den riesigen Turm, der die Wolken am Himmel zu streicheln schien, erblickte, vergaß sie die ganzen Strapazen und spürte ein Kribbeln im Bauch. Sie waren ihrem Ziel nun so nah, dass Magdalena es kaum mehr erwarten konnte. Sie war so aufgeregt. Die restliche Fahrt sah Magdalena aus dem Fenster, sah nun die imposante Burg in der Ferne immer näher kommen. Es war ein schöner, sonniger Tag. Die Menschen auf den Straßen wirkten fröhlich. Heiter unterhielten sie sich, transportierten Rohmaterial oder Vieh auf Karren, manche winkten sogar. Magdalena winkte zurück, obwohl sie sich sicher war, dass von ihr niemand Notiz nahm. Aber es bereitete ihr Freude. Die Menschen um den Kaiser mussten alle sehr glücklich sein. Es war eine andere Welt. Anders als in Regensburg, wo jeder trübsinnig seiner Arbeit nachging und kaum ein Wort über die Lippen brachte.

Magdalena war beeindruckt. Die Stadt wirkte außerdem sauberer und ordentlich. Am Straßenrand lagen kaum Fäkalien, es roch nicht. Allein die weißen Häuser mit den hübschen Holzbalken strahlten pure Fröhlichkeit aus. Magdalena hatte diese Art Häuser bereits gesehen, aber in der Fülle wirkte die gesamte Stadt freundlicher. Magdalena gefielen diese Häuser. Dann hielt die Kutsche. Sie waren da. Obwohl sie das große Tor bereits passiert hatten, fuhren sie erneut eine gefühlte Ewigkeit. Magdalena konnte jedoch nicht viel erkennen oder es gab nicht viel zu sehen. Sie sah eigentlich nichts, außer Bäume. Keine weiten Wiesen und keine wilden Schimmel, die vorüber zogen. Als Magdalena ausstieg sah sie auch keine wunderschöne, imposante Burg, sondern eine Burg, die bedrohlich und gar nicht mehr freundlich wirkte. Die dunklen Backsteine, die sich an dem hohem Gemäuer hinaufzogen, schienen ihr sagen zu wollen, *tretet nicht ein!* Die anderen schienen wenig beeindruckt. Sie kannten das Anwesen bereits, aber Magdalena war erschüttert. Erschüttert darüber, wie der Kaiser wohnte. So hatte sie sich die überall bekannte Burg des Kaisers wahrlich nicht vorgestellt. Magdalena sah sich um. Sicher, der Rasen war auch hier penibel gepflegt, aber sonst gab es kaum Sehenswürdigkeiten. Was würde sie wohl drinnen erwarten?

Magdalena hatte kaum Zeit, sich umzusehen. Ihr wurde die True, die sie trug, förmlich aus den Händen gerissen. Man nahm ihr den Mantel, Hut und Handschuhe ab und drängte sie mang den anderen von einem Raum in den nächsten. Aber das, was Magdalena sah, war überwältigend. Die Wände waren mindestens dreimal so hoch wie sie. Zumindest kam es ihr so vor. Sonst waren die Zimmerdecken kaum höher als ein großer Mann, aber hier schienen sie bis in den Himmel zu reichen. Gemälde, eines schöner als das andere, schmückten die Wände. Es waren nicht so viele wie beim Pfalzgrafen zu Hause, aber dafür waren die Wenigen bedeutend größer und detaillierter gemalt. Es gab viele Geweihe oder ausgestopfte Köpfe von Rehen, Hirschen und Wildschweinen. Das war nicht weiter verwunderlich, da man dem Kaiser nicht nur ein Talent, sondern auch eine Leidenschaft für das Jagen nachsagte. Die Burg musste schon vor vielen Jahren erbaut worden sein. Man sah ihr das lange Bestehen an. Trotzdem war sie bei weitem nicht in solch einem renovierungsbedürftigen Zustand wie das Anwesen des Pfalzgrafen. Plötzlich befand sich Magdalena, zusammen mit den anderen drei Gouvernanten und Anna in einem wunderschön eingerichteten Zimmer. Schwere Gardinen hingen vor den Fenstern. Als Marie diese beiseite zog, bot sich ihnen ein herrlicher Blick auf das Waldgebiet rund um das Anwesen. Als Magdalena ihren Blick nach links wendete, konnte sie die äußersten Häuser der Stadt vor der Burg erkennen. Sie war ein wenig traurig. Dort hatte es so wunderbar ausgesehen. Viel schöner als in dieser Burg. Sie würde so gern zurück in die Stadt fahren, dort entlang schlendern, sich mit den Menschen unterhalten, sich austauschen und sich einfach die Gegend ansehen. Aber das durfte sie nicht, solange es nicht Annas ausdrücklicher Wunsch war. Nun aber hatten sie andere Dinge zu tun. Sie mussten sich und vor allem das junge Mädchen frisch machen. Der Empfang des Kaisers stand kurz bevor und alle mussten einen außerordentlich guten Eindruck machen. Die lange und mühselige Fahrt durften ihnen nicht anzusehen sein. So kämmten, wuschen, puderten und frisierten sich alle fünf Damen, zogen sich saubere Kleider an und warteten bis es an der Tür klopfte. Paula öffnete die Tür und verneigte sich ehrfürchtig vor dem Mann, der davor stand.

„Sie wünschen?", fragte sie beim Hochkommen und hielt den Blick weiterhin gesenkt.

„Das junge Fräulein wird erwartet.", sagte er und bedeute Anna, ihm zu folgen. Beim Gehen sah er die anderen Gouvernanten flüchtig an. Sein Blick ruhte jedoch eine ganze Weile auf Magdalena, die seinem Blick standhielt und ihn taff anlächelte. Er lächelte ebenfalls, allerdings nicht aus Freundlichkeit. Diese Art des Lächelns war Magdalena ungeheuer. Sie konnte es nicht einordnen, aber es war auf jeden Fall nicht nett gemeint, so viel stand fest. Als Paula die Tür schloss, setzten sich alle Frauen erleichtert nieder.

„Wer weiß, wie lange das dauern mag. Ich sag euch eines, ich ruhe mich erst einmal aus." Daraufhin hob Marie die Füße, schob sich einen flachen Hocker zurecht, legte ihre Füße darauf und schloss die Augen. Das war sicherlich keine schlechte Idee, dachte sich Magdalena. Als die anderen Beiden es Marie gleich taten, machte es sich auch Magdalena in einem bequem wirkenden Sessel, überzogen mit wunderschöner, hellblauer Seide, gemütlich.

Einige Tage waren bereits vergangen und Magdalena hatte den Kaiser immer noch nicht zu Gesicht bekommen. Ein Mal konnte sie beim Vorbeigehen an dessen Salon einen flüchtigen Blick ins Innere des Raumes werfen, aber selbst da konnte sie ihn nicht deutlich sehen, da er von einer Schar an Menschen umgeben war. Auch Anna sah sie nicht oft, eigentlich nur, wenn sich diese morgens fertig machte, am Mittag ein Schläfchen hielt und am Abend wieder umgezogen werden musste, bevor es zum Abendessen ging. Die erzieherischen Pflichten, die die vier Gouvernanten zu erledigen hatten, entfielen, was den drei Damen allerdings überhaupt nichts auszumachen schien. Sie hielten sich im Salon der Damen auf, tranken einen Tee nach dem anderen, plauderten mit den Hofdamen und tauschten den neusten Klatsch und Tratsch aus. Magdalena jedoch langweilte sich zu Tode. Sie kannte niemanden und niemand schien auch nur das geringste Interesse an ihr zu haben. Auf das Gequatsche der älteren Damen hatte sie auch keine Lust. Wäre es nicht so fürchterlich kalt gewesen, wäre sie gern raus gegangen, durch die Wälder gestreift und hätte sich so die Zeit vertrieben. Aber so saß sie nun oft bei den Damen, strickte oder häkelte und versuchte dem Getuschel und Gelächter keine Aufmerksamkeit zu schenken.

„Gehen wir raus, bitte?", flüsterte plötzlich eine leise Stimme. Anna hatte sich heran geschlichen und stand ganz nah an ihrem Gesicht. Fast hätte sich Magdalena zu Tode erschrocken, doch sie konnte ein lautes *Oh* gerade noch unterdrücken. Sie sah Anna an, dass sie fix und fertig war. Ihre Augen waren müde und gerötet. Das arme Ding, dachte sich Magdalena. Sie legte ihre Wolle beiseite und stand langsam auf. Der Rest der Gesellschaft im Raum hatte noch nicht einmal mitbekommen, dass das junge Mädchen wenige Schritte von ihnen entfernt war. Sie schienen wie in Trance. Nur auf ihr Geplapper konzentriert. Magdalena ging mit Anna, die kein Wort sagte, ihre Mäntel holen. Sie wollten raus. Raus an die frische Luft. Weg von den starr wirkenden Menschen, die sich auf dem Anwesen aufhielten. Was hatten die vielen Leute hier überhaupt zu suchen? Es konnten nicht alles Angestellte sein. Diese hätten weder die Erlaubnis, noch die Zeit herumzulaufen. Was anderes taten diese Leute auch nicht. Sie liefen einfach umher, blieben stehen, um sich, was auch sonst, zu unterhalten und gingen gemächlichen Schrittes weiter. Anna und Magdalena verließen die Burg auf der hinteren Seite. Anna musste diesen Ausgang bereits ausfindig gemacht haben, denn sie ging zielstrebig dorthin. Draußen war es trotz der Kälte herrlich. Die Sonne schien, keine Wolke war am Himmel zu sehen und die Luft tat nicht nur der Lunge, sondern den ganzen Gliedern gut. Beide atmeten erleichtert tief ein und aus, bevor sie in südliche Richtung, immer noch stumm, aufbrachen. Der Schnee knirschte unter ihren Schuhen. Alles glitzerte und funkelte. Ja, das war ein schönes Bild, dachte sich Magdalena. Endlich etwas Schönes und nicht immer diesen dunklen Gemäuer der Burg. Sie gingen noch ein ganzes Stück, als Anna anfing zu erzählen: „Ich halte das hier keine Sekunde länger aus! Ich möchte wieder nach Hause. Ich würde liebend gern mit Marie fünfmal diese blöde Symphonie spielen, als mich noch ein Wort länger mit diesen schrecklichen Leuten unterhalten zu müssen. Lena, bitte, können wir wieder fahren?"

„Ach Anna, ich kann das nicht entscheiden.", antwortete Magdalena. „Ich finde es hier auch furchtbar, aber da müssen wir jetzt durch, schätze ich. Und bis in die Ewigkeit werden wir nicht bleiben. Dein Vater hat schließlich auch Pflichten, denen er nachgehen muss." Dann hörten sie plötzlich lautes Pferdegewieher und laute Stimmen. Irgendetwas war in Aufruhr. Sie blieben beide stehen und sahen zurück zur Burg.

„Um Himmels Willen, die suchen mich bestimmt. Ich habe mich einfach davon geschlichen." Anna hatte Angst, das konnte Magdalena spüren. Wenn man sie hier zusammen erwischte, konnte sich Magdalena bestimmt schlimme Vorwürfe anhören. Wer weiß, welche Strafe ihr blühte. Schnell liefen die beiden Mädchen zurück zur Burg. Doch je näher sie kamen, desto deutlicher war der Grund für das Gemenge zu erkennen. Der Kaiser ging zur Jagd. Natürlich nicht allein. Es standen etliche Pferde bereit. Auf manchen saßen bereits Männer, andere warteten noch darauf bestiegen zu werden. Dann kam er. Der Kaiser des Heiligen Römischen Reiches. Er war nicht groß. Er war nicht schlank und sein Gesicht zeigte nicht die geringste Spur an Freundlichkeit. Magdalena erschrak innerlich. Dieser Mann strahlte nichts als Gefahr aus. Magdalena und Anna erreichten gerade den Hof, als die Meute aufbrach. Begleitet von einigen Hunden ritten sie davon. Der Kaiser ritt voraus und kam direkt auf die Mädchen zu. Magdalena wurde Angst und Bange. Sie wichen aus und

143

blieben am Wegesrand stehen, den Blick gesenkt. Als Magdalena vorsichtig hochsah, traf ihr Blick den des Kaisers. Wie zwei Pfeile, die sich auf halber Strecke trafen. Seine Augen waren eisblau. Kalt, aber klar. Er sah sie direkt an, zeigte aber keinerlei Gefühlsregung. Schnell senkte sie den Ihren wieder und traute sich nicht, ihn wieder zu heben, bis Anna sie anschubste und ihr damit zu verstehen gab, dass die Luft rein war. Schnell gingen sie ins warme Haus, wo schon die drei Gouvernanten warteten. Sie hatten nun doch mitbekommen, dass sich Anna weggeschlichen hatte und waren alles andere als erfreut. Sie wurden, so erzählten sie, vom Pfalzgrafen persönlich angezählt. Aber es war ja nichts passiert. Man rechnete damit, dass der Kaiser am Abend zurück sei, so hatten alle im Haus etwas Zeit sich auszuruhen und sich für den Abend zurecht zu machen.

Die nächsten Tage verliefen ähnlich. Es passierte rein gar nichts. Anna machte der Aufenthalt allerdings schwer zu schaffen. Sie musste ihren Großonkel und dessen Anhang bespaßen, sich stets als wohlerzogene und angenehme Tochter und Nichte geben und all ihre erlernten Fertigkeiten im Klavierspiel, Gesang und auf der Leinwand darbieten. Es war mühselig für das Kind. Jeden Abend fiel das Mädchen erschöpft ins Bett und musste am nächsten Morgen geweckt werden. Für Anna äußerst untypisch. Normalerweise war sie die erste, die am Morgen, noch bevor die Sonne das Land erhellte, umher lief und mit ihrem unaufhaltsamen Geplapper das gesamte Haus weckte. Nun aber war sie über jede Minute, in der sie nichts sagen musste, froh und dankbar. Daher verliefen auch die sonst so fröhlichen und heiteren Momente im Zimmer der Damen, wenn sie sich ankleideten etc., wortlos.

Kurz vor der geplanten Abreise gab der Kaiser ein Fest. Zu wessen Ehren wusste Magdalena nicht, aber sie freute sich darauf. Noch nie hatte sie ein Fest erlebt. Sicherlich gab es auch beim Pfalzgrafen Festlichkeiten, aber dieses würde das Maß deutlich übertreffen. Magdalena holte ihr bestes Kleid heraus und überlegte sich eine Frisur. Sie musste sich natürlich bedeckt halten, schließlich war sie eine Gouvernante, aber trotz allem, machte man sich für ein Fest des Kaisers schick. Als Angestellte des Pfalzgrafen repräsentierte sie ihn und musste daher angemessen und gutgekleidet erscheinen. Als sich die fünf Damen auf den Weg machten, zogen sie viele Blicke auf sich. Hauptsächlich lag es an Anna, die wunderschön aussah. Magdalena bemerkte allerdings, dass das junge Mädchen etwas von ihrer Leichtigkeit verloren hatte. Sie wirkte älter, als sie war. Sie grüßte und lächelte jeden an. Das aber war alles künstlich. Es war nicht die Heiterkeit des Mädchens, das sie kannte, sondern die Heuchelei des Mädchens, zu dem es geworden war oder gemacht wurde. Dann schritten sie in den Festsaal. Der Pfalzgraf begrüßte die Damen und nahm sein Mädchen sofort an sich. Er zottelte es von einem Fürsten zum anderen, stellten es etlichen Damen und Herren vor und setzte es schließlich an einen Tisch voller Erwachsener, die sich ausgiebig zu amüsieren schienen. Aus der Ferne beobachtete Magdalena, dass ihr sogar Wein angeboten wurde.

„Hör auf damit, Lena!", sagte Marie zu Magdalena. „Es ist nicht deine Aufgabe, sie zu beschützen, sondern sie zu unterrichten und zu lehren. Es ist hart, aber wir sind bald zurück und sie muss da nun mal durch. Es hilft nichts. Das da...", sie zeigte mit dem Finger in Annas Richtung, „ist das Schicksal aller Mädchen Annas Standes. Sie wird es überleben." Daraufhin drehte sie sich um und ging zu einer Meute voller bereits betrunkener Damen, mit denen sie vorher schon öfter Tee getrunken hatte. Magdalena erkannte nicht alle von ihnen wieder, aber die meisten. Allein wie sie war, schaute sich Magdalena in dem riesigen Saal um. Viele Besucher tanzten, die anderen saßen an Tischen, redeten, lachten und tranken. Immer wieder sah man Hände, die wild und unkontrolliert umherirrten und Körperstellen berührten, deren Berührung nicht als sittenhaft galt. Aber es schien sich hier niemand daran zu stören. Magdalenas Blick schweifte weiter, bis sie die Mitte des Saals erreichte. Dort saß er, der Kaiser. Er saß auf einem Thron, neben ihm Männer, die auf ihn einredeten, andere, die ihm etwas ins Ohr flüsterten. Er aber saß nur da, und starrte. Er starrte Magdalena an. Wieder dieser eiskalte Ausdruck in seinen Augen. Es schüttelte sie. Sie wollte keine Minute länger in diesem Raum bleiben. Magdalena fühlte sich unerwünscht, unpassend und nicht dazugehörig. Sie bemerkte, dass nun auch die Männer ihren Blick auf sie richteten. Durfte sie diesen Männern und dem Kaiser einfach den Rücken kehren? Aber es war ihr egal. Sie musste sich aus dieser bedrückenden Situation retten. Sie lief. Sie lief, bis sie zu dem Ausgang gelangt war, den ihr Anna gezeigt hatte. Kurz hatte Magdalena überlegt, ob sie flüchten sollte.

147

Aber das war Blödsinn. Sie würde hier nicht mehr lange bleiben müssen, dann wäre sie zu Hause, wo alles wieder normal ablief. Warum wurde sie nur derart angestarrt, fragte sie sich. Es war ein Gefühl der Beklommenheit, aber sie musste ihren Dienst erfüllen und ihrem Arbeitgeber eine gute Angestellte sein. Also ging sie zurück. Sie hielt sich am Rand der feiernden Gesellschaft auf, drückte sich bei den drei anderen Gouvernanten rum. Sie suchte Schutz bei ihnen. Und sie gaben ihr Schutz. Der Abend ging nun langsam dem Ende zu. Magdalena hatte nicht ein Mal getanzt, obwohl sie mehrere Male aufgefordert wurde. Aber das war das letzte, was sie wollte. Unauffällig sein und schnellstmöglich verschwinden, das war ihr Plan. Sie hatte auch keine Lust zu tanzen, denn Freude oder Fröhlichkeit gehörten nicht zu ihrer aktuellen Stimmungslage. Ab und an wagte sie einen haschen Blick auf den Kaiser, doch er starrte sie nicht mehr an. Auch die anderen Männer ergaben sich nun den lüsternen Frauen, die sich ihnen an den Hals warfen und hatten somit besseres zu tun, als nach ihr Ausschau zu halten. Magdalena schielte, während sie dem Gerede der Damen zu folgen versuchte, immer wieder zum Pfalzgrafen, der ebenfalls ständig den Augenkontakt zu seinem Onkel suchte. Er schien nur auf ein Zeichen seinerseits zu warten, um sofort zur Stelle zu sein. Magdalena war enttäuscht von ihm, das musste sie zugeben. Er wirkte auf sie, wie ein schwanzwedelnder Hund, der sein Herrchen liebte, obwohl dieser ihn verprügelte. Er verhielt sich seinem Onkel gegenüber ekelerregend einkratzend, stellte selbst absolut keine Persönlichkeit mehr dar, obwohl ihm erst kürzlich eine Burg in Neustadt zugesagt wurde, und war überhaupt nicht mehr wiederzuerkennen. Warum nur konnten die Menschen nicht einfach ihren Mann stehen, dachte sich Magdalena. Warum mussten sie sich immer zu winselnden Tieren verwandeln, die nach Aufmerksamkeit und Liebe japsten. Vor allem dann, wenn doch ihre Persönlichkeit geschätzt wird, sie eben wegen dieser Anerkennung erhalten. Nein, sie haben Angst. Angst vor Hieben und Tritten. Angst vor der Zurückweisung Höhergestellter. Sie meinen, nur wenn sie von oben geliebt werden, würden sie sicher sein. Aber meistens führt eben gerade diese geheuchelte Hochachtung zur Missgunst des Höhergestellten und bringt dessen Ablehnung mit sich. Dann erhob sich der Pfalzgraf. Er lief geschwind zum Kaiser, der

ihm etwas ins Ohr flüsterte. Der Pfalzgraf
nickte. Er wirkte überrascht. Er drehte sich
nun und sah sich suchend im Saal um. Er
bewegte sich langsam durch die Menge und
war dabei weiterhin auf der Suche nach
etwas. Oder jemanden? Dann sah er in ihre
Richtung. Er lächelte und eilte zu seinen
Damen. War er auf der Suche nach Anna,
fragte sich Magdalena, die den
herbeilaufenden Pfalzgrafen begrüßte.

„Lena, komm. Komm doch! Der Kaiser
möchte dich kennen lernen." Bevor
Magdalena auch nur etwas sagen konnte,
zerrte der Pfalzgraf sie schon durch den
Saal. Vorbei an den Tänzern und vorbei an
den Damen und Herren, die nun all ihre
Scham und Hemmung abgelegt hatten.
Dann ließ er sie los und schubste sie einen
Schritt nach vorne. Magdalena sah ihren
Herren flehend an, doch was hatte sie
ausgerechnet von ihm zu erwarten? So
stand sie nun vor dem Pult, hinter dem der
Kaiser mit seinen treuen Beratern saß. Sie
schaute nicht auf. Sie hatte Angst. Was
wollten sie von ihr? Wäre sie doch nur
davongelaufen, als sie noch die Möglichkeit
gehabt hätte. Es kam ihr vor, wie eine
Ewigkeit. Sie stand auf dem Prüfstein, aber
niemand schien von ihr Notiz zu nehmen,
bis der Pfalzgraf endlich das Wort ergriff und

Magdalena vorstellte. Er berichtete von ihren Künsten und Gaben. Wie wortgewandt sei wäre. Wie hervorragend sie kochen und backen könne, obwohl sie dies nicht ein einziges Mal in Heidelberg getan hatte. Dass sie aber lesen und schreiben konnte, erwähnte er nicht. Auch nicht ihr Interesse für Zahlen. In des Kaisers Augen musste oder sollte sie die perfekte Hausmagd sein. Dann langsam hob Magdalena ihr Gesicht. Sie wollte die Szenerie, die sich ihr gerade bot, selbst sehen. Zu ihrer Verwunderung würdigte ihr der Kaiser nicht einen Blick. Sie nahm die anderen Männer wahr, die sich nun zu ihr gewandt hatten und dem Pfalzgrafen aufmerksam zuhörten, doch der Kaiser schien sich zu ihrer Verwunderung gar nicht für sie zu interessieren. Was sollte dieses ganze Spiel? Dann winkte der Kaiser plötzlich ab und schenkte seinem rechten Sitzpartner seine Aufmerksamkeit. Scheu schaute Magdalena zu ihrem Herren, der sie zu sich winkte und sie ebenso verwundert ansah, wie sie selbst aussehen musste.

Beim Gehen spürte Magdalena erneut den starren Blick des Kaisers. Sie wagte es aber nicht, sich umzudrehen. Wenig später verließen die Damen zusammen mit Anna das Fest.

Zwei Tage nach dem Fest sollte die Abreise nun endlich stattfinden. Magdalena war rund um die Uhr nervös gewesen. Was hatte das Schauspiel zu bedeuten gehabt? Sie hatte weder vom Pfalzgrafen, noch von irgendjemand sonst erfahren, worum es ging oder warum sie vorgestellt wurde. Sie hatte lange gebraucht, bis sie eingeschlafen war. Ständig kreisten die Bilder, wie sie vor dem Kaiser gestanden hatte und von allen Seiten beäugt wurde, in ihrem Kopf. Sieglinde, Paula und Marie hatten die Szene mitbekommen, aber nichts dazu gesagt. Vielleicht war es üblich, vorgestellt zu werden. Schließlich war Magdalena neu am Hof des Pfalzgrafen. Mit dieser Vorstellung fand Magdalena den wohltuenden Schlaf. Am Tag der Heimfahrt schwand die Nervosität allmählich. Endlich weg von hier, dachte sich Magdalena. Sicherlich hatte sie hier nicht viel zu tun gehabt, konnte die Seele baumeln lassen und den Tag in Ruhe genießen, aber diese Langeweile war ebenso kaum auszuhalten wie das extreme Gegenteil. Alle waren nun mit dem erneuten Packen und Verstauen der mitgebrachten Kleider und Utensilien beschäftigt. Es herrschte die gleiche Hektik und ein ähnliches Chaos wie am Tag der Abreise aus Heidelberg. Magdalena graute es schon vor der Fahrt, aber diesmal versprach das Ziel etwas Gutes und sie würde sich über jeden Schritt der Pferde freuen. Sie konnte es kaum erwarten, Joseph von all dem zu erzählen. Sie beschloss ihrem Bruder sofort einen Brief zu schreiben und ihn um einen baldigen Besuch zu bitten.

„So, wir hätten alles.", verkündete Marie und schloss hinter sich die Tür des Zimmers, welches die vier Gouvernanten zusammen mit Anna bezogen hatten.

„Ich sag dir, ich bin froh, wenn wir wieder zu Hause sind." Marie zwinkerte Magdalena zu, die vor der Tür auf Marie gewartet hatte und ihr nun eine schwere Tasche abnahm. Zusammen gingen sie nach draußen und verstauten die letzten Gepäckstücke in der dafür vorgesehenen Kutsche.

„Lena, kommst du bitte hinüber!" Es war der Pfalzgraf persönlich, der Magdalena rief. Als sie, auf einmal wieder nervös, hinüber zu ihm ging, wo er mit zwei Vertrauten stand, sah sie in einer Ecke an der Mauer ihr Gepäck stehen. Ein Bediensteter brachte soeben die letzte True, die ihr gehörte.

„Was hat das zu bedeuten?", fragte Magdalena erschrocken. Panik stieg in ihr auf. Warum wurden ihre Sachen wieder ausgeladen und hier abgestellt?

„Lena, du wirst hier bleiben." Der Pfalzgraf sah traurig aus. Magdalena hatte noch nicht begriffen, was diese Worte zu bedeuten hatten.

„Wann werden ich dann nachkommen?" Sie sah sich zur Kutsche um, die sie und die anderen Damen transportieren sollte. Paula und Marie standen davor und schauten ernst in ihre Richtung. Sieglinde kam dazu und machte, nachdem Paula ihr etwas ins Ohr flüsterte ein ebenfalls ernstes Gesicht. Magdalena drehte sich wieder dem Pfalzgrafen hin und sah ihn verständnislos an.

„Wer wird denn mit mir hier bleiben? Etwa Anna?" Insgeheim flammte bereits die Ahnung auf, dass niemand mit ihr hier bleiben würde. Niemand, und sie würde auch nicht nachreisen.

„Lena, es tut mir wirklich Leid um dich, das musst du mir glauben. Du bist ein sehr liebes Kind und...", er machte ein Pause, „nicht nur Anna schätzt dich sehr. Ich wollte dich nicht gehen lassen. Aber du gefällst dem Kaiser und gegen sein Wort kommt kein anderes an, nicht einmal das meine."

Pah, dachte sich Magdalena. Er hat es sicherlich nicht einmal versucht, weil er wieder zu viel Angst hatte. Tränen traten ihr in die Augen. Sie kam sich wieder einmal allein gelassen vor, nur war das Gefühl der Unsicherheit und Hilflosigkeit dieses Mal stärker. So stand sie nun, überwältigt von der Nachricht, verzweifelt und Hilfe suchend vor ihrem Herren, der ihr gerade berichtete, dass sie nicht mit nach Hause kommen dürfe. Sie wurde einfach hier gelassen, wie Vieh, das nicht mehr gebraucht wurde oder ein altes Kleid, das keine Verwendung mehr fand und das niemand mehr anziehen wollte.

„Hm.", machte der Pfalzgraf, tätschelte die beiden Männer, die an seiner Seite standen, an der Schulter und brach auf. Er blieb vor Magdalena noch einmal stehen, tätschelte auch ihr die Schulter und ging dann an ihr vorbei. Das war's? Oh nein, nein. Das durfte nicht sein!

„Nein, bitte Herr. Bitte, bitte nicht. Lassen Sie mich nicht zurück. Ich will hier nicht bleiben. Ich finde es schrecklich hier. Ich habe Ihnen doch immer gute Dienste erwiesen, Sie nie enttäuscht. Bitte, ich werde mich noch mehr anstrengen, wenn Sie nicht zufrieden sind. Ich werde mir mehr Wissen über die Erziehung von Kindern aneignen, wenn es das ist, was Sie..."

„Lena, das ist es nicht. Versteh doch. Ich möchte dich nicht hergeben. Aber der Kaiser verlangt dich. Es war weder eine Bitte, noch eine Frage. Was der Kaiser verlangt, ist Gesetz. Da kann niemand etwas machen. Es tut mir leid." Dann ging er. Er stieg in den Wagen seiner Kutsche und mit ihm der Rest des Gefolges. Dann ging alles sehr schnell. Die letzten Bediensteten stiegen ein, die Pferde wurden fertig gemacht und dann bewegte sich der Trupp. Magdalena stand wie angewurzelt da. Sie musste mit ansehen, wie die anderen aufbrachen. Ohne sie. Einfach zurück gelassen. Dann fuhr die Kutsche, in der Anna saß, an ihr vorbei. Anna sah aus dem Fenster und winkte ihr. Auch sie weinte. Magdalena winkte zurück. Wie surreal. Aber was sollte sie tun? Magdalena sah ihren Vertrauten noch lange nach, bis sie nicht mehr zu sehen waren. Und auch dann stand sie noch an derselben Stelle und blickte in die Ferne. In ihr war immer noch ein Fünkchen Hoffnung, dass man sie doch noch holen würde. Aber es kam niemand und es würde auch nie mehr jemand kommen.

12.

Die Tage am Hof waren noch schrecklicher, als es ihr im Vorfeld vorkam. Magdalena wurde für den Küchendienst eingeteilt. Offenbar hatte der Pfalzgraf von seiner früheren Absicht und Magdalenas hochgelobten Talent berichtet. Dort arbeitete sie nun tagein, tagaus. Es war eine Arbeit, die an Magdalenas Grenzen ging. Abgesehen davon, dass ihr das Kochen und Backen keine Freude bereiteten, waren die Arbeitsbedingungen und die Umstände am Arbeitsplatz katastrophal. Mehrere Kochstellen wurden benötigt. Dies hatte zur Folge, dass es unerträglich heiß in dem Raum war. Die Dämpfe und die Gerüche hatten keine Chance abzuziehen. So bildete sich eine Wolke aus Dunst zusammen mit unterschiedlichen Gerüchen, die kaum zu ertragen waren. Überall war Fett und Blut von frisch geschlachteten Tieren. Gedärme lagen auf allen Tischen oder befanden sich in kochenden Töpfen. Die Köche schwitzten, sodass ihnen regelmäßig und in kurzen Abständen der Schweiß von der Stirn tropfte. Magdalena wurde jedes Mal übel, wenn sie sah, dass die Hände, die den Schweiß aus dem Gesicht wischten und die bereits blutverkrustet waren, die frischen

Lebensmittel zubereiteten. Sie hoffte inständig, dass dies nicht auch beim Pfalzgrafen so war, aber sie redete sich ein, dass die Küchenbediensteten es besser hatten, als diese hier.

Es verging ein Tag nach dem anderen und jeder dieser Tage war gleich. Gleich stupide, gleich anstrengend. Pausen gab es keine. Die Wohnverhältnisse für die Bediensteten waren fürchterlich. Magdalena hatte sich in der Zeit als Gouvernante an ein doch sehr schönes Leben gewöhnt. Sie konnte aus dem kleinen dunklen Kämmerchen ausziehen und sich ein schönes, helles Zimmer mit Paula teilen. Sie bekam gutes Essen und Getränke. Ihr ging es gut. Hier aber stand sie ganz unten in der Hierarchie. Am schlimmsten waren jedoch nicht die Bedingungen für Magdalena, sondern die ständigen Demütigungen, die ihr eben diese Zustände immer wieder verdeutlichten. Sie sollte und durfte ihre Meinung nicht mitteilen und wenn sie es doch tat, interessierte es keinen. Sie sollte einfach still und gehorsam ihre Aufgaben erledigen. Magdalena zerrte an ihren Kräften, sowohl mental, als auch körperlich. Die tägliche Arbeit in der Küche war unvorstellbar anstrengend. Jetzt, im Sommer, hielt man es kaum aus. Die Hitze schlug sich nicht nur auf ihr Gemüt, sondern belastete sie zusätzlich enorm. Sich zu konzentrieren fiel ihr schwer. Immer in Bewegung zu bleiben fiel ihr schwer. Manchmal kämpfte sie dagegen, nicht vor Erschöpfung umzufallen, obwohl sie ab und zu daran dachte, sich einfach fallen zu lassen und nicht mehr aufzustehen. Ihr Kreislauf kämpfte jeden Tag. Sicherlich hing das alles mit dem spärlichen Essen und dem wenigen Wasser, was sie zur Verfügung hatten, zusammen. Den anderen Angestellten ging es genauso. In ruhigen Momenten sah sich Magdalena um und beobachtete die Anderen. Alle hatten es unter diesen Bedingungen schwer. Es war ein Kraftakt überhaupt in dieser Küche zu verweilen, geschweige denn dort hart zu arbeiten. Doch die Menschen waren zäh und rackerten ohne zu mucken.

„Bring dem Kaiser seine Speisen!", forderte ein Angestellter, der Magdalena höher gestellt war. Magdalena nahm das Tablett mit dem gut duftenden Hähnchen. Dazu wurden Kartoffeln und Karotten serviert. Magdalena lief das Wasser im Mund zusammen. Kurz überlegte sie, sich auf dem Weg zum Kaiser zu verstecken und das köstliche halbe Hähnchen selbst zu essen. Magdalena brauchte mehr als fünf Minuten, bis sie den Speisesaal des Kaisers erreichte. Die Burg war riesig. Den Weg von der Küche bis zu den Sälen des Kaisers kannte Magdalena mittlerweile gut. Aber ansonsten weckten die Flure in Magdalena erneut das Bild von einem undurchdringbaren Labyrinth, aus dem sie nie herausfinden würde. Magdalena klopfte zwei Mal.

„Herein.", befahl der Kaiser persönlich. Magdalena öffnete vorsichtig die große Flügeltür. Der Saal war quadratisch. Eine lange Tafel stand in der Mitte und um sie herum protzige Stühle, die man auch als Sessel bezeichnen könnte. Sie waren alle mit rotem Samt überzogen und wirkten genauso majestätisch wie der gesamte Saal. Überall befanden sich Elemente aus rotem Samt. An den Vorhängen, an den Wänden und sogar an der Decke. Magdalena trat ein und ging langsam und vorsichtig durch den Raum. Sie wollte auf keinen Fall etwas verschütten oder schlimmer stürzen. Ein flüchtiger Blick auf den Kaiser verriet ihr, dass er ihr keines Blickes würdigte. Er las eine Schriftrolle und wirkte angespannt. Magdalena stellte das Tablett vor den Kaiser ab. Dann stellte sie sich einige Schritte neben den Kaiser und wartete auf das Zeichen, gehen zu dürfen. Sie musste immer einige Minuten warten, bis der Kaiser die Speise probiert hatte und sie für gut befand. Manchmal ließ er auch einen Vorkoster herankommen, der überprüfen sollte, ob das Essen nicht vergiftet war. Der Kaiser wusste, dass er nicht sehr beliebt im Lande war. Und noch weniger bei seinen eigenen Angestellten. Der Grund zur Vorsicht war demnach nicht abwegig. Als der Kaiser wohlwollend nickte, nahm Magdalena an, sie könne gehen.

„Warte!", sagte er mit vollem Mund. „Leiste mir ein bisschen Gesellschaft, ja?" Es war keine Bitte, sondern ein Befehl. Magdalena gehorchte und begab sich an die Stelle, an der sie eben auf das Zeichen gewartet hatte.

„Nein, setz dich!", sagte er. Magdalena schaute überrascht auf.

„Meine Kleider sind sehr dreckig und..."

„Ach nun, dann werden die Stühle eben gereinigt." Er knabberte genüsslich an der Hähnchenkeule und schmatzte dabei so stark, dass Magdalena übel wurde. So benahm sich also der Kaiser des Heiligen Römischen Reiches? Doch so angewidert Magdalena auch war, sie konnte den Blick nicht von des Kaisers Teller abwenden. Die dampfenden Kartoffeln weckten in ihr ein unbändiges Verlangen. Der Kaiser beobachtete Magdalena nun intensiv. Die Situation war ihr mehr als unangenehm. Nervös zupfte sie an ihrem dreckigen Kleid, das nicht nur fürchterlich aussehen, sondern ebenso stinken musste. Dem Kaiser war das jedoch offenbar gleich. Magdalena sagte kein Wort. Der Kaiser allerdings auch nicht. Und so saßen sie schweigend, bis er mit seinem Essen fertig war. Magdalena nutzte die Gelegenheit, ihr Gegenüber genauer zu betrachten. Die Erhabenheit, die sie an ihm festgestellt hatte war auf einmal verschwunden. Der sonst so ehrfürchtige Mann war nun ein dicker, sich schlecht benehmender Mann, der weder Würde, noch Anmut ausstrahlte.

„Möchtest du Wein?", fragte er nun. Er wartete nicht auf Magdalenas Antwort, sondern schenkte ihr ein Glas Rotwein ein. Magdalena traute sich nicht, den Wein zu trinken, obwohl sie es gern getan hätte. War das ein Trick oder warum sollte sie mit dem Kaiser ein Glas Wein trinken?

„Wenn du ihn nicht trinkst, bin ich beleidigt und wir wissen ja, was passiert, wenn mich jemand verärgert, nicht wahr?" Er schmunzelte verschmitzt und nahm einen großen Schluck des Weines. Auch

Magdalena setzte das Glas an und verspürte sofort, als die Flüssigkeit ihren Gaumen berührte, ein herrliches Gefühl.

„Gut, nicht wahr? Hier, nimm noch einen Schluck." Er lächelte wieder. Magdalena nahm das Glas mit einem leisen *Danke* und trank den Wein beinahe mit einem Schluck aus. Magdalena merkte auf einmal, dass ihr ein wenig schwindelig wurde. Ihre Wangen fingen langsam an, warm zu werden. Dann goss der Kaiser ihr ein weiteres Glas ein, das sie wiederum dankend annahm. Dieses Mal beherrschte sie sich und genoss den Wein. Es fand keinerlei Konversation statt, aber das war Magdalena recht. Sie wollte sich nicht unterhalten und schon gar nicht mit dem Kaiser, der ebenfalls etwas beschwipst wirkte. Beide saßen schweigend an der langen Tafel und leerten die Weinflasche. Dann und vielleicht dank des Alkohols fragte Magdalena:" Womit hab ich die Ehre verdient?". Der Kaiser schmunzelte, sagte aber nichts. Sein Blick lag starr auf ihr, was bei Magdalena sofort erneutes Unbehagen auslöste. Dann stand er plötzlich auf.

„Komm mit, ich möchte dir etwas zeigen." Er ging um den Tisch herum und blieb vor einer Tür, die sich an der Seite des Raumes befand, stehen. Er drehte sich nicht um, sondern wartete bis Magdalena ebenfalls aufstand und hinter ihm stehen blieb. Nacheinander betraten sie einen anderen Raum. Dieser war bedeutend kleiner und dunkler. Lediglich ein paar Kerzen erhellten ihn. Die Luft war stickig. Magdalena erinnerte sich an ihren ersten Schlafplatz beim Pfalzgrafen, den sie sich mit Helga geteilt hatte. Es sah ordentlicher aus, ganz klar, und es befanden sich auch keine Strohbetten im Inneren, aber die Atmosphäre war die gleiche. Erdrückend. Ein Sofa, ebenfalls mit rotem Samt überzogen, stand am hinteren Ende des Raumes. Der Kaiser schenkte zwei weitere Gläser Wein ein. Dieser stand bereits auf einem kleinen Beistelltisch neben dem Sofa bereit. Mit einem Glas in der Hand setzte er sich nieder und streckte die Beine aus. Er schwitzte. Mit der linken Hand klopfte er auf den freien Platz neben sich und bedeute Magdalena, sich neben ihn zu setzten. Magdalena Herz raste. Gehorsam setzte sie sich, achtete jedoch darauf, dass sich weder ihr Arme, noch ihre Kleider berührten. In Magdalena stieg Panik auf. Sie saß hier neben dem Kaiser, allein. Sie sah das zweite Glas Wein an, das neben ihr auf dem Tisch stand, nahm es aber nicht. Sie durfte ihre Sinne nicht weiter trüben. Magdalena war in Alarmbereitschaft. Instinktiv wusste sie, was diese Zweisamkeit zwischen ihr und dem Kaiser zu bedeuten hatte.

„Nicht so schüchtern.", schnalzte der Kaiser und rückte dabei ganz nah an Magdalena heran. Er berührte sie. Er streichelte ihren rechten Arm und fuhr dabei mit seiner Hand stetig nach unten, bis er über ihre Handfläche an ihrem Oberschenkel angelangt war. Magdalena schüttelte es. Sie war angewidert und sie hatte Angst. Als sich die Hand des Kaisers weiter in Richtung ihres Schritts bewegte, zuckte Magdalena zusammen und rutschte so weit nach links wie sie konnte. Magdalena überlegt krampfhaft wie sie der Situation entkommen konnte. Es war der Kaiser, der neben ihr saß. Er könnte sie auf der Stelle verbannen, wegsperren oder schlimmer noch töten lassen. Was blieb ihr also übrig? Aber nein, das konnte sie nicht über sich ergehen lassen. Mit Holger war es anders. Wenn er mit ihr schlafen wollte, ließ sie dies meist geschehen, aber sie kannte ihn und sie liebte ihn einmal. Die Berührungen waren vertraut und jagten ihr keine Angst ein. Sie empfand es zwar lange nicht als schön, aber es war in Ordnung. Hier allerdings war die Situation eine andere. Es war ein fremder

166

Mann, der sie anfasste. Der sie berührte ohne, dass sie es wollte. Im Gegenteil. Nein, dass durfte sie nicht zulassen, egal, was ihr blühte. Der Kaiser bemerkte ihre Abneigung.

„Was ist? Gefalle ich dir nicht?" Er lächelte, aber sein Lächeln war künstlich und in dem Moment verschwunden, als er Magdalenas Augen sah. Er wusste, dass sie ihn nicht wollte. Für keinen Preis.

„Meinen Wein säufst du, aber dafür etwas zu geben, das willst du nicht. Du undankbares dreckiges Stück." Seine Stimme überschlug sich beinahe. Er war wütend. Er fasste Magdalenas Arm und zog sie grob zu sich heran. Mit der anderen Hand griff er ihr Gesicht und drehte es unsanft in seine Richtung. Er versuchte sie zu küssen. Doch er biss. Magdalena wehrte sich. Sie versuchte sich aus dem Griff zu befreien, doch je mehr sie sich wand, desto fester griff er zu. Ihr Kinn schmerzte. Er hielt sie so fest, dass sie ihren Kopf kaum mehr bewegen konnte. Er biss auf ihre Lippe. Magdalena schmeckte Blut. Er biss sie in den Hals. Es tat weh. So sehr, dass sie erneut zusammen zuckte und aufschrie. Immer noch hielt er ihren Arm fest. Er führte ihre Hand in seinen Schritt, der verriet, dass der Kaiser stark erregt war. Magdalena kämpfte dagegen an. Dann plötzlich merkte sie einen dumpfen Schlag im Gesicht. Ein weiterer folgte, dann noch einer. Magdalena fiel rücklinks auf das Sofa. Ihr war plötzlich übel und schwindelig. Für einen kurzen Moment sah sie alles um sich herum verschwommen. Magdalena konnte sich nicht bewegen. Sie war wie in Trance. Sie bemerkte kaum, wie ihr die Kleider vom Leib gerissen wurden, auch nicht wie sich der Kaiser seiner eigenen Kleider entledigte. Den folgenden Schmerz spürte sie dafür umso deutlicher. Sie schrie. Sie schrie so laut sie konnte, doch eine schwitzende Hand legte sich auf ihren Mund. Tränen schossen ihr in die Augen. Sie schrie weiter, obwohl sie sich kaum selbst hörte. Sie rief nach ihrem Bruder, während ihr die Tränen über die Wangen liefen.

Als sie erwachte war sie allein. Sie sah kaum etwas. Dinge, die sich in ihrer Nähe befanden konnte sie nur schwer erkennen. Vorsichtig betastete sie ihr Gesicht und zog erschrocken über das, was sie fühlte, ihre Hände zurück. Ihre Augen waren geschwollen. Langsam setzten die Schmerzen ein. Schmerzen in ihrem Gesicht. Ihr Kiefer tat ihr weh. Ihre Augen durfte sie nicht berühren und ihre linke Wange brannte. Dann spürte sie einen stechenden Schmerz in ihrem Unterleib. Sie hatte ein Déjà-vu. Dieses Mal traute sie sich nicht nachzusehen. Magdalena setzte sich vorsichtig auf und schrie vor Schmerzen auf. Sie stütze sich an der Sofalehne ab und stand langsam auf. Ihr war schwindelig und in ihrem Kopf drehte es sich. Sie hatte Mühe das Gleichgewicht zu halten. Sich zu bücken, um ihre Kleider aufzuheben, gelang ihr kaum, da sie immer wieder umzufallen drohte. Dann fiel ihr Blick auf ihren Arm. Die Quetschungen waren unübersehbar. Magdalena fasste sich vorsichtig in den Schritt. Allein die Berührung brachte sie zum Weinen. Diese Tränen trugen all den Schmerz in sich. Den körperlichen Schmerz, aber auch den seelischen, der ihr angetan wurde.

Es klopfte an der Tür. Magdalena hielt den Atem an. Ihr Köper begann auf der Stelle erneut an zu zittern. Als die Tür geöffnet wurde, sah sie zwei Frauen, die sie fassungslos anstarrten.

„Um Himmels Willen!", brachte eine der Beiden hervor. Sie liefen zu Magdalena, die stützend an der Sofalehne stand. Sie war noch immer nackt. Ihr zerschundener Körper musste all die Geschehnisse offenbar deutlich sichtbar zeigen, denn die beiden

Frauen konnte sie kaum ansehen. Sie griffen Magdalena unter die Arme und stützten sie.

„Das wird nichts."

„Wie aber sollen wir sie hier weg bekommen?"

„Wir legen sie auf das Sofa. Los, pack mit an." Magdalena schaltete ab. Sie war zu erschöpft, um dem Geschehen weiter folgen zu können. Sie fühlte sich mit den beiden Frauen sicher. Obwohl sie nicht schlief, gingen die Frauen davon aus. Magdalena merkte, dass sie gewaschen wurde. Bei der Säuberung ihres Schambereichs zuckte sie und stöhnte vor Schmerzen.

„Mein Gott hat der das Mädchen zugerichtet.", flüsterte die Eine. Die beiden Frauen versorgten Magdalena eine ganze Weile. Dann versuchten sie Magdalena aufzurichten. Magdalena versuchte aufzustehen, doch sie war zu schwach. Sie wollte einfach liegen bleiben, die Augen schließen und nie mehr erwachen. Mit Mühe schafften es die Frauen Magdalena hoch zu hieven. Sie stützten sie und verließen den Raum. Sie gingen mit ihr versteckte, schmale Gänge entlang, die Magdalena nie zuvor gesehen hatte, geschwiege denn von ihnen wusste. Vor einer Tür hielten sie an. Eine der Frauen klopfte. Die Tür öffnete sich und eine alte Frau stand in der Schwelle. Sie winkte die Frauen herein und zeigte auf eine Liege. Vorsichtig setzten die Frauen Magdalena auf die Liege und halfen ihr, sich darauf zu legen.

„Wird sie es schaffen?", fragte eine der beiden Frauen, die Magdalena hierher gebracht hatten.

„Das werden wir sehen. Aber Frauen sind hart im Nehmen. Sie wird sich erholen." Die Alte klang äußerst zuversichtlich. Magdalena schien nicht das erste Opfer solcher Art zu sein.

13.

Magdalena erholte sich nur langsam. Sie verbrachte die Zeit der Genesung bei der Alten. Wie sie erfahren hatte, galt die Frau als Heilerin, die sich um den Kaiser und dessen Familie höchstpersönlich kümmerte. Sie verabreichte Magdalena jeden Tag diverse Tränke und Suppen, versorgte ihre Wunden mit übel riechenden Salben und verordnete Bäder, die ebenfalls fürchterlich rochen. Doch Magdalena gehorchte und tat alles, was die Frau befahl. Die meiste Zeit des Tages war Magdalena allein. Sie starrte oft aus dem Fenster und beobachtete die Blätter der Bäume, die sich ganz allmählich gelb färbten. Manchmal meinte Magdalena, sie könne zusehen, wie sich das Grün in sanftes Gelb verwandelte. Als es ihr so gut ging, dass sie aufstehen und sitzen konnte, fasste sie den Entschluss ihrem Bruder zu schreiben. Sie schrieb ihm jeden Tag einen Brief. Darin standen all die Dinge, die sie belasteten. Die Vergewaltigung erwähnte sie jedoch nicht. Sie sammelte die Briefe und versteckte sie unter ihrer Liege. Wenn sie die Alte verlassen durfte, würde sie die Briefe abschicken und gleich mit ihnen gehen. Magdalena hatte viel Zeit zum Nachdenken. Sie konnte unmöglich länger bleiben. Sie würde zurück zu Holger gehen, ihn um Verzeihung bitten und bei ihm bleiben. Ja, er hatte sie auch verprügelt, aber nicht so. Außerdem hatte sie ihren Bruder in der Nähe und die Müllers. Sie würden auf sie aufpassen und nicht zulassen, dass Holger noch einmal grob zu ihr wird. Sie musste es nur hieraus schaffen. Sie kannte den geheimen Ausgang, den ihr Anna einmal gezeigt hatte. Sie würde sich, sobald sie laufen und rennen konnte, nachts hinaus schleichen und dann rennen. Rennen, so schnell und so weit sie konnte. Niemand würde sie vermissen, also würde man nicht nach ihr suchen. Wenn einem überhaupt ihr Verschwinden auffiele. Der Plan erschien ihr perfekt.

Es war der 5. September 1338. Diese Nacht sollte die Nacht der Flucht werden. Die Alte war beizeiten verschwunden und auch sonst schien das ganze Anwesen in Hektik zu sein. Magdalena machte am Tage ausgedehnte Spaziergänge im Freien. Auch das war Anordnung der Alten. Die frische Luft täte ihr gut und würde die Heilung beschleunigen. Magdalena beobachtete einige Tage vor der geplanten Flucht, wie alle Bediensteten in heller Aufregung waren.

„Was geht hier vor sich?", fragte sie eine junge Magd, die sich zur gleichen Zeit ebenfalls im Garten aufhielt.

„Weißt du das nicht? Der König von England wird uns besuchen!" Sie lachte künstlich und schüttelte den Kopf. „Er soll sehr attraktiv sein." Sie zwinkerte und ging weiter ihres Weges.

Der König von England. Das war perfekt. Es würde ein riesen Fest geben. Alle wären beschäftigt, es würde ein einziges Chaos hinter den Kulissen herrschen. Niemand würde bemerken, dass Magdalena fort wäre.

So also wartete sie, bis die Sonne einige Zeit am Horizont verschwunden war. Das Fest musste nun in vollem Gange sein. Niemand würde sich in den Gängen des Anwesens aufhalten. Entweder waren sie auf dem Fest oder arbeiteten. Magdalena öffnete langsam die Tür. Sie spähte hinaus und wie vermutet, war niemand zu sehen. Sie musste in den linken Flügel gelangen, denn nur von dort konnte sie den Ausgang erreichen. Der linke Flügel war allerdings der Teil des Anwesens, in dem der Kaiser sich oft aufhielt. Er empfing Gäste, erledigte Geschäfte und verbrachte seine Freizeit in den Salons. Als Magdalena den Flügel erreicht hatte, war die Einsamkeit plötzlich wie weg geblasen. Viele Bedienstete rannten an ihr vorbei. Sie wurde angerempelt und musste aufpassen, dass sie nicht ständig mit herumirrenden Menschen zusammen stieß. Magdalena konnte lautes Gerede und Gelächter vernehmen. Musik wurde gespielt. Ja, das Fest war in vollem Gange. Magdalena sah ein leeres Tablett auf einem Tisch stehen, nahm es und tat, als ob sie ihre Arbeit erledigen würde. Sie lief in Richtung Küche, bog dann aber rechts ab. Sie stellte das Tablett auf den Boden und rannte. Sie schaute sich immer wieder um, ob sie jemand beobachtete, aber niemand hielt sich in diesem Teil des Anwesens auf. Magdalenas Puls erhöhte sich. Adrenalin schoss ihr durch die Adern und trieb sie dazu, immer schneller zu laufen. Sie hatte den Ausgang erreicht. Auch hier stand niemand. Nur noch wenige Schritte bis zur ersehnten Freiheit. Innerlich lachte Magdalena. Sie hatte es gleich geschafft. Vor der Tür blieb Magdalena noch einmal stehen. Sie war bereits jetzt aus der Puste. Das lange Liegen und Nichtstun hatten ihre Kondition und Muskeln gekostet. Magdalena atmete tief ein und aus. Sie holte Luft, sah sich ein letztes Mal um, und stieß die Tür auf. Der frische Wind blies ihr ins Gesicht. Es war stürmisch, aber Magdalena genoss jeden Windstoß, der sie traf. Die Blätter raschelten und der Wind schien zwischen den Ästen zu singen. Magdalena kostete den ersten Augenblick in Freiheit nicht lange aus. Sie krempelte ihr Kleid etwas nach oben und rannte. So schnell sie konnte rannte sie in Richtung Wald. Sie stolperte oft oder blieb an den tiefhängenden Ästen hängen. Aber all das verminderte ihre Geschwindigkeit nicht. Sie hatte es geschafft und es war nicht einmal schwer gewesen. Als sie den Wald erreichte, blieb sie stehen. Sie hatte sich völlig verausgabt. Sie nutzte den Moment, um sich kurz auszuruhen, Luft zu holen und noch einmal auf das Gefängnis, in dem sie mehr als ein halbes Jahr lebte und das ihr nur Kummer und Leid zugefügt hatte, zurück zu blicken. Magdalena rieb sich die Hände, krempelte ihr Kleid wieder hoch und drehte sich um, bereit die lange Reise nach Hause in Angriff zu nehmen.

„Hoppla." Eine finstere Gestalt stand plötzlich vor ihr. Ehe Magdalena begriff, hielten zwei starke Arme sie an den Schultern fest.

„Da haben wir uns wohl verlaufen, was?".
Magdalena wurde von einem weiteren Mann
gepackt. Es waren nun drei Männer, die sie
hielten. Das darf nicht wahr sein, dachte
Magdalena. Die Freude, die sie eben noch
verspürte, war in Angst und Panik
umgeschlagen. Der Traum war zerplatzt,
viel schlimmer noch, er verwandelte sich
gerade in einen Alptraum. Die Männer
schleiften Magdalena über das Feld in
Richtung Burg. Magdalena sah die
schwarzen Mauern immer dichter auf sich
zukommen. Sie wehrte sich nicht. Was hätte
das gebracht. Sie hätte sich nie lösen
können und selbst wenn, hätte sie den
Männern nicht entkommen können. Sie war
gescheitert. Sie hatte nicht an die Wache
gedacht. Sie hatte nicht bedacht, dass die
Burg nicht nur von innen bewacht und
gesichert war. Sie war dumm. Dumm und
naiv. Und eben dies würde sie nun alles
kosten, vielleicht sogar ihr Leben. Sie hatte
verloren, das wusste sie.

Die Männer führten sie zu dem Festsaal,
der voller Menschen war. Wie auf allen
Festen, war das Schauspiel das gleiche. Die
Leute lachten, tranken, aßen und tanzten.
Widersprüchlicher könnten die beiden
Welten, die nur von einer offenen Doppeltür
getrennt waren, gar nicht sein. Magdalena

beobachtete den einen Mann, wie er zum Kaiser ging. Er flüsterte ihm etwas ins Ohr und zeigte unauffällig in ihre Richtung. Der Kaiser lachte. Dieses Lachen versetzte Magdalena einen weiteren Stich. Der Hass, den sie empfand, stieg ins Unermessliche. Dann sah sie ihn. Er saß rechts neben dem Kaiser. Ein Mann mit dunklem, vollem Haar und einem ebenso dunklen dichten Bart. Er sah erst zum Kaiser und dann zu ihr. Als der Wächter zurückkam, neigten sich die Köpfe des Kaisers und des Königs von England einander zu. Sie sprachen miteinander. Dann sah der König von England wieder zu Magdalena.

„Ab mit dir in den Kerker!", sagte der Wächter, der beim Kaiser gewesen war. „Du wirst verrotten. Die Ratten werden an dir knabbern, wenn du verhungert bist." Er lachte und ordnete die beiden anderen Männer an, ihm zu folgen. Magdalenas Blick hing immer noch an dem des Königs. Sie hätte ihn sich ganz anders vorgestellt. Eine furchterregende Gestalt hätte sie erwartet, aber nicht so einen Mann. Er war maskulin, in jeder Hinsicht, keine Frage, aber er hatte nicht das verlebte Gesicht wie der Kaiser. Er strahlte eine unfassbare Erhabenheit aus, die Magdalena in den Bann zog. Dann wurde sie abgeführt wie eine Gefangene, die die letzten Schritte ihres Lebens tat. Magdalena wurde in den Keller geführt. Hier befand sich das Verließ für Straftäter. Die meisten von ihnen waren Angestellte, die versucht hatten, den Kaiser zu bestehlen, zu verraten oder sonst in irgendeiner Art zu schaden. Niemand von ihnen kam jemals lebend wieder heraus, das wusste Magdalena. Das Gitter wurde geöffnet und Magdalena wurde hinein gestoßen. Sie knickte um und fiel zu Boden. Ihr Knöchel schmerzte. Nachdem die Wache das Gitter verschlossen hatte, gingen sie. Sie schauten sie nicht an und sagten auch nichts zu ihr. Dann war sie allein. Es war kalt hier unten. Die Wände waren feucht und es roch stark nach Urin. Der Boden war kalt, sodass Magdalena sich nicht hinsetzen konnte. Doch ihr Knöchel schmerzte so sehr, dass sie nicht länger stehen konnte. Gerade als sie sich setzen wollte, vernahm sie Stimmen. Eine davon war die des Kaisers. Magdalena stand stocksteif dar. Sie sah Schatten auf sich zukommen. Wie viele Personen es waren, konnte sie nicht ausmachen, aber es mussten mehrere sein.

„Da ist ja unsere Lena.", sagte der Kaiser übertrieben herzlich. „Ich habe gehört, du wolltest dir unerlaubterweise das Anwesen von außen ansehen, ja?" Dann wandte er sich an jemanden, der neben ihm stand, den Magdalena aber nicht erkennen konnte.

„Nun ja, mein Guter, was soll ich nur mit einer Verräterin wie dieser machen?" Der Kaiser wandte sich wieder Magdalena zu. Er sah sie lange an. Sein Blick war ebenso hasserfüllt wie Magdalenas. Er würde sie sterben lassen. Vielleicht ließ er sie vorher noch foltern, das war Magdalena in diesem Moment glasklar.

„Du bist zu nichts zu gebrauchen.", sagte er, doch dieses Mal ohne vorgetäuschte Sanftheit, sondern voller Hass und Geringschätzung. Magdalena sagte nichts. Das wäre anmaßend gewesen, doch was hatte sie zu verlieren. Stattdessen stand sie aufrecht mit erhobenem Haupt und hielt dem Blick des Kaisers stand. Er wirkte unsicher. Ständig schaute er zur Seite und überlegte krampfhaft, was und wie er es sagen sollte. Dann machte er ein *hm* und sprach zu seiner Gefolgschaft: „Ich werde mir eine angemessene Strafe überlegen. Aber jetzt ist nicht die Zeit dafür. Wir werden oben sicherlich bereits vermisst. Kommen Sie, gehen wir. Dann ging der Kaiser. Magdalena konnte seinen Schatten beobachten, der an der gegenüber liegenden Wand immer kleiner wurde.

„Du wolltest fliehen?" Es war mehr eine Aussage, als eine Frage. Magdalena hob den Kopf und sah ihn vor dem Gitter stehen. Der König sah sie aus seinen tiefbraunen Augen fast schon mitleidig an. Was sollte sie darauf erwidern? Ja, sie wollte fliehen. Das aber wäre ein Geständnis gewesen und sie konnte nicht abschätzen, ob sie ein solches Risiko eingehen durfte. Noch immer hatte sie die Hoffnung, verschont zu werden. Deswegen sagte sie nichts und wendete ihren Blick ab. Auch der König sagte nichts mehr. Beide standen sich nun schweigend gegenüber. Es war bedrückend. Auf der einen Seite wollte Magdalena, dass er ging, auf der anderen Seite wollte sie nicht allein sein. Auf irgendeine Art, die Magdalena nicht erklären konnte, war die Anwesenheit dieses Mannes beruhigend.

„Können Sie etwas tun?" Sicherlich, es gehörte sich nicht einen fremden Mann um einen Gefallen zu bitten und schon gar nicht den König eines fremden Landes. Aber Magdalena war verzweifelt. Sie suchte nach jeder Möglichkeit, die sich ihr bot. Sie wollte nicht sterben mit dem Gedanken, eine Chance ungenutzt gelassen zu haben.

„Es tut mir Leid.", schob sie hinterher, „Ich habe Angst. Ich hätte Sie nicht darum bitten dürfen. Bitte entschuldigen Sie." Magdalena war plötzlich klar, dass sie auf das falsche Pferd gesetzt hatte. Was ging es den König von England an? Natürlich würde er nichts für eine Küchenmagd tun. Alles, was er machen würde, ist sie beim Kaiser zu verraten. Magdalenas Hoffnung schwand. Sie setzte sich nun doch auf den Boden und verschränkte ihre Arme vor dem Gesicht. Sie wollte nicht weinen, doch die Verzweiflung brach über sie herein. Als sie aufschaute, war der König verschwunden. Magdalena dachte an ihre Familie. Ihre Brüder würde sie vermissen. Hätte sie damals gewusst, was geschehen würde, hätte sie sich anders von Joseph verabschiedet. Oh Joseph, dachte sie. Auch Holger vermisste sie auf eine sonderbare Art. Sie hatte ihn einmal geliebt. Auch wenn er grausam zu ihr war, hatte sie ihn geliebt und er sie ebenso. Sie hätten glücklich werden können. Vielleicht hatte sie sich doch zu viel heraus genommen. Sie hätte nicht verlangen dürfen, das Leben, was sie bei ihren Brüdern führte, fortfahren zu wollen. Wie viel Zeit war verstrichen? Magdalena hatte ihr Zeitgefühl verloren. Waren Minuten oder gar Stunden vergangen? Es kam ihr wie eine Ewigkeit vor, doch es konnte auch sein, dass sie erst seit kurzer Zeit hier unten saß. Magdalena dachte an die Zeit bei Herrn Müller, an ihre heimlichen Treffen, an die Rechen- und Leseübungen, die sie jeden Tag durchführten. Dann ging sie nach Hause und alles war schön. Sie kochte für ihre Brüder, backte einen Kuchen oder tat sonst etwas, was sie wollte. Das war die beste Zeit ihres Lebens gewesen.

Die Nacht schien kein Ende zu nehmen. Magdalena machte kein Auge zu. Aus Angst, aber auch weil sie fror. Es war so bitterkalt in dem Verlies, dass sie am ganzen Leib zitterte. Dann vernahm sie plötzlich Schritte. Es waren nicht viele, das konnte Magdalena heraushören. Sie sah zwei Schatten an der Wand, die immer näher kamen. Zwei Wachen standen nun vor dem Gitter. Sie würden ihr vielleicht mitteilen, dass sie verurteilt wurde und welche Strafe sie zu erwarten hatte, aber wie immer sagten sie nichts. Einer der Beiden schloss die Verriegelung auf, öffnete die Gittertür und trat ein.

„Aufstehen!", ordnete er an. Der andere Mann stand wie angewurzelt vor der Zelle. Magdalena stand auf, bewegte sich aber nicht weiter. Würde man sie gleich hier umbringen? Ihr Herz schlug so heftig, dass sie annahm, man würde das Pochen auch von außen erkennen können. Ihr Mund war plötzlich so trocken, dass sie das Gefühl hatte, jeden Moment ersticken zu müssen. Ihre Hände waren dafür schweißnass und auch sonst trat ihr der Schweiß aus allen Poren. Erwartungsvoll sah sie die Männer an. Der Mann, der sich in ihrer Zelle befand, winkte seinen Kollegen herein, der sofort parierte und zielgerichtet auf Magdalena zuging.

„Nein, bitte nicht!", rief Magdalena. Sie fürchtete um ihr Leben. Sie achtete genau auf jede Bewegung der Männer. Sie erwartete, dass einer der Beide ein Messer zückte, um es ihr in den Leib zu rammen. All ihre Sinne waren schärfer denn je. Kurz überlegte sie an der Wache vorbei zu laufen, raus aus dem Verlies, aber sie würde es, wieder, nicht schaffen. Der zweite Mann fummelte hinter seinem Rücken an irgendetwas. Magdalenas Puls stieg. War es jetzt soweit? War das ihr Schicksal? Qualvoll in diesem Verlies zu verenden. Getötet von des Kaisers Wache. Es lohnte sich nicht mehr zu kämpfen. Mit Tränen in den Augen senkte Magdalena den Blick. Sie würde es ertragen. Würdevoll, so gut es ging. Doch die Angst vor den Schmerzen und vor dem Tod war stärker. Als der Mann ein Seil hervorholte und damit Magdalenas Hände fesseln wollte, mobilisierte sie all ihre Kräfte. Sie wehrte sich. Sie versuchte weg zu laufen, doch die Zelle bot keinen Platz und an dem anderen Wachmann kam sie nicht vorbei. Dieser war mit einem Satz neben Magdalena und hielt sie an den Schultern fest. Er drückte fest zu. Magdalena versuchte zu treten. Sie traf das linke Schienbein des Mannes mit dem Seil. Er stöhnte auf, griff aber ihre Arme und zog sie gekonnt auf Magdalenas Rücken. Immer noch festgehalten versuchte sie schreiend zu entkommen, doch sie merkte, dass sie sich aus den Griffen der Männer nicht befreien konnte. Dann spürte sie das Seil um ihre Handgelenkte und wusste, dass sie den Kampf erneut verloren hatte.

„Blöde Hure!", sagte der Mann, dessen Schienbein Magdalena getroffen hatte und sah sie triumphierend an.

„Lass gut sein. Los komm.", sagte der Andere und schubste Magdalena einen Schritt nach vorn. Die beiden Wachen führten Magdalena aus dem Verließ und blieben vor der Treppe, die aus dem Keller führte, stehen. Einer der beiden Männer pfiff nach oben und sogleich kamen zwei andere Männer herunter geeilt.

„Sie ist störrisch wie eine junge Stute."

„Schon gut. Wir kennen uns mit wilden Pferden aus.", erwiderte einer der Männer, die dazu kamen. Magdalena wurde an die fremden Männer übergeben und nach oben geführt.

„Was passiert mit mir? Wo bringt ihr mich hin?", fragte sie irritiert.

„Klappe! Wirst schon sehen, was passiert." Mehr erfuhr sie nicht. Die beiden Männer gingen mit Magdalena durch den rechten Burgflügel in Richtung des linken Flügels. Magdalena ahnte, dass sie dort auf den Kaiser treffen würde. Vielleicht erfahre sie dann ihr Urteil. Doch zu ihrer Verwunderung wurde sie durch den Haupteingang nach draußen geführt. Es standen unzählige Kutschen hintereinander, etliche Männer auf wunderschönen Pferden standen bereit, eine Schar von Menschen wartete hinter dem Burgtor. Die erste Kutsche in der Reihe trug eine weiße Flagge mit einem roten Kreuz. Magdalena hatte diese Flagge bereits einige Tage zuvor überall im Haus gesehen. War das die Flagge von England? Magdalena verstand nicht. Ungläubig schaute sie sich um, während sie immer weiter, an den Kutschen vorbei, geführt wurde. Vor einer weiteren Reihe an Kutschen, die allerdings weniger hübsch aufgemacht waren, blieben sie abrupt stehen.

„Einsteigen! Und wehe, du versuchst wieder abzuhauen. Ich schwöre dir, ich erschlage dich mit bloßer Hand." Es gab keinen Zweifel, dass dieser Mann Wort halten würde. Im Tageslicht sah sie seine vielen Narben im Gesicht. Er hatte alte Brandverletzungen an den Armen. Gott weiß, was er schon alles miterlebt und durchgestanden hatte. Also stieg Magdalena ohne Wiederworte in die Kutsche. Niemand sonst saß bereits drinnen.

„Wo fahren wir hin?" Sie sah den finsteren Mann mit den Narben erwartungsvoll an, doch er tat, als ob er sie nicht gehört hätte. Warum spricht nie einer mit mir, fragte sie sich erzürnt. Dann kam der andere Wachmann zurück.

„Hände her!" Magdalena begriff nicht und schon riss der Mann mit den Narben Magdalenas gefesselte Hände herum und hielt sie seinem Kollegen hin. Dieser zückte ein Messer und schnitt damit das Seil, das sich bereits in ihre Haut bohrte, durch. Sie war befreit. Was für ein wunderbares

Gefühl. Magdalena schüttelte ihre Hände und knetete abwechselnd ihre Handgelenke. Sie merkte, wie das Blut in ihre Finger strömte. Dann wurde die Wagentür geschlossen und verriegelt. Was ging hier vor sich? Wo würde sie hingebracht werden? Magdalena saß einige Minuten in Stille. Ihre Handgelenke pochten noch immer und auch ihren verletzten Knöchel spürte sie nun wieder.

„Öffnen!" Es war eine vertraute Stimme. Sie war tief, aber voller Wärme. Nicht schrill, eher sanft, aber trotzdem bestimmt. Magdalena hörte, wie die Schlüssel klimperten und dann wurde die Wagentür geöffnet. Magdalena muss wie ein scheues Reh ausgesehen haben. Sie war verängstigt, eingeschüchtert, erschöpft und dreckig. Als die Tür aufging, sah sie den König davor stehen. Er war groß und hatte ein breites Kreuz. Das war ihr zuvor nicht aufgefallen. Er warf einen flüchtigen Blick hinein und war im selben Moment wieder verschwunden.

„Gut. Sorgt dafür, dass sie gewaschen und versorgt wird, wenn wir angekommen sind. Gebt ihr etwas zu essen und zu trinken und bringt sie zu Diana." Dann wurde die Wagentür wieder geschlossen und verriegelt. Es dauerte nicht lange, bis sich die Kutsche in Bewegung setzte. Magdalena wurde just in diesem Moment klar, dass sie nicht sterben würde. Jedenfalls nicht heute und nicht hier. Ihre Bitte wurde erhört. „Oh Gott, ich danke dir.", flüsterte sie und fiel in einen langen, tiefen Schlaf.

14.

Die Fahrt war holprig. Magdalena wusste nicht, wie lange sie unterwegs waren. Sie schlief, erwachte, schlief und erwachte. Wie lange sie geschlafen hatte, konnte sie nicht einschätzen. Einzig den Umstieg auf ein Schiff und dann wieder in eine Kutsche bekam sie in vollem Bewusstsein mit. Als sie dieses Mal erwachte, befand sich etwas Essen und Trinken auf der Sitzbank ihr gegenüber. Hastig schlang sie das Essen hinunter. Wann hatte sie zum letzten Mal etwas gegessen? Am Tag ihrer Flucht? Und Durst hatte sie, unbändigen Durst. Das tat gut. Sie hatte so viel nachzuholen. Die ständige Angst um sich selbst, die körperliche Anstrengung und der Kraftakt nicht durchzudrehen kosteten Magdalena enorm viel Energie. Sie war ausgemergelt und zerrte an ihren letzten Reserven. Magdalena musste in dem vergangen halben Jahr stark abgenommen haben. Sie war schon vorher ein eher dünnes Mädchen, aber jetzt war sie nur noch Haut und Knochen. Magdalena sah sich ihre knochigen Hände und Füße an. Sie konnte ihre Rippen deutlich unter ihrem Kleid spüren und ihre Taille konnte sie beinahe mit den Händen umfassen. Sie musste wieder zu Kräften kommen, das wusste sie, damit sie sich den Herausforderungen, die nun auf sie zukommen würden, stellen konnte. Sie war bereit. Sie hatte neuen Lebensmut gefunden. Magdalena versuchte sich zu strecken. Die müden Gliedmaßen knackten, als sie ihre Füße im Kreis drehte und ihren Kopf von links nach rechts bewegte. Dann vernahm sie leise Geräusche, die allmählich näher kamen. Waren es Schreie? Oder Donner? Nein, es waren Jubelschreie und lautes Getöse. Trompeten wurden gespielt und Pauken geschlagen. Magdalena konnte zwar nichts sehen, aber sie erahnte, dass sie ihr Ziel erreicht hatten. Sie waren in England! Die Fahrt zog sich ewig hin. Bei den lauten Stimmen der Menschen zusammen mit der Musik, die gespielt wurde, hätte Magdalena ihr eigenes Wort kaum verstanden. Der König wurde gefeiert, als hätte er soeben die bedeutendste Schlacht für sein Land gewonnen. Wahnsinn! Dann wurde die Geräuschkulisse wieder leiser, bis sie gar nicht mehr zu hören war. Die Kutsche hielt. Magdalena war gespannt, wie das Anwesen des Königs wohl aussehen mochte. War es ähnlich wie die Burg des Kaisers? Weitere Fragen stellten sich ihr. Was würde mit ihr geschehen? Wusste ihre Familie, wo sie war? Würde man ihnen überhaupt sagen, dass sie nicht mehr im Dienste des Kaisers stand oder würde man behaupten, sie wäre immer noch dort? Oder würde man behaupten, sie sei tot? Stünde sie noch im Dienste des Kaisers? Vielleicht. Sie wusste es nicht. Sie wusste gar nichts. Sie wusste noch nicht einmal hundertprozentig, dass sie in England war. Dieses Unwissen machte sie verrückt. Egal, welches Schicksal sie ereilen würde, sie musste endlich Klarheit darüber haben. Endlich vernahm sie Schritte, die unmittelbar neben der Kutsche gemacht wurden. Die Verriegelung wurde entsichert. Dann, mit einem lauten Krächzen, wurde die Tür geöffnet. Licht strömte in den dunklen Wagen. Magdalena hatte zu tun, sich an die veränderten Lichtverhältnisse zu gewöhnen, aber dann konnte sie sich umsehen. Es war kalt. Das war das erste, was ihr auffiel. Sie hatte sofort mit dem Öffnen der Tür eine leichte Gänsehaut. Es regnete in Strömen, das war das zweite, was sie wahrnahm. Dann ging alles sehr schnell. Sie wurde aus der Kutsche gezerrt und in schnellem Schritt einen langen Weg aus Kies, an dem steinernen Gebäude vorbei, entlanggeführt. Dann wurde eine kleine, versteckte Tür, die von außen kaum zu erkennen war, da sie in die Mauer perfekt eingearbeitet war, aufgeschlossen und sie befand sich im Inneren des großen und imposant erscheinenden Gebäudes. Viel hatte sie nicht gesehen, sicher. Zum einen verhinderte der schnelle Lauf eine umfassende Begutachtung, zum anderen schien der Regen und der dichte Nebel ganz England in ein undurchdringliches Tuch zu hüllen. Ein Mann empfing sie und führte sie einen schwach beleuchteten Gang entlang. Dann blieben sie stehen. Die Männer unterhielten sich, aber Magdalena verstand nicht, was sie sagten. Ja, sie war in England oder zumindest in einem fremden Land, denn sie sprachen eine andere Sprache. Magdalena hatte nie eine andere Sprache gelernt, warum auch, sie würde sie ja nicht brauchen, dachte sie. Aber nun hätte sie sie gebraucht. In der Zeit als Gouvernante hatte sie allerdings ein paar Worte gelernt, denn Anna erhielt Englischunterricht und plapperte die neuen Vokabeln ständig hoch und runter. Der Akzent erschwerte jedoch das Verstehen. Die Männer nickten einander zu. Dann gingen die Beiden, die sie zu dem versteckten Eingang gebracht hatten den Gang zurück. Magdalena sah den Fremden an und wartete, dass sie ihren Weg fortfahren würden. Er starrte sie an,

193

musterte sie von oben bis unten und grinste ihr breit ins Gesicht. Ihm fehlten so gut wie alle Zähne und er stank ganz fürchterlich aus dem Mund. Seine Haut war fahl und unrein. Sein Haar fettig und ungekämmt. Es hing in Strähnen herab. Er konnte kein Mann von Klasse sein. Wahrscheinlich gehörte er sogar der untersten Schicht in dieser Hierarchie an. Magdalena schüttelte es vor Ekel. Sie konnte ihn nicht länger ansehen. Sie hatte in ihrer Heimat viele Obdachlose, Kranke und Arme gesehen, aber noch nie hatte sie sich vor einem Menschen derart geekelt. Sein Blick lag immer noch starr auf ihr. Er musterte sie nun nicht mehr, sondern starrte auf ihr Dekolleté. Er grinste immer noch breit und leckte sich zu allem Übel ständig die Lippen. Magdalena war dies nicht nur unangenehm, es war abscheulich. Erniedrigend und herabwürdigend. Dann rief jemand. Der Mann drehte sich um und winkte Magdalena zu. Magdalena folgte ihm in gewissem Abstand. Um nichts in der Welt wollte sie diesem Ekel zu nahe kommen. Er stank nicht nur aus dem Mund, sondern sein ganzer Körper zog ein Gemisch aus Schweiß, Urin und, Magdalena konnte es nicht identifizieren, aber es roch wie Fett, hinter sich her. Sie erreichten einen weiteren

Gang. Dort stand bereits ein junger, besser aussehender Mann. Wieder unterhielten sich die beiden Männer und wieder verstand Magdalena nichts. Der junge Mann nickte und schloss eine Tür, die sich auf seiner rechten Seite befand, auf. Das Ekel kam auf Magdalena zu, griff sie grob am Arm und zerrte sie in den Raum. Kaum angekommen, wurde die Tür mit einem lauten Knall zugemacht und verschlossen. Dann herrschte Stille. Schon wieder. Immer wieder. Allein in einem dunklen Loch. Magdalena schrie, aber nicht aus Angst, sondern aus Wut und Zorn. Sie war es leid im Ungewissen zu sein. Sie war es leid, wie man mit ihr umging und sie war es leid von allen und jedem als Objekt der Begierde betrachtet zu werden. Sie war ein anständiges Mädchen. Sie war verheiratet, hatte nie gesündigt oder es auch nur in Betracht gezogen, aber es schienen sie alle für eine Hure zu halten. Sie hatte das ewige Herumgeschubse satt. Sie hatte alles satt. Es musste aufhören und es würde aufhören. Wenn es nicht jemand anderes beendet, dann würde Magdalena es eben selbst tun. In dem Moment wurde die Tür geöffnet.

„Rein da!" Florian, eine Küchenhilfe des Kaisers, kam herein. Mit ihm noch weitere ehemalige Bedienstete des Kaisers.

Magdalena erkannte auch eine ihr vertraute Magd. Welche Funktion sie am Hof hatte, wusste Magdalena nicht genau, aber sie hatte das Mädchen des Öfteren gesehen. Sie wirkte sehr eingeschüchtert und verstört. Wie alt mochte sie sein? Magdalena schätzte sie auf ihr eigenes Alter, aber genau konnte sie es nicht sagen. Wenn sie sie am Hof umher laufen sah, wirkte sie älter, vielleicht zwei oder drei Jahre älter als Magdalena, aber nun sah wie ein verängstigtes Kind aus.

„Hallo.", sagte Magdalena und ging auf das Mädchen zu. Magdalena war froh, bekannte Gesichter um sich zu haben. Sie war nicht allein, was ihr Mut und eine gewisse Sicherheit gab. Das Mädchen schaute schüchtern auf, schien aber erleichtert zu sein, Magdalena zu sehen. Wahrscheinlich ging es ihr ebenso.

„Hallo. Lena, stimmt's?"

„Ja." Dann herrschte Stille. Keine von Beiden wusste, was sie sagen sollte.

„Es ist schön, jemanden gegenüber zu haben, der einen versteht." Magdalena versuchte das Eis zu brechen und das Beste aus der beklemmenden Situation zu machen.

„Ja, das stimmt wohl.", erwiderte das Mädchen und sah sich ängstlich um. Sie lächelte, doch Magdalena erkannte, dass sie hochgradig angespannt war.

„Weißt du, was hier vor sich geht?", fragte Magdalena.

„Nun", begann das Mädchen, immer noch um sich schauend. „Soviel ich weiß, wurden wir verschenkt, ausgetauscht oder wie man das auch immer nennen möchte. Wir werden hier am Hof arbeiten. Was allerdings aus dir wird, weiß ich auch nicht. Ich staune, und bitte entschuldige, wenn das gemein klingt, aber ich staune, dass du überhaupt noch lebst. Es hieß, du solltest hingerichtet werden."

Magdalena schluckte. Das hatte sie sich schon gedacht. Aber was war passiert, dass es nicht durchgeführt wurde.

„Warum bin ich dann hier?", fragte sie nun.

„Wie gesagt, ich weiß es nicht." Es war offensichtlich. Sie wollte nicht mit Magdalena sprechen. Sie wandte sich von Magdalena ab und suchte den Kontakt zu anderen Bediensteten. Magdalena war gerade auf dem Weg zu Florian, als die Tür erneut geöffnet wurde. Draußen stand ein kleiner, dicker Mann mit einem Blatt Papier in der Hand. Er begann Namen aufzurufen. Die jeweiligen Menschen traten vor und wurden entweder zu der einen oder zu der anderen Seite des Ganges geschickt. Nacheinander standen die Bediensteten auf und verließen den Raum entweder nach links oder nach rechts. Dann befanden sich nur noch drei Menschen in dem Raum. Das Mädchen, Magdalena und eine andere junge Frau. Als erstes wurde die Fremde aufgerufen. Sie sah hübsch aus, war aber einige Jahre älter als Magdalena. Auch sie war verschüchtert, doch sie zeigte es nicht so stark wie die meisten der Anderen. Vielleicht hatte sie nichts Schlimmes zu befürchten. Sie blieb in der Mitte, neben dem Mann, stehen. Nun wurde das Mädchen, sie hieß Susi, aufgerufen und ebenfalls neben den Mann geleitet. Der Mann sah auf und schien verwundert, noch jemanden in dem Raum zu sehen. Er ging hastig seine Liste noch einmal durch, dann noch ein weiteres Mal. Magdalena verstand, dass er *Warte!* sagte. Dann schloss er die Tür. Magdalena verfolgte aufmerksam das laute Begängnis, welches sich draußen abspielte. Stimmen und Schritte vermischten sich zu einem lauten Geräuschmix, welches sich irgendwann sukzessive auflöste. Magdalena sah sich in dem kleinen Raum um. Wer weiß, wie lange sie warten müsste. Sie entdeckte in der hinteren Ecke eine Liege. Sie war müde, so müde, dass ihr ihre Gefühle egal waren. Sie legte sich hin und schlief noch im selben Moment ein.

„Aufstehen!", sagte eine Stimme in der Ferne. Dann vernahm Magdalena ein unsanftes Rütteln irgendwo an ihrem Körper.

„Los, steh auf!" Magdalena öffnete langsam ihre Augen. Vor ihr standen zwei Männer. Den einen erkannte sie wieder. Es war der kleine Dicke, der die Namensliste verlesen hatte. Sie setzte sich auf und in dem Moment zerrte der Andere bereits an ihrem Arm. Er schleifte sie durch den kleinen Raum, raus aus der Tür und den Gang entlang. Der Dicke folgte ihnen. Magdalena versuchte den Griff des Mannes zu lockern, doch sie kam nicht gegen ihn an. Immer wieder schaute sie sich zu dem anderen Mann um, doch sie musste aufpassen, dass sie bei der schnellen Geschwindigkeit, die der Andere vorgab, nicht stürzte. Der Weg war recht kurz. Sie blieben vor einer kleinen

Holztür stehen. Magdalena musste sich beim Durchgehen ducken und sie war weiß Gott nicht besonders groß. Und dann bot sich ihr ein vertrautes Bild. Ein Verlies. Es sah nur unwesentlich anders aus. Ein bisschen größer war es vielleicht, aber von der Sache, war es mit dem des Kaisers zu vergleichen. Besonders der scharfe Geruch war unverkennbar. Magdalena ahnte, was nun passieren würde. Eigentlich hatte sie nur darauf gewartet, auch wenn sie nun nicht mehr so entspannt war. In dem kleinen Raum ist sie das Prozedere unendlich oft durchgegangen. In Regensburg hatte sie als Kind eine öffentliche Hinrichtung miterlebt. Der Termin war der ganzen Stadt bekannt gewesen. Und obwohl Joseph ihr verboten hatte, dorthin zu gehen, schlich sie sich trotzdem zum Marktplatz und sah zu. Später bereute sie es, denn sie konnte nächtelang nicht schlafen. Der Todesschlag des Henkers hatte den Mann nicht sofort getötet. Es war brutal. Es war ein Gemetzel. Aber am Schlimmsten waren nicht die grausamen Bilder, sondern die Schreie des Mannes. Magdalena versuchte sich vorzustellen, wie es ihr ergehen würde. Sie malte sich verschiedene Szenen aus und versuchte sich so mental darauf vorzubereiten. Jetzt, da sie hier unten war und der Tod schon an ihrer Tür klopfte, überkam sie erneut Panik. Wie oft hatte sie dieses Gefühl in den vergangen Tagen erlebt. Was war Freude? Was war Sicherheit? Magdalena wurde nur noch von Angst, Panik und Traurigkeit eingenommen.

Sie wurde durch den Keller, in dem sich das Gefängnis befand, geführt. Dieses Mal nicht so schnell, sondern langsam und ruhig. Als sie um eine Ecke bogen sah Magdalena den Mann, der Ekel und Abscheu in ihr ausgelöst hatte. Der Mann, der sie begrüßt hatte, als sie die Burg betrat. Es schüttelte Magdalena am ganzen Körper, als sie ihn sah. Er sah noch abscheulicher aus, als am Tag zuvor. Dann sah Magdalena auch die anderen drei Männer, die hinter dem Ekel standen. Sie erschrak. Dann ging alles sehr schnell. Magdalena wurde mit geschickten Griffen an einen Pfahl gefesselt. Bevor sie begriff, hing sie bewegungslos an dem dicken Holzpfahl. Sie versuchte sich loszureißen, doch das Seil war erbarmungslos. Es gab keinen Millimeter nach. Magdalena strampelte und versuchte ihre Handgelenke zu bewegen, doch es nützte nichts. Das Ekel kam an sie heran, griff ihr ins Gesicht, drehte es und leckte sich wieder die Lippen. Er war so fürchterlich anzusehen, dass Magdalena die

Augen schloss. Sie sah die anderen Männer an. Alle starrten sie an. Alle leckten lüstern ihre Lippen.

Oh Gott! Magdalena ahnte langsam, was das hier zu bedeuten hatte. Sie sollte nicht hingerichtet werden, zumindest heute nicht. Diese Männer hatten anderes mit ihr vor. In diesem Moment schossen ihr die Bilder ihrer Vergewaltigung in den Kopf. Sie schrie und strampelte noch heftiger. Sie versuchte noch stärker an dem Seil zu ziehen und zu rütteln, doch es gab einfach nicht nach. Sie drehte sich, versuchte zu laufen, doch der Pfahl war stark genau, ihr Gezerre auszuhalten. Die Männer sagten etwas. Magdalena verstand es aber nicht. Die Männer schauten sich untereinander an. Sie schienen abzustimmen. Das Ekel zuckte die Schultern und trat wieder an Magdalena heran. Er grinste sie an. Dann drehte er sich erneut zu den Anderen um, die nun in lautes Getöse ausbrachen und ihn anzufeuern schienen. Er sah Magdalena wieder an und strahlte. Seine Augen waren geweitet, er war bereit. Er streckte seine Hand aus und drückte Magdalenas Brust. Sie schrie auf. Es tat weh. Dann drückte er noch fester und glitt mit der anderen Hand unter ihr Kleid. Er berührte ihre Scham.

„Nein. Nein!", schrie sie, doch ihre Rufe wurden nicht erhört. Je lauter und kräftiger sie schrie, desto lauter wurden die Zurufe der Männer. Er zog seine Hose runter. Magdalena konnte nicht hin sehen. Immer noch schrie sie. Sie war verzweifelt. Um nichts wollte sie diese Qualen noch einmal durchstehen. Lieber würde sie sterben. Sie flehte zu Gott, doch auch der schien sie nicht zu erhören.

„Wo ist das Mädchen, habe ich gesagt!" Eine laute Stimme hallte durch den Keller. Sie war machtvoll und energisch. Wütend und kraftvoll. Die Männer verstummten. Das Ekel ließ abrupt von ihr ab und hielt ihr mit seinen Händen den Mund zu. Er schwitzte und sah erschrocken in die Richtung, aus der die Stimme kam. Magdalena spürte plötzlich, wie ihre Kräfte nachließen. Ihre Wahrnehmung war verzerrt. Ihre Augen konnten die Umgebung nicht mehr scharf erkennen. Die Geräusche waren plötzlich dumpf und schienen weit entfernt zu sein. Magdalena wurde schwarz vor Augen, doch sie versuchte sich zusammen zu reißen. Sie würde den Kampf nicht aufgeben. Dann, aus müden und schwachen Augen, sah sie ihn. Er kam mit festem Schritt auf sie zu. Das Ekel ließ sofort von ihr und trat zu den anderen Männern in den Hintergrund.

„Ihr werdet dafür hart bestraft", rief er laut aus. „Ihr habt euch mir widersetzt und bewusst etwas von mir verbotenes getan." Er wurde nun ruhiger. Magdalena nahm kaum noch etwas wahr. Sie war zu erschöpft. Sie spürte, wie sich das Seil von ihren Handgelenken löste und sie zu Boden fallen drohte. Sie ließ sich fallen. Sie hätte sich nicht selbst abfangen können. Doch ein starker Arm fing sie auf. Er hielt sie fest. Aber nicht grob. Er hielt sie einfach fest. Magdalena sah stöhnend auf. Sie sah in seine dunklen, braunen Augen, die sie einfühlsam anschauten. Mit Schwung fasste er hinter ihre Knie und nahm sie hoch. Sie war in seinen Armen und fühlte sich plötzlich sicher. Sie spürte es einfach. Mit diesem Gefühl der Sicherheit erlosch der letzte Hauch an Kraft und ihre Augen schlossen sich. Sie war bei Bewusstsein, doch außer Stande sich auch nur zu rühren.

„Henry, sorg dafür, dass diese Mistkerle da bleiben, wo sie sind." Sofort eilten mehrere Männer herbei und nahmen die Schänder fest. Der König drehte sich um und verließ mit Magdalena in den Armen den Keller. Er hat mich gerettet, dachte sie, während er mit ihr durch Flure und Räume ging. Magdalena sah ihn die ganze Zeit an. Sie hatte Mühe bei Bewusstsein zu bleiben. Immer wieder spürte sie, wie ihr Körper nachzugeben versuchte, doch sie befahl sich, wach zu bleiben. Sie musste noch immer auf der Hut sein. Dann betrat er einen wunderschön eingerichteten Raum. Magdalena sah Wandteppiche, Kerzen, bunte Kissen und Decken, Sessel mit wundervollen Stoffen überzogen und Vorhänge aus terrakotta-farbenem Stoff, den sie nie zuvor gesehen hatte. Der König blieb vor dem Bett stehen und setzte Magdalena sanft ab. Magdalena nahm kaum etwas wahr. Sie begriff nicht, wo sie sich befand, sie konnte die Geschehnisse nur schwer realisieren, geschweige denn deren Bedeutung. Sie war erleichtert. Die Todesangst war gewichen. Sie wusste, dass ihr heute nichts mehr passieren würde. Wo war sie sicherer, als in des Königs Bett. Magdalena sah hinauf zu ihm. Er hatte sich neben sie gesetzt und schaute sie an. Sein Blick war mitfühlend und er wirkte ergriffen.

„Schlaf. Wenn du möchtest, kannst du dich dort waschen." Er zeigte auf einen Bereich des Zimmers, der über einen Durchgang, welcher mit leichtem Seidenstoff verhängt war, zu erreichen war. „Ich lasse dir etwas zu essen bringen. Sag mir einfach, wenn du etwas brauchst. Ich bin gleich da drüben." Er streichelte ihr über die Wange. Magdalena zuckte bei der Berührung automatisch zusammen. Er verstand. Er erhob sich und ging durch einen anderen Durchbruch in den vorderen Teil seines Privatgemaches. Dann endlich ließ Magdalena ihre Müdigkeit zu und schloss die Augen.

15.

Sanfte Sonnenstrahlen weckten Magdalena aus einem langen und festen Schlaf. Sie fühlte sich noch immer schwach und ausgelaugt, aber bei weitem nicht so erschöpf, wie am Tag zuvor. Müde sah sie sich um. Sie befand sich in einem riesigen Bett voller Kissen. Über ihr schwebte ein sandfarbener Baldachin. An allen Ecken des Bettes befanden sich schön geschwungene Säulen aus Holz. Das Schlafgemach des Königs übertraf jeden Raum, den Magdalena bisher gesehen hatte. Der Eindruck, den sie am vorigen Abend hatte, wurde nun, bei Tageslicht, noch übertroffen. Die Wände waren mit dekorativem, dunklem Holz verkleidet. Überall waren hübsche und detaillierte Schnitzereien zu sehen. Auf dem Boden vor dem Bett lag ein großes Hirschfell. Geweihe hingen an den Wänden. Die Fenster waren groß und ließen viel Licht hinein. Alle Stoffe, die in diesem Raum verwendet wurden, waren nicht nur die teuersten, sondern auch die wertvollsten und schönsten. Magdalena hatte schon oft Mägde oder andere Angestellte darüber philosophieren hören, wie die Privatgemächer der Könige und Kaiser aussehen mochten, doch jegliche

Spekulationen trafen nicht einmal annähernd zu. Das Schlafgemach war groß, aber nicht riesig. Nicht wie ein Ballsaal. Magdalena hatte es sich immer als größten Raum des Hauses vorgestellt. Das aber stimmte nicht. Es war ordentlich und strukturiert. Alles hatte seinen Platz. Trotzdem war es gemütlich. Die gedeckten Farben, das Holz an den Wänden und die Fackeln, die daran angebracht waren, verliehen dem Gemach einen romantischen Charakter. Magdalena streckte sich. Sie schlüpfte aus dem Bett und ging zu dem Durchgang, der in den Teil des Raumes führte, in dem sich Magdalena waschen konnte. Sie stank fürchterlich. Als sie fertig war ging sie zurück zum Bett, wo sie ihr Unterkleid abgestreift hatte. Sie hatte nichts anderes zum Anziehen. Als sie die seidenen Vorhänge beiseite streifte, um hindurch zu gehen, stand eine Frau vor dem Bett. Sie war gerade dabei, das Lacken auszuschütteln, die Kissen aufzuschütteln und die bestickte Tagesdecke drüber zu legen. Die Frau trat zurück, als sie Magdalena sah. Sie nickte ihr zu und zeigte auf den Sessel, der links neben dem Bett am Fenster stand. Darauf lag ordentlich zusammengefaltet, ein gelbes Kleid mit weißem Spitzensaumen. Magdalena zeigte auf das Kleid, dann auf sich, so als wollte sie fragen, ob das Kleid für sie bestimmt sei. Die Frau nickte und gab sich dann dem Bett hin. Magdalena nahm das Kleid in die Hände. Es war wunderschön. Es sah ein bisschen groß aus, aber das machte nichts. Noch nie hatte sie solch ein schönes Kleid gesehen, geschweige denn getragen. Magdalena schlüpfte hinein und versuchte sich die Schleife des Korsetts selbst zu binden. Die Frau schmunzelte und kam zu ihr herüber. Sie half Magdalena, zuppelte hier und zog da und sagte schließlich irgendetwas. Es war zu groß. Aber es rutsche Magdalena nicht vom Leib, also war es in Ordnung. Magdalena strahlte die Frau an und nickte begeistert. Sie verstand, lächelte und verschwand durch den vorderen Durchbruch. Magdalena folgte ihr. Auch dieser Bereich ließ Magdalena die Luft anhalten. Die Größe des Raumes war etwa gleich mit der des Schlafgemaches. Massive Holzschränke befanden sich hier, ein großer Schreibtisch stand vor der langen Fensterfront. Die Frau brachte ein Bündel Stoffe mit zwei Kissen darüber herein. Sie legte es auf das Sofa, verschwand dann in einer Nische, kam wieder hervor und holte die Kissen und die Stoffe. Es dauerte nicht lang, dann kam sie zurück und winkte

209

Magdalena zu sich. In der Nische stand ebenfalls ein Bett, bedeutend kleiner als das des Königs, aber es sah unglaublich gemütlich aus. Die Frau zeigte auf das Bett, dann auf Magdalena. „Mein Bett?", fragte Magdalena ungläubig. Die Frau nickte. Magdalena wusste nicht, ob sie sie verstanden hatte, aber sie nickte ebenfalls. Die Frau schien nett zu sein. Sie war vielleicht ein paar Jahre älter. Sie lächelte ununterbrochen. Als sie die Überraschung und die Freude in Magdalenas Gesicht sah, musste sie selbst lachen. Sie hielt kurz inne, fasste Magdalena dann an der Hand und führte sie zurück in den Raum. Sie brachte sie zu einem kleinen weißen Holztisch, um den vier ebenfalls weiße Holzstühle standen. Das Ensemble war sehr fein und grazil geschnitzt. Es stand links neben dem Schreibtisch am Fenster. Man hatte einen unfassbaren Blick über die Wiesen und Weiden, die die Burg umgaben. Die Stühle sahen aus, als würden sie zusammenbrechen, wenn man sich darauf setzte, doch sie hielten stand. Magdalena setzt sich und sah zu, wie die Frau ein Tablett mit unglaublich lecker riechenden Speisen und einem dampfenden Getränk brachte. Sie stellte das Tablett vorsichtig auf den Tisch. Magdalena lief das Wasser im Mund zusammen.

„Für mich?", fragte sie ungläubig ohne den Blick von den Leckereien zu nehmen. Die Frau nickte und schmunzelte erneut.

Magdalena aß alles auf. Nicht einen Krümel ließ sie auf ihrem Teller. Am liebsten hätte sie um einen Nachschlag gebeten, aber das wagte sie nicht. Nachdem die Frau das Tablett abgeräumt hatte, verließ sie den Raum. Magdalena saß noch immer an dem Tisch. Sie sah aus dem Fenster. Was für eine schöne Landschaft. Sie sah Felder und Wiesen, die über den Horizont hinaus reichten. Links und rechts in der Ferne befanden sich Wälder, die sich ebenfalls ins Unermessliche auszudehnen schienen. Magdalena lächelte bei diesem Anblick. Wieder dachte sie an ihre Vergangenheit, ihre Kindheit. Ein wenig Wehmut überkam sie. Sie dachte an Joseph. Was er wohl gerade tat. Sie dachte an die Briefe, die sie ihm geschrieben hatte. Kurz vor ihrem Fluchtversuch hatte sie dem Kurier die Briefe gegeben, doch nun bezweifelte sie, dass dieser sie jemals auch nur aus der Burg getragen hatte. Wahrscheinlich wurden sie dem Kaiser direkt übergeben. Sie würde ihrem Bruder erneut schreiben. Wenn er erfuhr, dass sie in England war, würde er vor Staunen und vor Überraschung umfallen. Bei dem Gedanken musste Magdalena lachen. Sie stand auf und ging um den Tisch herum. Vor dem Fenster blieb sie stehen. Sie schwelgte in Erinnerungen, die ihr so weit weg vorkamen.

„Wie geht es dir?" Magdalena drehte sich erschrocken um. Der König stand in der Tür und hielt mehrere Schriftrollen in der Hand.

„Oh, gut. Danke." Magdalena schaute zu Boden. Ihr war unbehaglich. Was sollte sie tun? Sie machte einen Knicks und hielt den Blick noch immer gesenkt. Als sie ein Lachen vernahm, schaute sie neugierig auf. Der König lief zu seinem Schreibtisch, setzte sich und begann die erste Schriftrolle zu lesen. Magdalenas Herz pochte. Sie traute sich nicht, sich auch nur einen Millimeter zu bewegen. Sie stand eine ganze Weile stocksteif da.

„Willst du den ganzen Tag dort stehen bleiben? Ich glaube das wird auf Dauer sehr ungemütlich." Er sah sie nicht an. Er schien sie nicht einmal wahrzunehmen und doch musste er sie genau im Blick haben. Magdalena setzte sich unauffällig auf den Stuhl, der direkt vor ihr stand. Sie faltete ihre

Hände auf ihrem Schoß. Langsam neigte sie ihren Kopf hinüber zum König, doch als sie sah, dass er zu ihr schaute, drehte sie ihren Kopf schnell wieder und blickte auf ihre Hände. Sie hörte wie er aufstand. Seine Schritte kamen näher und dann setzte er sich ihr gegenüber. Magdalenas Puls stieg.

„Du brauchst nicht verängstigt zu sein. Ich werde dir nichts tun. Du bist hier sicher, Lena." Er sah sie eindringlich an. Seine Stimme. Wie wohlklingend war seine Stimme. Magdalena hob den Kopf und wagte den Blick zu ihm.

„Du gehörst nun mir und das bedeutet, dass dir niemand etwas tun kann. Verstehst du? Du darfst dich frei bewegen, du kannst machen, was du möchtest." Entspannt lehnte er sich zurück. "Niemand wird dir etwas vorschreiben. Befolge einfach meine Anweisungen und sonst keine. Es gibt nicht viele Regeln, die du beachten musst. Alles, was hier in diesen Räumlichkeiten passiert, wird nicht nach außen getragen. Alles, was ich sage oder tue, wird nicht nach außen getragen. Wenn ich dir etwas sage, machst du das. Du fragst nicht warum oder weshalb. Hast du das verstanden?"

„Ja.", antwortete Magdalena.

„Gut, dann bist du frei." Damit stand er auf und begab sich zurück an seinen Arbeitsplatz.

„Herr!", sagte Magdalena kaum hörbar. Der König drehte sich zu ihr um. „Danke." Er lächelte sie an und widmete sich dann seiner Arbeit.

Ohne weiteres Zögern stand Magdalena auf. Sie wollte nicht noch länger allein hier mit dem König sein. Die Situation war beklemmend und seltsam. Sie war frei? Nun, sie würde das Beste daraus machen, dachte sie. Als erstes würde sie sich in Ruhe das Anwesen ansehen. Es gab sicher viel zu entdecken. Vor der Tür blieb sie zunächst einmal stehen. Sie atmete tief ein und aus. Sie würde sich den Weg hierher gut merken müssen, sonst würde sie ihn nie wieder finden. Dann ging sie los.

Magdalena nahm sich viel Zeit für ihre eigene Führung. Was sollte sie auch sonst tun? Sie sah sich die Bibliothek an, stöberte in einigen Büchern, ging dann weiter zum Musikzimmer und sah sich alle weiteren offiziellen Räumlichkeiten an. Die inoffiziellen, die meist für die Angestellten gedacht waren, interessierten sie nicht sonderlich. Zumal sie davon bereits einiges gesehen hatte und sie sich erstens nicht sonderlich von den ihr bekannten Unterkünften unterschieden und zweitens böse Erinnerungen in ihr wecken würden, die sie momentan nicht verkraften würde. Unterwegs begegnete Magdalena immer wieder diversen Hofdamen, die sie genau musterten und anschließend in leises Getuschel fielen, gutgekleideten Männern, die hier am Hof sicher eine hohe Position hatten bzw. hohes Ansehen genossen und Ihresgleichen, den Bediensteten. Sie grüßte jeden Angestellten, aber diese sahen entweder scheu weg oder nahmen die Begrüßung nicht wahr, zumindest taten sie so. Dann stand sie vor einer großen doppelflügeligen Tür. Dahinter befand sich sicherlich ein ebenfalls wunderschönes Zimmer. Alle, die Magdalena bislang besucht hatte, waren atemberaubend. Sie waren geschmack- und stilvoller hergemacht als die Räumlichkeiten des Kaisers und bei weitem mehr als die des Pfalzgrafen. Magdalena überlegte kurz, welchen typischen Salon sie noch nicht gesehen hatte, der sich demnach hinter dieser Tür befinden musste. Ohne zu klopfen öffnete sie die schwere Tür. Magdalena lugte hinein und fand sich in einem anscheinend

215

wichtigen Zusammentreffen bedeutender Männer wieder.

„Oh, Entschuldigung.", sagte sie und schloss die Tür schnell wieder. Als sie sich umdrehte wäre sie beinahe mit einem jungen Mann zusammengeprallt.

„Oh.", machte Magdalena.

„Bitte entschuldigen Sie Madame." Der Mann schaute gestresst auf und traute seinen Augen kaum, als er Magdalena erkannte.

„Lena, was machst du denn hier?", fragte er ungläubig. „Warum schleichst du hier herum und", er hielt kurz inne, „trägst solch ein Kleid?"

Magdalena strahlte. „Das ist vom König. Ich wohne bei ihm."

Er sah sie verstohlen an. „Du wohnst bei ihm? Du meinst, du schläfst mit ihm."

Magdalena wurde dunkelrot. „So ein Quatsch, niemals. Er lässt mich bei ihm wohnen. Ich darf tun und machen, was ich möchte. Das ist alles." Magdalena sah verlegen weg. Dann wandte sie sich Florian wieder zu. „Wie geht es dir? Arbeitest du in der Küche?"

„Ja, es ist ok. Jedenfalls angenehmer als beim Kaiser. Es ist nicht ganz so heiß und es gibt Fenster." Er lächelte, als er das sagte. Magdalena war sich nicht sicher, ob er es tatsächlich auch so meinte, aber er schien wirklich etwas glücklicher zu sein, als damals.

„Ich muss weiter." Er zeigte auf die Doppeltür und fragte:" Kommst du da gerade raus?"

„Nein, ich wollte rein, aber da findet irgendeine wichtige Versammlung statt."

Florian lachte. „Irgendeine wichtige Versammlung? Lena! Es geht noch einmal um das Bündnis mit dem Kaiser. Es wird wohl doch nicht klappen." Er sah sie an und merkte, dass sie kein Wort von dem, was er sagte, verstand. „Also Lena, mach's gut. Vielleicht sehen wir uns ja noch." Damit war er in dem Saal verschwunden.

Magdalena dachte bei ihrem fortgeführten Spaziergang über Florians Worte nach. Sie verstand wirklich nicht. Ein Bündnis? Worum es da wohl gegangen sein mag? Dann endlich betrat sie den Garten. Er war herrlich. Wunderschön angelegt, penibel gepflegt und einzigartig in seiner Artenvielfalt. Blumen über Blumen. In Beeten, am Wegesrand, um Sträucher und Bäume herum und selbst auf der Wiese standen kleine Gänseblümchen. Die Luft war klar und frisch. Die Sonne schien und wurde nur ab und zu von leichten, weißen Wolken verdeckt. Hier würde sich Magdalena aufhalten, das war sicher. Sie würde den ganzen Tag hier draußen auf einer Bank sitzen, sich Tagträumen hingeben oder Bücher aus der Bibliothek lesen. Die Zeit verging wie im Flug. Als es zu dämmern begann, begab sich Magdalena auf den Weg zurück. Abrupt blieb sie stehen. Apfelbäume in schönster Pracht standen in einer Reihe hinter einander. Alle trugen kugelrunde Früchte, die in der Sonne zu funkeln schienen. Magdalena lächelte. Auf merkwürdige Art und Weise verliehen sie ihr ein Gefühl von Heimat. Drinnen angekommen, versuchte sie sich an den Weg zurück zu den Privatgemächern des Königs zu erinnern, doch irgendwie sah nun alles gleich aus. Welcher Flur führte zurück zum Musikzimmer? Wo musste sie abbiegen, um zur Bibliothek zu gelangen? Sie hatte sich verirrt. Als sie eine Bank entdeckte, die an einem Fenster stand, setzte sich Magdalena resigniert darauf. Sie sah sich um. Wo befand sie sich? Auf jeden Fall war sie diesen Flur nicht entlang gelaufen. Magdalena schlug die Hände vor ihr Gesicht. Wenn sie heute Abend nicht auftauchen würde, würde der König sofort annehmen, sie sei wieder geflüchtet. Dann vernahm sie ein Pfeifen. Es klang melodisch. Rhythmisch. Es musste irgendeine Melodie sein. Magdalena beugte sich neugierig nach vorn, doch sie war allein. Immer noch auf eine Erleuchtung, wie sie zurück finden würde, wartend, begann Magdalena ihren Fuß rhythmisch im Takt zu bewegen. Das Lied gefiel ihr, auch wenn sie es nicht kannte. Dann stand Magdalena auf. Sie folgte der Stimme und blieb schließlich vor einer offenstehenden Tür stehen. Neugierig blickte Magdalena hinein. Es war ein kleiner, aber hübscher Raum. Alles, das Mobiliar, die Wände und diverse Dekorationsartikel waren in Gelb und Weiß gehalten. Dadurch wirkte es besonders freundlich. Es gehörte sicher einer Dame, was außerdem auch die feine Stimme verriet. Magdalena trat nicht ein, aber sie beugte sich in den Raum und sah sich nach der Pfeiferin um. Auf der rechten Seite des Raumes befand sich ein Durchbruch, der zu einem zweiten Raum führte. Magdalena erkannte, dass das Pfeifen aus diesem Raum kommen musste. Just in diesem Moment erschien in der Schwelle eine großgewachsene Dame. Sie trug ebenfalls ein gelbes Kleid, ganz ähnlich dem, welches Magdalena anhatte. Beide Frauen sahen an sich hinab und schmunzelten.

„Sie sind also die Musikerin." Magdalena hoffte, es kam als Kompliment rüber, denn so war es auch gemeint. Die Frau lächelte.

„Es tut mir leid. Ich wollte hier nicht eindringen, aber ich musste Ihrer herrlichen Stimme folgen." Magdalena fiel erst jetzt ein, dass die Dame sie wahrscheinlich gar nicht verstand. Sie wiederholte den Satz, unterstützte ihn dieses Mal aber mit Händen und Füßen.

„Ich verstehe Sie schon.", sagte die Dame und lächelte vergnügt. „Sie kommen vom Kaiser, nicht wahr?" Sie trat nun in den vorderen Raum, legte weiße Seidenhandschuhe auf einen kleinen weißen Tisch und ging zu einem anderen weißen Tisch, vor dem ein ebenfalls weißer Stuhl stand. Sie setzte sich und öffnete eine kleine Schatulle. Magdalena fiel erst jetzt auf, dass die Dame sie im Spiegel betrachtete. Magdalena konnte den Blick nicht von ihr abwenden. Sie war außerordentlich schön. Sie hatte langes, rotes Haar, welches ihr offen über die Schultern fiel. Ihre stahlblauen Augen erinnerten Magdalena an tiefes, blaues Wasser. Die Sommersprossen in ihrem Gesicht waren keinesfalls als Makel zu betrachten. Vielmehr machten sie ihr Gesicht interessanter und irgendwie lebendiger.

„Kommen Sie herein. Schließen Sie aber die Tür. Noch mehr Gäste müssen nicht dazu kommen." Sie lächelte Magdalena im Spiegel an. Magdalena trat ein, schloss die Tür und suchte eine Gelegenheit sich zu setzten, aber nicht aufdringlich zu wirken.

Die Dame bemerkte Magdalenas Unsicherheit. „Hier, kommen Sie her. Setzen Sie sich." Sie schob einen Hocker zurecht, sodass sich Magdalena direkt neben sie setzen konnte.

„Welche Kette würde zu diesen Ohrringen passen?" Sie holte drei wunderschöne Ketten aus der Schatulle und legte sie nebeneinander auf den Tisch. Sie hielt sich je eine Kette abwechselnd an den Hals und betrachtete sich im Spiegel.

Magdalena betrachtete alle drei Ketten. „Ich würde die mit dem blauen Stein nehmen.", sagte sie schließlich. Daraufhin lachte die Frau.

„Der blaue Stein ist ein Aquamarin." Sie nahm die Kette, hielt sie an ihre Ohrringe, legte sie an ihren Hals und hielt sie wieder an die Ohrringe.

„Hm, nein. Die passt nicht." Sie griff zu einer silbernen Kette mit einem dunkelgrünen Stein.

„Der passt besser zum Kleid.", sagte sie augenzwinkernd. Magdalena beobachtete, wie sie die anderen beiden Ketten zurück in die Schatulle legte.

„Ihnen gefällt also meine Stimme, ja?" Magdalena wurde aus ihren Gedanken gerissen.

„Oh, ja. Sie ist wunderschön. Ich konnte nicht anders, als zu erfahren, wem sie gehört." Magdalena faltete ihre Hände auf ihrem Schoß. Sie kam sich albern und auf irgendeine Art plump vor. Die Frau strahlte eine Anmut und Erhabenheit aus, die Magdalena bewunderte. Beide Eigenschaften fehlten ihr. Sie war weder anmutig, noch erhaben. Wahrscheinlich würde sie es auch nie sein. Als Magdalena aufsah, war die Frau dabei, ihre Haare nach oben zu türmen.

„Halten Sie mal?" Magdalena stand auf und hielt den Haarturm, bis die Frau ihn festgesteckt hatte.

„So, das sollte halten." Dann stand auch sie auf. „Ich bin übrigens Elisabetta. Bekannte nennen mich auch Betty." Erwartungsvoll sah sie Magdalena an, so als warte sie auf einen Kommentar.

„Betty?!" Es war mehr eine Frage, als eine Aussage. Betty lächelte nur und ging zu dem kleinen Tisch, auf dem ihre Handschuhe lagen. Sie streifte sich erst den einen, dann den anderen über.

„Wo wollen Sie hin?", fragte sie zu Magdalena geneigt.

„Ich, äh." Ihr fiel nichts ein. Sie wollte nicht die Wahrheit sagen. Betty hätte sie sonst auch für eine Mätresse gehalten.

„Ich wollte eigentlich zur Bibliothek, aber ehrlich gesagt, ich finde den Weg dorthin nicht mehr."

„Ach, das geht jedem so. Kommen Sie, ich führe Sie hin." Gemeinsam gingen sie den zu Magdalenas Überraschung kurzen Weg zur Bibliothek. Es war Magdalena peinlich. Die Bibliothek befand sich nur wenige Schritte von Betty Zimmer entfernt. Sie musste völlig dämlich und unbeholfen auf Betty wirken.

„So, da wären wir. Also, machen Sie es gut." Betty drehte sich um lief den Flur zurück.

„Betty!" Betty drehte sich um. „Ich heiße Lena." Betty lächelte und nickte. Als Betty fast verschwunden war, rief Magdalena ihr noch einmal nach: „Betty, danke." Betty drehte sich dieses Mal nicht um. Sie ging weiter und hob als Zeichen der Kenntnisnahme nur die Hand.

Magdalena erreichte das Privatgemach des Königs nun sehr schnell. Zu ihrer Erleichterung war der König nicht da. Magdalena zündete ein paar Kerzen an, zog die Vorhänge zu und ließ sich auf einem der weißen Stühle nieder. Sie sah sich um. In der Dunkelheit wirkte der vordere Raum des Königs ein wenig unheimlich. Magdalena fühlte sich nicht wohl. Der Raum war fremd, das Mobiliar war fremd und sie fühlte sich nicht dazugehörig. Sollte sie den Rest ihres

Lebens hier verbringen? Sie würde sich nicht einrichten können, ihre privaten Dingen aufstellen oder anhängen können und sie würde sich nie frei bewegen können. Sie stand ständig unter Beobachtung, wäre gezwungen stets auf sich und alles, was sie tat, genauestens achten müssen. Magdalena stand auf und begab sich in den Waschbereich im hintersten Bereich des Raumes. Als sie zurück kam und zu ihrer Schlafnische ging, entdeckte sie ein ordentlich gefaltetes Nachthemd. Magdalena schlüpfte hinein und wollte sie gerade zu Bett legen, als sie Schritte vernahm. Eine Gestalt war in den Raum gekommen. Sie wirkte riesig und bedrohlich. Erschrocken setzte sich Magdalena auf.

„Willst du wirklich schon schlafen?" Der König lief zu seinem Schreibtisch. „Hast du dich in Ruhe umgesehen?", fragte er. Magdalena zog sich die leichte Decke bis zu ihrem Hals. Unbehagen überfiel sie.

„Ja, Ihre Burg ist beeindruckend. Morgen werde ich allerdings Krümel streuen, sodass ich den Weg wieder zurück finde." Der König musste lachen. Er setzte sich und begann Dokumente durchzugehen.

„Soll ich lieber gehen?", fragte Magdalena.

„Nein. Das ist in Ordnung." Damit schien das Gespräch beendet zu sein. Er war sehr konzentriert, schrieb und las ohne aufzusehen. Magdalena legte sich nieder. Sie kam sich blöd vor. Wie sollte sie schlafen, während der König an seinem Tisch arbeitet? Verstohlen sah sie zu ihm hinüber. Er sah erschöpft und müde aus. Selbst bei dem schwachen Kerzenlicht konnte sie seine müden Augen sehen. Seine Haltung unterstützte Magdalenas Annahme zusätzlich. Magdalena betrachtete sein Gesicht. Sie konnte seine Synapsen förmlich arbeiten sehen, so angestrengt sah er aus. Was für markante, aber doch feine Gesichtszüge er hatte, dachte sie. Sein volles Haar und sein Bart verdeckten zwar viel von seinem Gesicht, aber die dunklen mandelförmigen Augen, die schön geschwungenen Lippen sowie die hohen Wangenknochen stachen trotzdem hervor. Magdalena merkte plötzlich, dass sie ihn schön, ja attraktiv, fand. Dann schaute sie auf seine Hände. Sie konnte sie nur schwer erkennen, aber auch sie wiesen eine gewisse Zartheit auf. Magdalena hatte bereits viele Männerhände gesehen. Die meisten waren dreckig und stanken fürchterlich. So sehr, dass man sich schon bei dem Gedanken an eine Berührung beinahe übergeben musste. Fingernägel gab es meist gar nicht. Die Männer, die Magdalena bisher getroffen oder gesehen hatte, arbeiteten schwer. Da war es nicht verwunderlich, dass deren Nägel sich auf natürliche Art abnutzten. Seine Fingernägel aber waren perfekt manikürt. Das war ihr nicht erst jetzt aufgefallen, sondern schon am Tag zuvor. Jetzt musste sie nur daran denken, als sie ihn beobachtete. Als sie ihren Blick wieder nach oben wandern ließ, trafen sich ihre Blicke. Verlegen schaute Magdalena sofort weg und drehte sich zur Seite um. Wie lange hatte er sie schon beobachtet? Wie peinlich. Magdalena schloss die Augen und wartete auf den Schlaf, als ihr Magen fürchterlich knurrte. Verlegen schaute sie auf und, wie erwartet, hatte auch der König Magdalenas Ruf nach Essen gehört.

„Ich habe auch Hunger.", sagte er schließlich und verließ den Raum. Magdalena setzte sich auf und überlegte. Ein wenig Zorn stieg in ihr auf. Na toll, dachte sie sich. Er geht essen und ich? Ein bisschen gemein fand sie sein Verhalten schon. Verärgert legte sie sich wieder hin, als der König zurückkam. Magdalena sah auf.

„Komm!", forderte der König sie auf. Langsam stand Magdalena auf und lugte um die Ecke, wo sich der Tisch befand. Er hatte ein Tablett in der Hand, welches er vorsichtig auf den Tisch stellte.

„Ich habe uns allerlei Köstlichkeiten mitgebracht." Der König sah nun zu Magdalena hinüber, die immer noch im Bett sitzend um die Ecke schielte. Dann stand sie auf und sah sich suchend um. Sie trug nur ihr Nachthemd. Es war ihr peinlich, sich so zu zeigen, aber der Hunger trieb sie an den Tisch. Während Magdalena sich die Speisen ansah, lief ihr das Wasser im Mund zusammen. Sie hatte keine Ahnung, was alles serviert wurde, aber es sah köstlich aus und duftete herrlich. Sie setzte sich ohne weitere Aufforderung. Magdalena hob den Blick.

„Darf ich?", fragte sie. Ihren Anstand hatte sie nicht vergessen.

„Aber gern.", sagte er und beide griffen zu. Sie aßen lange und ausgedehnt. Magdalena erzählte von ihrem Rundgang und wie sehr ihr der Garten gefalle. Sie holte kaum Luft, denn entweder plauderte sie unaufhaltsam oder kaute. Der König kam kaum zu Wort. Er hörte Magdalena aufmerksam zu. Es gefiel ihm, unterhalten zu werden und von anderen Dingen, schönen Dingen, zu hören. Ab und an lachte er, als Magdalena von ihren Erlebnissen erzählte, wie sie zum Beispiel in die Versammlung geplatzt war. Ihr war es unangenehm, ihn brachte es zum Lachen. Sie saßen eine ganze Weile zusammen und plauderten, bis der König sich schließlich erhob und seine Augen vor Müdigkeit kaum mehr offen halten konnte.

„Gute Nacht, Lena.", sagte er zum Abschied.

„Gute Nacht.", erwiderte sie. Sie lächelte ihn an und sah ihm nach, bis er hinter dem Vorhang, der seinen Bereich von ihrem abschirmte, verschwunden war.

Als Magdalena erwachte war es bereits Vormittag. Die Sonne stand hoch und bewegte sich auf Süden zu. Magdalena hörte Geräusche aus dem Nebenraum. Langsam ging sie durch den Durchbruch, um zu sehen, wer sich dort aufhielt. Es war die Frau von gestern.

„Guten Morgen.", sagte sie, als sie Magdalena bemerkte. „Lena?" Sie zeigte auf Magdalena.

„Gertrude." Sie lächelte und zeigte dann auf sich.

„Guten Morgen, Gertrude.", sagte Magdalena. Dann verschwand sie in der Waschnische. Nach dem Frühstück beschloss Magdalena, so wie sie es vorhatte, ein Buch aus der Bibliothek zu holen und sich im Garten ein ruhiges Plätzchen zu suchen. Den Weg nach draußen fand Magdalena dieses Mal sehr schnell. Sie merkte sich markante Punkte, war sich aber sicher, dass sie genauso schnell zurück finden würde. Es war herrlich im Garten. Die Gärtner waren allesamt mit ihrer Arbeit beschäftigt. Sie zupften Unkraut, pflückten Obst von den Bäumen oder versorgten den Rasen und die Beete mit Wasser. Magdalena ging an ihnen vorbei und spazierte die Wege, die immer weiter von der Burg wegführten, entlang. Dann entdeckte sie eine Bank, die unter einem schattenspendenden Baum stand. Sie setzte sich und begann das Buch, welches sie sich ausgesucht hatte, zu lesen.

„Hallo Lena." Eine vertraute Stimme unterbrach sie.

„Hallo.", gab sie zurück. Sie kannte den jungen Mann. Auch er stammte vom Kaiser. Allerdings kannte sie seinen Namen nicht.

„Albert.", sagte er, als hätte er ihre Gedanken gelesen.

„Albert, stimmt.", log sie. Er stand erwartungsvoll vor ihr. Magdalena wusste nicht, was sie sagen sollte. Ein unangenehmes Schweigen entstand.

„Du liest?" Er wirkte verwundert.

„Ach", sie schaute auf das Buch, das sie in der Hand hielt und wusste nicht, wie sie sich erklären sollte, „ich wollte mir eigentlich Bilder anschauen, aber es gibt gar keine in diesem Buch." Magdalena lächelte, aber sie merkte selber, wie blöd ihre Ausrede klingen musste. Albert schien es ihr jedoch abzunehmen, denn er ging nicht weiter darauf ein.

„Ich habe von dir gehört.", sagte er nun. Er sah sich um und tat, als ob er jemanden suchen würde.

„Du hast von mir gehört? Was hast du denn gehört?"

Er druckste ein wenig herum. „Naja, ich habe von Susi erfahren, dass du eigentlich. Äh..." Er brach ab.

„Ich sollte hingerichtet werden. Ja, ich weiß."
Magdalena legte das Buch zur Seite. Sie
schaute zu Boden. Noch einmal wurde ihr
bewusst, wie knapp sie dem Tod
entkommen war. Sie hatte ihr Leben dem
König zu verdanken. Wieder überkam sie
ein schlechtes Gewissen. Sie war
undankbar. Als sie sich am Abend aufregte,
hatte sie vergessen, dass sie eigentlich nicht
mehr atmen würde.

„Er ist sehr gnädig.", sagte Magdalena
schließlich. Als sie merkte, dass Albert ihr
nicht folgen konnte, fügte sie hinzu: „Der
König. Ihm habe ich mein Leben zu
verdanken." Bei dem Gedanken lächelte sie.

„Der König hat dich verschont? Nun, ja er ist
wirklich sehr gütig. Ich habe bisher nur
Gutes über ihn gehört. Du bist wohl nicht die
erste, deren Leben er verschont hat. Es soll
eine Hofdame gegeben haben, die ein
Verhältnis mit einem ihrer Angestellten
gepflegt hat. Nun, du weißt sicherlich,
welche Strafe normalerweise gefolgt hätte,
aber sie wurde verschont und darf, soweit
ich weiß, weiterhin am Hof bleiben." Er sah
sich erneut um und trat von einem Fuß auf
den anderen. „Sie muss ihm anscheinend
sehr am Herzen liegen. So heißt es
zumindest."

„Hm, ja. Scheint so." Magdalena sah zu ihm auf. „Was machst du eigentlich?"

„Ich arbeite hinten", er zeigte in Richtung Wald, „an einem Projekt. Wir errichten eine Art Pavillon für den König. Gestern haben wir angefangen das Holz dafür zu besorgen. Es fehlt noch eine Menge, aber wir kommen voran. Viel Zeit haben wir nicht. Der Winter kommt mit großen Schritten und der König möchte mit seiner Familie vorher noch seinen Tee dort trinken." Er zwinkerte Magdalena zu und lächelte.

„Ich muss dann auch wieder." Er war gerade dabei sich umzudrehen und zu gehen.

„Darf ich es sehen?", fragte Magdalena.

„Tja, ich denke schon." Gemeinsam liefen sie das Stück bis zum Bauprojekt. Es war noch nicht viel getan worden.

„Ich könnte dir helfen.", schlug Magdalena dann vor. So wie es aussah, waren nicht viele Leute für dieses Projekt eingeplant worden. Jede helfende Hand wurde eigentlich dringend gebraucht.

„Lena, ich glaube nicht, dass mein Chef damit einverstanden wäre, geschweige denn der König." Er sah sie ungläubig an.

„Ich kann machen was ich möchte. Niemand hat mir Vorschriften zu machen. Also, wo kann ich helfen?" Albert sah noch immer unglücklich aus. Magdalena war sich dagegen ihrer Sache sicher.

„Ich frage deinen Chef. Wo ist er?"

„Dort, der Mann mit der grünen Hose." Doch Magdalena war schon auf dem Weg zu ihm. Sie redete einige Zeit, hantierte mit den Händen, zeigte zu Albert, dann auf die Burg und wieder auf Albert. Der ältere Mann schien erst wenig beeindruckt, stimmte dann aber nickend zu. Magdalena kam freudestrahlend zu Albert zurück.

„Ich bin dabei!"

Gemeinsam arbeiteten sie mehrere Tage. Das schwierigste war, das Holz zuzuschneiden. Es war bereits Herbst und das war das Glück der Bauarbeiter. Es war nicht mehr so heiß. Dafür regnete es ununterbrochen. Das feuchte Holz ließ sich nur schwer verarbeiten, aber sie kamen voran. Magdalena konnte nicht allzu viel helfen, aber es machte ihr Spaß. Sie hatte endlich eine Aufgabe und genoss die Pausen mit den Männern und Albert. Sie unterhielten sich, plauderten über Gott und die Welt und philosophierten über die Zukunft ihres Landes. Den König traf Magdalena nur am Abend, wenn sie gemeinsam aßen. Manchmal war sie aber schon vor ihm im Bett und stand erst nach ihm auf, sodass sie sich manche Tage gar nicht sahen. Sie war ihm dankbar, aber die Situation missfiel ihr trotzdem. Sie brauchte ihr eigenes Zimmer. Ab und zu bekam er Damenbesuch in den späten Abendstunden und Magdalena musste still und unauffällig warten, bis es vorbei war. Andauernd stürmten fremde Menschen in das Zimmer, um dem König Briefe auf seinen Tisch zu legen oder ihm eine Mitteilung zu übergeben.

„So Männer, wir sind fertig." Der Bauleiter sah sich den Pavillon an und nickte zufrieden. „Lasst uns den Feierabend einläuten." Er packte seine Sachen zusammen, nahm sein Shirt und ging davon. Die anderen Arbeiter folgten ihm erschöpft.

„Möchtest du mitkommen?", fragte Albert, der gerade dabei war, den anderen nachzugehen.

„Wirklich? Oh, ich weiß nicht." Magdalena überlegte. Sie dürfe sich frei bewegen, hatte er gesagt. Sie kann tun, was sie möchte.

Also, warum nicht. „Ja, ich komme sehr gern mit." Sie gingen einen schmalen Kiesweg entlang, der um die Burg herum führte. An der Seite der Burg mündete der Weg in einem Eingang.

„Bitte sehr." Albert hielt Magdalena die Tür auf. Sie schritt ein und erkannte, dass es sich um den Eingang handelte, welchen sie bei ihrer Ankunft auch betreten hatte. Ein beklemmendes Gefühl durchfuhr sie.

„Lena, hier entlang. Wenn wir noch ein Bier haben wollen, müssen wir uns beeilen. Es gibt nicht für jeden eins." Er zwinkerte ihr zu. Magdalena drehte sich um und folgte Albert in die Unterkünfte der Arbeiter. Es war eine wohlige Atmosphäre. Obwohl Magdalena die einzige Frau im Raum war, fühlte sie sich sicher und wohl. Sie hatte keine Angst vor den Männern. Es vergingen Stunden. Irgendjemand hatte Wein aus der Küche stibitzt. Magdalena merkte bereits den Alkohol in seiner Wirkung. Sie war definitiv beschwipst, doch die Stimmung war so heiter und ausgelassen, dass sie weder aufhören konnte, noch wollte. Immer mehr Angestellte kamen im Laufe des Abends dazu. Schließlich auch Fiona, die Frau des Bauleiters. Sie war etwas älter, aber sehr nett und herzlich. Magdalena half ihr, den

Männern Essen zu bringen und unterhielt sich angeregt mit ihr. Sie schien schlau und clever zu sein.

„Du bist also die neue Lieblingsdame des Königs?!" Fiona sah sie verstohlen an und lächelte verschmitzt.

„Was? Nein, nein. So ist das nicht. Er hat mir das Leben gerettet und ich darf eine Zeit lang bei ihm wohnen." Magdalena versuchte Fiona zu überzeugen, doch an Fionas Gesichtsausdruck merkte sie, dass die Frau ihr die Geschichte nicht wirklich abkaufte. Magdalena klang auch nicht sehr überzeugend. Sie hätte sich vermutlich auch nicht geglaubt.

„Ach Schätzchen, du brauchst mich nicht für dumm verkaufen. Keine Frau hat Zutritt zum Privatbereich des Königs, wenn er es nicht gern möchte.", bestätigte sie Magdalenas Gedanken. Magdalena errötete. Nein, so war das nicht, aber es schien, dass kein Versuch der Rechtfertigung etwas ändern könnte.

„Nun, ich werde langsam gehen.", sagte Magdalena schließlich.

„Ich wollte dich wirklich nicht verscheuchen, Kind." Fiona wirkte ehrlich betroffen.

„Nein, du hast mich nicht verscheucht, Fiona. Aber ich bin müde. Es war ein anstrengender Tag." Fiona verstand und nickte. Sie geleitete Magdalena noch zur Tür und tätschelte ihr zum Abschied den Arm.

„Ich würde mich freuen, wenn du uns bald wieder Gesellschaft leistest.", sagte sie an der Tür angekommen.

„Ich mich auch. Es war wirklich sehr nett bei euch." Magdalena meinte es ernst. Sie hatte das Gefühl, Freunde gefunden zu haben. Sie fühlte sich wohl und sie fühlte sich dazugehörig, auch wenn ihre Kleidung etwas anderes sagte. Aber innerlich wusste Magdalena, wohin sie gehörte und das war nicht die Schickeria des Hofes.

„Gute Nacht Fiona. Bitte richte den Anderen liebe Grüße aus, ja?"

„Das mach ich." Dann ging Magdalena den Gang zurück und verließ schließlich die Burg aus dem Hintereingang. Sie ging den Kiesweg zurück in Richtung Haupteingang. Es musste bereits sehr spät in der Nacht sein. Niemand war mehr zu sehen. Die Burg schien wie verlassen. Als sie vorsichtig und bemüht, leise zu sein, das Zimmer betrat, vernahm sie leise Geräusche. Sie kamen aus dem Schlafbereich des Königs. Magdalena wollte nicht lauschen, doch ihre Neugierde war zu groß. Langsam schlich sie zum Durchgang, blieb im Dunkeln stehen und lauschte. Es waren stöhnende Geräusche. Aber nicht die des Königs. Es war eine Frau. Er hatte wieder Damenbesuch. Von dieser Erkenntnis erschrocken wich Magdalena zurück und überlegte, was sie tun sollte. Sollte sie einfach zu Bett gehen? Nein, sie kam sich jedes Mal blöd vor. Außerdem wollte sie nicht wieder anwesend sein und zuhören. Sie beschloss das Zimmer zu verlassen. Auf Zehenspitzen schlich sie aus dem Raum, schloss vorsichtig die Tür und ging den Flur ein Stück entlang. Die Fensterbretter waren breit genug, um auf ihnen sitzen zu können. Magdalena schwang sich hinauf und wartete. Es verging eine Ewigkeit und Magdalena war hundemüde. Sie konnte ihre Augen kaum offen halten. Außerdem machte ihr auch der Alkohol, der sich in ihrem Magen befand, zu schaffen. Ihr war ein bisschen übel. Sie wollte sich einfach nur hinlegen. Wäre sie bloß zu Bett gegangen. Magdalena fluchte, dann öffnete sich plötzlich die Tür. Magdalena sah in der Dunkelheit der Nacht eine zarte Gestalt aus dem Zimmer kommen. Sie schloss die Tür

239

und ging geradewegs den Flur entlang. Sie hatte Magdalena nicht bemerkt. Sie lief zügig an ihr vorbei und war schließlich in der Dunkelheit verschwunden. Na endlich, dachte Magdalena. Sie hüpfte von der Fensterbank und ging zurück in des Königs Zimmer. Zu ihrer Überraschung war der Raum hell erleuchtet. Mehrere Kerzen brannten. Dann sah sie ihn. Er trug nur eine Unterhose. Magdalena errötete. Es war ihr unangenehm den König von England so zu sehen. „Wo warst du?", fragte er, als er Magdalena bemerkte.

„Ich, äh, war hier und da." Magdalena erkannte, dass das eine äußerst blöde Antwort war. Sie setzte erneut an und wollte sich gerade erklären, als er sie unterbrach: „Schon gut, du brauchst mir keine Rechenschaft ablegen. Ich habe mir nur Sorgen gemacht." Er ging zu seinem Schreibtisch. Irgendetwas suchte er. Magdalena musterte ihn. Sein Oberkörper war übersät von Muskeln. Erst jetzt konnte man tatsächlich sehen, was sein Umhang stets nur anzudeuten vermochte. Bei jeder Bewegung spielten seine Muskeln. Sie traten hervor, gingen zurück, traten wieder hervor und gingen wieder zurück. Verlegen schaute sie schließlich zu Boden.

„Ich war schon früher hier.", versuchte sie dennoch zu erklären. „Aber ich wollte nicht stören und deswegen habe ich draußen gewartet."

„Du hast die ganze Zeit draußen gewartet?" Er wirkte überrascht. „Das hättest du nicht tun müssen. Dieser Bereich gehört genauso dir wie mir." Magdalena war geschmeichelt, doch sie wollte ihm nicht gestehen, dass sie die Geräusche gestört hatten und sie es nicht hätte ertragen können, nebenan zu liegen.

„Gut. Danke." Sie lächelte ihn an, wagte noch einen letzten Blick auf seine Muskeln, ohne zu wissen, dass er sie weiterhin beobachtete, und ging schließlich zu Bett. Als Magdalena in ihrem Bett lag, musste sie lächeln. Hätte sie gewusst, dass auch er lächelte und zu ihr rüber sah, wäre sie mit Sicherheit erneut rot geworden.

16.

Magdalena erwachte mit einem Lächeln im Gesicht. Heute würde das neue Projekt starten. Ein Gewächshaus sollte entstehen. Magdalena konnte Thomas, Fionas Ehemann, überreden, sie wieder mitarbeiten zu lassen. Noch ein wenig benommen stand Magdalena auf. Sie gähnte und streckte sich, wie sie es jeden Morgen tat.

„Guten Morgen. Ich hoffe, ich habe dich nicht geweckt." Der König saß auf einem der weißen Stühle, sah aus dem Fenster und hatte eine Tasse dampfenden Tee in der Hand. Aus Höflichkeit sah er sie immer noch nicht an. Magdalena huschte schnell in den Waschbereich, machte sich frisch und zog sich an. Es war ja nicht so, dass er sie in ihrem Nachthemd nicht kannte, aber er verstand es, höflich zu sein. Gertrude hatte ihr, wie jeden Tag, alles bereit gelegt. Diese Frau war stets unsichtbar. Magdalena bekam sie nur selten zu Gesicht und doch erledigte sie all ihre Aufgaben penibel und zuverlässig. Mittlerweile konnte sich Magdalena recht gut verständigen. Sie hatte eine gute Auffassungsgabe und lernte demnach schnell, aber die Arbeit mit den Männern tat sicherlich ihr Übriges. Magdalena hatte Gertrude von ihrer

Unterstützung bei den Bauprojekten erzählt und sie gebeten, ihr einige, nicht allzu kostbare Kleider bereitzulegen. Es waren demnach lange, recht schlichte Kleider in gedeckten Farben und ohne Ausschnitt. Magdalena konnte sich wunderbar in ihnen bewegen und sah trotzdem elegant aus. Es war ihr oftmals peinlich so zu der Arbeit zu erscheinen, aber sie hatte nichts anderes. Als sie zurück kam sah sie den König noch immer aus dem Fenster blicken. Es war untypisch für ihn so entspannt Tee zu trinken.

„Komm und setz dich. Ich habe etwas mit dir zu bereden." Er musterte sie als sie auf ihn zu kam und sich ihm gegenüber setzte. Sicherlich wunderte er sich über ihr Outfit, doch er sagte nichts dazu. Als Magdalena ihm ins Gesicht sah, erkannte sie, dass es ihm nicht gut zu gehen schien. Er war blass und hatte glasige Augen.

„Geht es Ihnen nicht gut?", fragte sie ihn. Er schüttelte den Kopf und nippte an seinem Tee.

„Wahrscheinlich eine Erkältung.", erklärte er. „Also, morgen werde ich das Urteil für diese", er suchte nach dem passenden Wort, „Mistkerle fällen." Magdalena verstand sofort um welche Männer es ging. Sie hatte die Geschehnisse verdrängt und nicht mehr an diese Menschen gedacht.

„Was wird mit ihnen geschehen?", fragte sie.

„Sie werden hingerichtet. Öffentlich." Er sah weiterhin geistesabwesend aus dem Fenster.

„Gibt es eine Verhandlung, bei der ich vorsprechen muss?" Er sah ernst auf. „Ja, aber du musst nichts sagen. Ich habe mich entschieden. Du wirst dabei sein und die dreckigen Kerle leiden sehen, so wie du gelitten hast. Ihnen zusehen, wie sie sich vor Angst in die Hose pinkeln und mich anflehen, sie zu verschonen. Doch haben sie dich verschont? Nein. Ich werde mit ihnen genauso erbarmungslos sein, wie sie es mit dir gewesen wären." Er schlug die Hände vors Gesicht. Es schien ihm wirklich nicht gut zu gehen.

„Kann ich Ihnen etwas bringen? Soll ich Gertrude rufen lassen?"

„Nein, ich lege mich noch einen Augenblick hin. Wecke mich gegen Mittag." Er stand auf und ging in Richtung Durchbruch. Dann blieb er stehen.

„Viel Spaß bei der Arbeit.", sagte er und lächelte sie an. Dann verschwand er hinter dem Vorhang. Magdalena saß stocksteif da. Woher wusste er davon? Magdalena aß hastig ein wenig Obst, welches Gertrude immer zum Frühstück bereitstellte und begab sich dann auf den Weg nach draußen.

Der Bau gestaltete sich schwierig. Der Plan stimmte nicht, sodass die zugeschnittenen Materialien fehlerhaft waren und nicht aneinander passten. Es war anstrengend, trotzdem genoss Magdalena die Gesellschaft des ihr vertrauten Teams. Als die Sonne im Süden stand, ging Magdalena zurück, um den König zu wecken. Leise betrat sie seinen Schlafbereich. Als sie näher kam, sah sie, dass er stark schwitzte und am ganzen Körper zitterte. Oh Gott, dachte sie. Schnell lief sie in den Waschbereich und holte einen Lappen, den sie mit kaltem Wasser befeuchtete. Sie legte ihn ihm auf die Stirn. Anschließend holte sie ihre Schlafdecke und legte sie über die des Königs. Er stöhnte und öffnete seine Augen. Sie waren gerötet. Er hatte Fieber, keine Frage.

„Ich hole den Arzt.", sagte sie. Er nahm ihre Hand und drückte sie.

„Wasser.", hauchte er. Magdalena lief erneut zurück und nahm die Karaffe mit Wasser sowie einen Becher. Sie setzte sich zum König und reichte ihm den gefüllten Becher. Er trank hastig und bat um noch einen Schluck. Magdalena war unbeholfen. Sie wusste nicht, was sie tun sollte, doch sie beschloss, als erstes jemandem Bescheid zu sagen. Vorsichtig stand sie auf und schlich aus dem Zimmer. Wohin sollte sie gehen und wem sollte sie Bescheid geben. Sie lief zügig durch die Flure auf der Suche nach irgendjemand. Dann entdeckte sie eine Schar Männer, die im Kreis standen und sich lautstark unterhielten. Unter ihnen befand sich ein älterer Mann mit grauem Bart, den Magdalena oft in Begleitung des Königs sah. Magdalena lief auf ihn zu. „Entschuldigung. Kann ich Sie kurz sprechen?" Der Mann trat aus der Menge und ging mit Magdalena einige Schritte zur Seite. Magdalena hatte den richtigen Mann erwischt. Er war ein enger Vertrauter des Königs und sein treuster Berater in politischen und wirtschaftlichen Angelegenheiten. Magdalena erzählte ihm vom Leid des Königs und Mr. Davis, so hieß er, brachte alles Weitere in die Gänge.

Magdalena saß auf ihrem Bett, während Mr. Davis, der Arzt und ein anderer Mann beim

König waren. Sie hörte sie reden, doch sie verstand nicht, was sie sagten. Als die drei Männer durch den Vorhang traten, stand Magdalena abrupt auf. Sie beobachtete wie der Arzt mit dem fremden Mann das Zimmer verlies und sah dann erwartungsvoll zu Mr. Davis.

„Er hat Fieber. Er muss aber nicht zur Ader gelassen werden. Der Arzt meinte, er erholt sich auch so. Was er braucht ist Ruhe und Schlaf." Mr. Davis drehte sich um und sah in die Richtung des kranken Königs. Er schüttelte den Kopf und ließ die Schultern hängen. Er war wirklich betroffen und machte sich Sorgen. Dann wandte er den Blick wieder Magdalena zu.„Danke Lena. Auf Wiedersehen." Magdalena wartete bis der alte Mann gegangen war und ging dann zum König hinüber. Sie machte sich Sorgen um ihn. Langsam ging sie um das Bett herum. Sie kniete sich hin und sah den kranken Mann, der neben ihr lag, an. Er schlief nicht, aber seine Augen waren geschlossen.

„Lena?"

„Ja, ich bin es.", sagte sie und wechselte den Lappen.

„Mein Kopf tut furchtbar weh." Er stöhnte und atmete stockend. „Bleibst du hier?"

„Aber natürlich.", sagte sie. Sie hatte sich über ihn gebeugt und war sehr nah an seinem Gesicht. Magdalena betrachtete ihn und strich ihm eine Strähne aus der schweißnassen Stirn. In dem Moment öffnete er seine Augen und sah sie eindringlich an. Dann schloss er sie wieder und schlief ein. Es war bereits später Nachmittag. Magdalena versicherte sich, dass der König tief schlief, sein Becher mit Wasser gefüllt war und sein Lappen feucht und kühl war. Dann ging sie zurück zum Bauprojekt.

„Albert!", rief sie, als sie auf die Arbeiter zuging.

„Hey, wo warst du? Mein Chef ist ein bisschen sauer. Du kannst nicht erst..." Magdalena unterbrach ihn: „Der König ist krank, Albert. Ich muss mich um ihn kümmern. Es tut mir leid, dass ich nicht Bescheid gesagt habe, aber ich konnte bis jetzt nicht weg. Ich werde dieses Projekt wohl nicht weiter unterstützen können." Wütend kam Thomas dazu. Magdalena entschuldigte sich bei ihm und erklärte ihm die Situation. Er verstand und entschuldigte sich ebenfalls für seinen Wutausbruch. Magdalena verabschiedete sich und versicherte, sich bald mal wieder bei ihm und Fiona blicken zu lassen.

Leise schlich sich Magdalena um das Bett des Königs herum. Sie nahm auf dem Sessel, den sie ans Bett geschoben hatte, Platz. Er schlief noch immer oder ist wieder eingeschlafen. Lange war sie aber nicht weg gewesen, also ging sie davon aus, dass er immer noch schlief. Magdalena befeuchtete den Lappen, nahm sich das Buch zur Hand, das sie zuvor aus der Bibliothek genommen hatte und begann zu lesen. Es war nicht wirklich spannend, aber was sollte sie sonst tun? Nach einigen Stunden packte sie das Buch zur Seite. Ihr war langweilig. Sie ging in ihren Bereich und sah aus dem Fenster. Es regnete in Strömen. Die armen Arbeiter, dachte sie sich. Bei dem Wetter würde das Projekt länger als geplant dauern. Dann spähte sie zum Schreibtisch hinüber. Sie vergewisserte sich, dass niemand sie beobachtete und ging hinüber. Wer sollte sie auch beobachten? Sie war allein hier. Wahrscheinlich tat Magdalena es aus Reflex. Auf dem Schreibtisch lagen mehrere Schriftrollen. Sie wurde neugierig. Womit beschäftigt sich der König von England den ganzen Tag? Sie überflog eines der

Schriftstücke. Es ging um Frankreich. Der König von England hatte seinen Anspruch auf die Krone geltend gemacht, welcher aber nicht durchgesetzt wurde. Weiterhin ging es um den Krieg, den beide Parteien seit dem letzten Jahr führten. Der König wurde angewiesen, unterstützende Streitkräfte in die besetzten Gebiete zu schicken. In der nächsten ging es um den Einsatz weiterer Schreitkräfte in Schottland. So wie es Magdalena verstand setzte der König alles daran, Schottland wieder unter die englische Krone zu bringen. Dies gestaltete sich jedoch äußert schwierig. Die Schotten waren zäh und kämpften um ihr Land. Eine weitere Rolle beinhaltete den Disput mit dem Kaiser des Heiligen Römischen Reiches. Magdalena wurde aufmerksam. Noch einmal sah sie auf, um zu überprüfen, dass sie weiterhin allein war. Dann las sie. Es ging um das Abkommen, welches geschlossen wurde. Der König sollte eine beträchtliche Summe an Gulden zahlen, wofür er tausende Reiter zur Unterstützung erhalten sollte. Im Weiteren wurde das geschlossene Bündnis näher erläutert. Magdalena legte die Schriftrolle beiseite. England war im Krieg. Ihr war es gar nicht bewusst gewesen. Nichts kam an sie heran. Sie schaute in Richtung

Schlafbereich des Königs. Diese Aufgabe und die enorme Verantwortung, die er trug, mussten unvorstellbar belastend sein. Magdalena ging zurück zu ihm. Sie setzte sich, als sie aus dem vorderen Teil des Zimmers Schritte und Stimmen vernahm.

„Ah, Sie sind ja noch da.", sagte Mr. Davis. Magdalena nickte und stand auf.

„Er schläft viel. Ich habe den Lappen ständig kühl gehalten.", erklärte sie.

Der Arzt trat hervor. „Hat er etwas gegessen?"

„Nein, jedenfalls nicht in meiner Anwesenheit." Sie hatte ihm gar nichts besorgt. Magdalena bekam Schuldgefühle. Sobald die Visite vorbei war, würde sie ihm eine Suppe bringen. Magdalena entschuldigte sich und ging wieder in den vorderen Bereich. Sie setzte sich auf einen der weiße Stühle und betrachtete das Unwetter, zu welchem der Regen nun geworden war. Sie hörte die Stimme des Königs. Er musste wach geworden sein oder man hatte ihn geweckt. Sie war zittrig und schwach, aber dennoch unverkennbar. Die Männer unterhielten sich. Magdalena verstand den Inhalt nicht, es war ein einziges Stimmengewirr.

„Wir zahlen nicht, habe ich gesagt!" Magdalena erschrak. In diesen wenigen Worten lagen so viel Zorn und Kraft, dass sie vermutete, der ganze Hof hat diese Aussage verstanden. „Es ist mir egal, was der Kaiser fordert."

„Wenn wir uns aber nicht an das Abkommen halten, verlieren wir nicht nur die Gunst des Kaisers, sondern auch die versprochene und dringend benötigte militärische Unterstützung!", sagte einer der Männer aufgebracht. Vermutlich war es Mr. Davis. Dann wurden die Stimmen wieder leiser und ruhiger. Das Gespräch dauerte nicht mehr lange. Die Männer kamen zurück und sahen wenig erfreut aus. Als Mr. Davis an ihr vorbei ging, sagte er zu seinem Assistenten, der fleißig alles aufschrieb: „Notiere, erneute Kontaktaufnahme mit dem Kaiser, weitere Kreditanfrage bei der Peruzzi. Und, alle Verhandlungen werden bis auf weiteres verschoben." Dann verließen sie das Zimmer.

„Lena?" Magdalena stand hastig auf. Sie lief durch den Durchbruch und blieb vor dem Bett stehen.

„Was kann ich tun? Sie haben doch bestimmt Hunger, oder?"

„Nein, komm her!", bat er. Magdalena ging um das Bett herum und setzte sich auf die Bettkante. Er legte ihre Hand in seine und drückte sie sanft. Magdalenas Herz begann plötzlich schneller zu schlagen und ihr wurde auf einmal sehr heiß. Sie hatte das dringende Bedürfnis, alle Fenster weit zu öffnen oder sich einen eiskalten Lappen ins Gesicht zu legen. Nach außen blieb sie aber ruhig und gelassen. Sie sah ihn mitfühlend an. Er sah wirklich elendig aus. Und, er tat ihr leid. All die Pflichten, denen er sich widmen musste und die es zu erfüllen galt, würden seiner Heilung nicht dienen. Sie hätte ihm so gern geholfen, wenn sie gekonnt hätte.

„Bitte sagen Sie mir, wie ich helfen kann.", sagte sie und streichelte vorsichtig seine Hand. Sie wollte auf keinen Fall aufdringlich sein oder eine unsichtbare Grenze überschreiten, aber sie wollte ihm auch vermitteln, dass sie da war und ihm beistand.

„Du könntest für mich meine Kriege führen.", antwortete er und lächelte dabei schwach. „Ein wenig Hunger habe ich wirklich.", sagte er schließlich. Auf dieses Stichwort hatte Magdalena gewartet.

„Ich besorge sofort etwas.", sagte sie und erhob sich. Als sie ging, drehte sie sich noch einmal um und sah dem König in die Augen. Er lächelte sie an und sie lächelte zurück.

An den folgenden Tagen hielt Magdalena rund um die Uhr Wache. Sie verließ den Schlafbereich nur, wenn sie zur Toilette musste oder die Speisen und Getränke, die Gertrude nun regelmäßig brachte, ans Bett holte. Dem König schien es jedoch immer schlechter zu gehen. Er lag nun schon fast eine Woche im Bett und die Genesung wollte scheinbar einfach nicht einsetzen. Magdalena machte sich schreckliche Sorgen. Was, wenn er doch schlimmer erkrankt war, als der Arzt vermutet hatte. Am Abend zündete Magdalena stets eine Kerze an, deren flackerndes Licht den König beruhigen und für einen erholsamen Schlaf sorgen sollte. Sie selbst genoss das schwache Licht, welches sie von ihrem Bett aus sehen konnte. Magdalena schlief meistens sehr schlecht. Sie wurde bei jedem Husten oder Stöhnen wach, horchte und legte sich wieder. Dieses Mal war das Stöhnen des Königs jedoch lauter. Er atmete schwer und gab ständig schmerzerfüllte Töne von sich. Magdalena stand auf und lief zu ihm ans Bett. Er war wach und zitterte wie Espenlaub.

„Mir ist so kalt, Lena." Hauchte er. Dann rollte er sich zusammen und vergrub sein Gesicht im Kissen. Kein Fenster war geöffnet. Man hatte ihr gesagt, er solle das Fieber ausschwitzen. Am Tage hatte sie allerdings für frische Luft gesorgt, denn sonst konnte man die stickige Luft kaum ertragen. Schnell lief Magdalena zu ihrem Bett, packte die Decke und legte sie über die des Königs. Aber auch das konnte das Zittern nicht aufhalten. Magdalena war hilflos. Sie stand vor dem Bett und überlegte angestrengt, was sie noch tun könnte. Sie legte die Hand auf seine Stirn. Sie war heiß, sie glühte förmlich. Magdalena begann hektisch zu werden. Sie wechselte den Lappen, der mittlerweile ebenfalls warm war. Ihr Bruder hatte ihr, als sie ein Kind war, kalte Wadenwickel verabreicht. Sie sollten das Fieber aus dem Körper ziehen. Magdalena lief in den Waschbereich. Sie brauchte ein Handtuch und einen weiteren Lappen. Beides fand sie. Sie schnappte sich den Lappen auf der Stirn des Königs und begoss beide mit eiskaltem Wasser. Dann nahm sie das Handtuch und ging zurück. Sie stellte die Beine des Königs auf und wickelte je einen Lappen um eine Wade. Der König zuckte nicht. Wahrscheinlich nahm er ihr Hantieren nicht einmal wahr. Dann wickelte sie das Handtuch um die Beine und legte sie wieder flach auf das Bett. Sie wartete ein paar Minuten, kontrollierte den Kältegrad der Lappen und wechselte diese anschließend wieder. Diese Prozedur betrieb sie die ganze Nacht, bis die ersten Sonnenstrahlen das Zimmer erhellten. Sie wusste nicht, ob die Wickel etwas bewirkt haben, aber zumindest war der König irgendwann eingeschlafen. Am Morgen war Magdalena völlig erschöpft. Der Arzt würde sicherlich bald nach dem König sehen, also zog sich Magdalena ein Kleid über und machte sich ein wenig frisch. Als der Arzt schließlich kam, berichtete sie von den Ereignissen. Der Arzt sah besorgt aus, aber auch nicht so, als würde er um das Leben des Königs fürchten. Er nickte nur und sagte ihr *Gut gemacht* und widmete sich dann seinem Patienten. Erschöpft und müde fiel Magdalena, nachdem der Arzt gegangen war, in ihr Bett. Sie schlief sofort ein. Der nächste Tag verlief recht ruhig. Am Abend hatte es sich Magdalena auf dem Sessel gemütlich gemacht. Sie hatte sich ein neues Buch aus der Bibliothek besorgt. Es handelte vom griechischen Göttervater

Zeus, der sich unsterblich in eine junge Frau verliebte. Magdalena fiel die Kinnlade herunter, als sie das Buch in den Händen hielt. Ihr setzte für einen Moment der Atem aus. *Der griechische Göttervater Zeus.* Sofort dachte sie an Joseph. Traurigkeit durchfuhr sie. Er hatte die Wahrheit gesagt. Er hatte tatsächlich die Wahrheit gesagt! Magdalena war in diesem Moment klar, dass sie dieses Buch nie wieder hergeben würde.

„Was liest du?" Magdalena schaute auf. Der König war wach und führte den Becher mit Tee an seinen Mund.

„Eine Liebesgeschichte.", sagte sie und bereute es sogleich wieder. Wie typisch, dachte sie. Doch die Geschichte interessierte sie und allein das Gefühl ein Buch zu lesen beflügelte Magdalena.

„Ließ mir doch ein bisschen was vor.", schlug er daraufhin vor. Magdalena tat ihm den Gefallen. Sie hatte noch nie laut vorgelesen und schnell bemerkte sie, dass das etwas anderes war, als still für sich zu lesen. Sie machte Fehler, ununterbrochen. Es war ihr wahnsinnig peinlich, sodass sie schließlich abbrach.

„Tut mir Leid.", entschuldigte sie sich. „Ich habe noch nie jemandem etwas vorgelesen." Doch der König schien sie gar nicht zu hören. Er lag nun auf dem Rücken. Seine Augen waren zwar geschlossen, doch er war wach. Immer wieder schaute er an die Decke und schloss seine Augen dann wieder. Er wirkte entspannt.

„Bitte, mach weiter. Jetzt möchte ich auch wissen, wie es weiter geht." Meinte er das ernst oder machte er sich lustig über sie? Als keine weitere Reaktion von ihm kam, las sie weiter. Nach mehreren Seiten wurde Magdalena etwas sicherer. Sie verstand zumindest endlich selbst, worum es in der Geschichte ging. Sie hatte sich anfangs so stark auf das Lesen konzentriert, dass sie dem Inhalt nicht folgen konnte. Sie würde das Buch definitiv noch einmal lesen müssen. In Magdalenas Kopf spielte sich nun ein Film ab. Sie spielte die Hauptrolle, und zwar die der hübschen Semele, Enkelin der Aphrodite, aus dem Buch. Semele war wunderschön, was daran lag, dass ihre Großmutter die Göttin der Schönheit war. Zeus, der Göttervater, begehrte sie und suchte sie schließlich in Theben auf. Er zeigte sich ihr allerdings nicht als Gott, sondern als Mensch. Jede Nacht liebte sich das Paar. Es war atemberaubend. In

Magdalenas Gedanken spielte sich diese Szene immer wieder ab. Sie war die schöne, junge Semele und Zeus war... Plötzlich sah sie auf. Sie vertrieb ihre Gedanken und bemerkte erst jetzt, dass sie eingeschlafen war. Dem König schien es wieder schlechter zu gehen. Er drehte und wendete sich. Er schwitzte stark und wirkte verkrampft. Zusätzlich setzte das Zittern wieder ein. Oh nein, dachte sie, nicht schon wieder. Magdalena begab sich schnellstmöglich in den Waschbereich und bereitete die Wadenwickel vor. Sie schwang die kalten Wickel um die Waden des Königs und deckte ihn anschließend zu. Sie stand da und beobachtete ihn, wie er sich wand und innerlich einen Kampf mit dem Fieber auszufechten schien. Magdalena ging an seine Seite und griff nach seinem Arm. Sie hielt ihn fest und streichelte ihn. Sie sagte ein paar beruhigende Worte und berührte mit der anderen Hand seine Stirn, um seine Temperatur zu überprüfen. Er glühte.

„Mir ist so kalt.", sagte er plötzlich und sah sie flehend an. Er packte ihre Hand, die noch immer auf seiner Stirn ruhte und zog sie ein Stück herunter. Er drückte sie. Fest, aber nicht so, dass es ihr weh tat.

„Bitte Lena, mir ist furchtbar kalt." Seine Lippen waren blau und zitterten, seine Augen waren rot und glasig und seine Hände waren eiskalt. Magdalena überlegte nicht lange. Sie streifte ihr blaues Kleid ab und stand nun in ihrem weißen Unterkleid vor ihm. Zu ihrer Erleichterung schien er von ihrem Aussehen keinerlei Notiz zu nehmen. Es ging ihm einfach zu schlecht. Es schien ihm völlig gleich zu sein, was sie trug oder wie sie aussah. Hauptsache sie war bei ihm und half ihm in irgendeiner Form. Sie ging auf die andere Seite des Bettes, immer vom Blick des Königs verfolgt. Sie schlug die Decke beiseite und krabbelte zu ihm ins Bett. Sie rutschte zu ihm rüber, drehte sich mit dem Gesicht weg von ihm, sodass ihr Rücken ihm zugewandt war. Er näherte sich instinktiv und schmiegte seinen Körper so nah an ihren, dass nicht einmal eine Feder dazwischen gepasst hätte. Er steckte seine Füße, die ebenfalls eiskalt waren, zwischen ihre und schlang seine Arme um ihren Körper. Magdalena hielt beide Hände vor ihrem Bauch und versuchte sie durch leichtes Streicheln einerseits zu wärmen und den kranken Mann neben ihr andererseits zu beruhigen. Sie war stocksteif. Nur ihre Hände bewegten sich langsam. Ihr Atem stockte und ihre Augen suchten nach einem

Punkt, an dem sie sich festhalten konnten. Die Situation war ihr unangenehm. Nun lag sie nicht nur im Bett des Königs, sondern war auch noch so an ihn geschmiegt, dass man die beiden für einen Körper halten konnte. Magdalena begann zu schwitzen. Ihr war warm, aber sie spürte den zitternden Körper an ihrem Rücken und tat die Situation eben als solche ab. Sie half ihm. Zuletzt lag sie zu ihren glücklichen Zeiten mit Holger so zusammen. Er war ihr vertraut. Sein Geruch, sein Atem, aber dieser Mann war fremd. Nach wenigen Augenblicken löste sich Magdalenas Anspannung jedoch. Ihre Muskeln entkrampften sich und sie begann regelmäßig zu atmen. Sie fühlte sich ein wenig wohler. Als sie merkte, dass sich auch der König zu beruhigen schien, fiel die letzte Anspannung völlig von ihr. Sie schloss die Augen. Das Zittern war zwar noch deutlich zu spüren, aber nun war sie offen für weitere, andere Wahrnehmungen. Sie spürte seine muskulösen Arme, in denen sie lag und die sie fest hielten, seinen kräftigen Oberschenkel, den er über ihre Beine gelegt hatte und seine weichen, perfekten Hände, die sanft in ihren lagen. Er roch gut und sein leichter Atem kitzelte sie am Hals. Mit einem

Lächeln auf den Lippen schlief sie schließlich ein.

17.

Es dauerte noch etwa vier Tage bis sich der König besser fühlte. In diesen vier Tagen wich Magdalena nicht von seiner Seite. Sie las ihm jeden Abend vor. Sie war mittlerweile eine gute Vorleserin geworden, betonte sogar die wörtliche Rede und setzte manchmal sogar Mimik und Gestik zur Unterstützung ein. Dem König gefiel es und so verbrachten die beiden mit Spaß und Freude die Abendstunden. Ab und an stand der König auf und wagte wenige Schritte. Er war noch immer sehr geschwächt, aber Magdalena stützte ihn, sodass er sich wenigstens ein bisschen bewegen konnte.

„Ich halte das nicht mehr aus, Lena. Ich kann nicht mehr liegen. Meine Knochen tun weh und ich bin überall verspannt. Und dann diese stickige Luft in diesem Raum. Ich muss raus!", sagte er schließlich, als die beiden ihre Runde durch das Zimmer drehten.

„Aber der Arzt hat gesagt…" Er schnitt ihr das Wort ab.

„Was der Arzt sagt ist mir egal. Ich bin der König und niemand kann mir sagen, was ich machen soll und was nicht. Ich fühle mich besser und ich habe eine Menge zu tun. Ich kann es mir nicht leisten, hier tatenlos rumzuliegen und die Dinge ruhen zu lassen."

„Das verstehe ich.", gab Magdalena zu. Sie war bemüht, den schweren Mann zu halten. „Aber Sie sind noch nicht gesund. Niemand braucht einen Herrscher, der nicht über all seine Kraft verfügt." Magdalena hielt inne. Sie war zu weit gegangen. Was erlaubte sie sich. Schweigen erfüllte den Raum. Der König blieb stehen und sah sie an.

„Ja, du hast recht." Er ließ von ihr ab und schleppte sich zu seinem Schreibtisch. Gestützt stand er da und schaute auf die Schriftrollen, die sich mittlerweile auf seinem Tisch stapelten.

„Wer soll das machen, außer mir?", Es war eher eine rhetorische Frage. „Willst du das für mich erledigen?" Es war ein Scherz. Magdalena sah ein, dass er sich weitere Ruhetage nicht gönnen durfte, aber er brauchte trotz allem Ruhe, sonst würde er sofort einen Rückschlag erleiden. Das hatte ihr jedenfalls der Arzt gesagt.

„Ich könnte helfen.", bot sie an. Erwartungsvoll schaute sie auf die Reaktion des Königs. Überlegte er? „Ich könnte die Schriftstücke vorlesen oder schreiben." Schlug sie vor. Der König stand noch immer gebeugt vor seinem Tisch. Er sah weiter auf die Schriftrollen und tat, als ob Magdalena nichts gesagt hatte.

„Ich muss zurück ins Bett.", sagte er schließlich. Magdalena eilte herbei und gemeinsam gingen sie in den hinteren Bereich des Zimmers. Magdalena wartete noch immer auf eine Antwort, aber die würde nicht kommen, sah sie resigniert ein. Als sich der König hingelegt hatte, sah er Magdalena eindringlich an. Er schien sie zu durchleuchten, als wolle er sie genauestens prüfen.

„Dann hol die erste Rolle!", wies er an. Magdalena war verblüfft. Hatte er das wirklich gesagt?

„Du willst mir doch helfen, oder?" Sofort lief Magdalena zurück zum Schreibtisch und brachte eine Schriftrolle mit. Sie las sie ihm vor, er hörte aufmerksam zu, ließ sie Stellen wiederholen oder fragte nach. Sie taten das den ganzen Tag, bis sie die Hälfte der Schriftrollen durchgegangen waren. Danach waren beide so erschöpft, dass der König noch während Magdalena las eingeschlafen war und auch ihr die Augen ständig zugefallen waren, bis auch sie eingeschlafen war.

Am nächsten Tag hatte sie alle liegengebliebenen Schriften durchgearbeitet. Magdalena fand diese Aufgabe höchst interessant. Sie hatte Einblicke in verschiedene Thematiken erhalten, wie sie kein anderer hatte, und sie verstand, worum es ging und aus welchen Gründen der König entsprechend handelte. Sie las nicht nur vor, sondern diente als Zuhörerin, wenn sich der König über das, was geschrieben stand aufregte oder überlegte, wie er zu reagieren hatte. In den folgenden Tagen verfasste Magdalena Briefe und Schriften, die zurückgesandt oder neu versendet werden sollten. Es waren meist persönliche Erklärungen des Königs, die seinen Standpunkt erläuterten, ihn rechtfertigten oder untermalten.

„Was steht als nächstes an?", fragte der König, der in einem Sessel am Fenster saß, während Magdalena sich ihren Platz am Schreibtisch eingerichtet hatte. Magdalena sah nach und hielt inne.

„Die Anklagen, Urteilsverkündungen und laufende Prozesse.", antwortete sie.

Magdalena überkam ein Gefühl von Schwermut. Unter diesen Fällen wäre auch ihrer aus der Nacht ihrer Ankunft. Sie wollte den Fall nicht ein weiteres Mal lesen und somit alle Gedanken, die Angst und Furcht inne hatten, wieder hochholen. Sie hatte diese Nacht verdrängt und wollte es auch dabei belassen. Der zweite Fall war bereits ihrer. Es ging nur noch um das Urteil.

„Tod.", sagte der König ohne zu überlegen. „Tod durch Hängen.", fügte er hinzu. Magdalena tauchte die Feder in die Tinte und wollte gerade die Worte des Königs nieder schreiben, als sie stockte. Tod durch Hängen.

„Was ist?" Er merkte, dass ihr etwas auf dem Herzen lag.

„Ich weiß nicht. Ich wünsche diesen Männern schlimme Qualen. Sie sollen dafür bezahlen. Aber."

„Was aber?", fragte er.

„Ich weiß auch nicht. Vielleicht ist der Tod zu hart?", fragte sie vorsichtig. Auf unerklärliche Weise hatte sie plötzlich Mitleid mit den Männern. Nicht so, dass sie nicht wollte, dass diese miesen Hunde bestraft werden, aber sie hängen zu lassen erschien ihr unpassend. Sie hatten Eltern und eine eigene Familie, die nun ohne ihren Ehemann, Vater oder Sohn leben mussten für ein Verbrechen, das zum Glück noch verhindert wurde.

„Meinst du das ernst? Lena, diese Schweine wollten dich vergewaltigen und weiß Gott was noch! Und du willst sie verschonen?"

„Nein, ich will sie nicht verschonen. Sie sollen dafür büßen, aber sie sollen nicht sterben.", sagte sie entschlossen. Der König sah sie verständnislos an. Sie sah in seinen Augen, dass er ihre Gedanken in keinster Weise nachvollziehen konnte.

„Das kommt nicht in Frage. Sie haben nicht nur ein Verbrechen an dir begangen, sie haben sich mir widersetzt. Das ist Hochverrat!" Er war aufgebracht. Magdalena sah ein, dass sie nichts mehr aufbringen könnte, um den Fall anderweitig zum Abschluss zu bringen.

„Was schlägst du stattdessen vor?", fragte er nun. Magdalena sah auf. Sie wusste es nicht. „Sie sollen Angst haben, so wie ich. Sie sollen gedemütigt werden, so wie ich und sie sollen Schmerzen erleiden, so wie ich sie erlitten hätte.", sagte sie, während sich in ihrem Kopf die Szenen des Abends noch einmal abspielten.

„Ich weiß nicht Lena. Wenn ich mich hier nachgiebig zeige, wird mich das mein Leben lang verfolgen. Die Leute werden meinen, ich sei weich geworden, kein guter Herrscher."

„Nein, sie werden sich sagen, was sie für ein Glück haben, einen klugen und gnädigen Herrscher zu haben. Ihre Stärke kennen sie bereits. Ihre Milde aber noch nicht." Der König sah zu ihr hinüber. Er schien verwirrt und ernsthaft über ihre Worte nachzudenken.

„Ich werde darüber nachdenken.", sagt er schließlich. In diesem Moment wurde die Tür geöffnet. Mr. Davis kam in Begleitung zweier Männer hereingelaufen.

„Herr, wir haben verloren! Die Truppen wurden bis auf den letzten Mann niedergeschlagen!" Mr. Davis war außer Atem. Nur langsam beruhigte er sich, doch als er das überraschte und erschrockene Gesicht des Königs sah, schwappte die Panik erneut in ihm auf.

„Lena, lässt du uns bitte allein?", sagte er nun an Magdalena gewandt.

269

„Nein, nein, ist schon gut. Sie kann bleiben.", schritt der König ein. Magdalena bemerkte Mr. Davis zweifelnden Blick. Sie konnte die Fragezeichen in seinem Kopf förmlich sehen. Magdalena setzte sich an die weiße Tischgruppe und hörte aufmerksam zu. Sie versuchte es zumindest. Ihre Gedanken kreisten allerdings noch um die Verhandlung und das Urteil, welches morgen in der Früh verkündet werden würde. Was würde sie vorschlagen? Welche Strafe erschien ihr angemessen? Die Männer im Raum diskutierten hitzig wie es in Frankreich weiter gehen sollte. Welchen Schachzug würden sie als nächstes vornehmen? Wo lag die Schwachstelle in ihrem System? Doch das Hin und Her ging an Magdalena vorbei. Sie nahm nur Fetzen von dem, was besprochen wurde, auf, und zwar dann, wenn einer der Männer laut wurde. Als die Männer genauso hastig den Raum verließen, wie sie gekommen waren, wurde Magdalena aus ihren Gedanken gerissen. Sie sah den König an. Er wirkte sehr besorgt. Er stand wieder am Schreibtisch, stützte sich mit der einen Hand ab und hielt die Andere vor dem Gesicht. Langsam drehte er sich zu ihr um.

„Ich muss nach Frankreich.", verkündete er. Magdalena sah ihn ebenfalls besorgt an. Sie erkannte die Dringlichkeit in seinen Augen. Er wusste keine andere Lösung, als selbst vor Ort zu sein.

„Wann?", fragte sie nur.

„Morgen nach der Verhandlung. Eigentlich schon jetzt, aber das Urteil kann nicht länger warten. De Männer sitzen schon zu lange im Verließ.", sagte er. Er drehte sich um und Magdalena sah, dass seine Beine zittrig waren und er Mühe hatte, aufrecht zu stehen. Schnell kam sie herbei geeilt, um ihn zu stützten. Sie hätte ihm abgeraten. Er war körperlich noch nicht einmal in der Lage ein Mal um das Anwesen zu spazieren. Wie solle er dann in den Kampf. Es war sein Todesurteil. Bei diesem Gedanken begann Magdalenas Herz schneller zu schlagen. Als sie dem König half, sich ins Bett zu legen, standen ihr bereits Tränen in den Augen.

„Was ist los, Lena?", fragte er, als er ihre Tränen sah.

„Sie können kaum drei Runden in diesem Raum drehen.", erwiderte sie. Der König verstand, woraufhin sie hinaus wollte. Er selber hatte die letzten Momente über nichts anderes nachgedacht. Er nahm ihre Hand und drückte sie sanft. Magdalena sah ihn nicht an. Sie wollte nicht vor ihm und vor allem wegen ihm weinen. Dann spürte sie seine Hand an ihrem Kinn und wie sie ihr Gesicht langsam zu seinem drehte. Er hob ihr Gesicht, sodass er ihr in die Augen sehen konnte.

„Hab keine Angst, Lena. Ich werde das schaffen.", versicherte er ihr. Er richtete sich auf und zog ihr Gesicht noch dichter an das seine heran. Magdalena konnte nicht anders. Sie zog ihn heran, umarmte ihn und presste ihr Gesicht an seinen Hals. Sie weinte. Ja, sie hatte Angst um ihn, Angst ihn zu verlieren, Angst ihn nie wieder zu sehen, ihn nie wieder zu riechen oder zu fühlen. Sie weinte bitterlich und krallte sich an ihm fest. Seine starken Arme hielten sie fest, so lange, bis sie sich beruhigte. Dann löste sie sich von ihm und sah in an. Sie musste fürchterlich aussehen, doch das spielte keine Rolle. Er hielt noch immer ihre Hand. Langsam bewegte er seine andere Hand auf ihr Gesicht zu. Er streichelte ihre Wange und Magdalena schmiegte sich an seine Hand. Sie berührte seinen Arm, ließ ihre Hand sanft nach oben gleiten, bis sie an seiner Schulter angekommen war. Sie sah ihn eindringlich an. Er hatte so viel Wärme in seinen Augen und, obwohl sein Blick so eindringlich war, konnte sie ihm nicht ausweichen. Immer noch hielten sie je eine Hand in einander gekreuzt. Magdalena spürte, wie er mit ihren Fingern spielte. Er hob sie an und legte ihrer beiden Hände auf seiner Brust ab. Er rückte näher, sodass sich ihre Gesichter beinahe berührten. Magdalena spürte ihr Herz so schnell und wild schlagen, dass sie dachte, es würde jeden Moment explodieren. Aber auch sein Herz schlug schneller. Er ließ ihre Hand los, die immer noch auf seiner Brust weilte, und fuhr ihr damit sanft über die Stirn. Er klemmte ihr eine Haarsträhne hinter ihr Ohr und packte Magdalenas Gesicht nun mit beiden Händen. Magdalena spürte seinen Atem, der schneller und unregelmäßiger zu sein schien. Wieder streichelte er ihre Wange, hob dann ihren Kopf leicht, sodass sich ihrer beiden Lippen fast berührten.

„Sir!" War da eine Stimme? Beide hielten kurz inne.

„Herr, wo sind Sie?" Hastig ließen die beiden von einander ab. Für einen Bruchteil einer Sekunde saßen sie sich gegenüber und bedauerten den Ausgang. Magdalena stand auf und verschwand im Waschbereich. Sie hörte, wie der König den

Berater zu sich rief und mit ihm seine Abreise am morgigen Tag besprach. Magdalena stand am Waschtisch. Sie stützte sich auf und ordnete ihre Gedanken, ihre Gefühle und versuchte die Situation zu realisieren. Ihre Hände zitterten noch immer und auch ihr Herz wollte nur langsam zu seinem normalen Tempo zurück finden. So schnell der Moment kam, so schnell war er verpufft. Dann war es still geworden. Magdalena trat heraus und sah, dass das Bett leer war. Auf der einen Seite war sie erleichtert, auf der anderen Seite war sie traurig darüber. Würde sie diesen Augenblick noch einmal erleben? Magdalena musste raus, raus aus diesem Zimmer, raus aus der Burg.

Es regnete und es war kalt, doch Magdalena genoss den Moment. Die Regentropfen schienen sie zu begrüßen und ihren Kummer weg zu spülen. Mit dem Kopf zum Himmel geneigt stand sie im Regen und atmete die frische, kühle Luft ein. Das Gefühl, frei und lebendig zu sein, erfüllte sie mit Freude und ließ ihre Gedanken für einen Augenblick verschwinden. Als sie sich auf den Weg zurück machte, entdeckte sie eine Gestalt auf der Terrasse, die sich schützend unter einen großen Regenschirm gestellt hatte.

„Meine Güte, Lena. Willst du dir den Tod holen?" Es war Betty. Sie sah atemberaubend aus, makellos. Magdalena dagegen war klatschnass. Ihr Kleid tropfte nicht nur, es hing wie ein Sack an ihr. Der Saumen war dreckig vom Matsch und das Himmelblau ihres Kleides sah nun eher mausgrau aus. Betty schaute an ihr hinunter.

„Komm, wir machen dich erst einmal sauber." Sie lächelte und nahm Magdalena an der Hand. Sie führte sie in ihr Zimmer und gab ihr ein sauberes Kleid. Es passte nicht. Es war zu klein.

„Oh, da ist wohl jemand etwas fülliger geworden.", merkte Betty an. Magdalena war nicht fülliger geworden. Sie hatte sich nur erholt. Sie war noch immer eine schlanke junge Frau, aber nicht mehr das Skelett, was sie vor einem viertel Jahr war. Magdalena lächelte, doch sie fühlte sich trotzdem auf irgendeine Art angegriffen.

„Komm setz dich. Ich habe heißen Tee." Betty zeigte auf ihre Tischgruppe und setzte sich sogleich.

„Lass uns ein wenig plaudern, ja? Du hast doch sicher eine Menge zu erzählen." Betty schaute Magdalena nicht an. Sie goss erst sich, dann Magdalena den dampfenden Tee ein und nippte behutsam an ihrer Tasse. Dann lehnte sie sich zurück und sah Magdalena erwartungsvoll an. Magdalena wusste nicht, was sie sagen sollte. Es gab keinen Tratsch, den sie erzählen könnte. Sie hatte die letzten Wochen kaum jemanden gesehen. Betty schaute sie noch immer voller Neugier an.

„Nun", begann Magdalena, „wie ich gehört habe, konnte das geplante Gewächshaus nicht fertiggestellt werden."

„Pah, das ist also das, was dich bewegt?", fragte Betty. „Nein, das interessiert mich nicht." Sie stellte ihre Tasse ab und beugte sich nach vorn. „Wie war die Zeit beim König?" Sie flüsterte, als hätte sie Sorge, jemand würde sie belauschen. Ihre Augen weiteten sich und sie setzte ein Grinsen auf, das jedoch etwas unheimliches, etwas böses mit sich trug. Magdalena bekam ein unwohles Gefühl. Was war das hier?

„Ach , es war nichts besonderes.", sagte sie schließlich und versuchte es so beiläufig und unspektakulär wie möglich klingen zu lassen. Sie sah schüchtern auf ihren Schoss.

„Ach komm. Das nehme ich dir nicht ab. Du warst rund um die Uhr bei ihm, Tag und Nacht, so wie ich hörte." Sie wartete Magdalenas Reaktion gespannt ab. Magdalena aber rührte sich nicht. Sie hatte nicht vor, sich auf solch ein Gespräch einzulassen. Was in diesem Zimmer geschieht, wird nicht nach außen getragen, so hatte der König es ihr befohlen. Und sie würde sich daran halten, besonders gegenüber einer neugierigen Hofdame, die sie kaum kannte.

„Hast du mit ihm geschlafen?" fragte Betty schließlich. Sie sah nun weniger freundlich aus. Ihr Blick hatte sich plötzlich verändert. Magdalena erkannte eine Menge Zorn in ihren meeresblauen Augen. Ihre Mundwinkel waren nach unten gezogen und sie schien ihre Zähne aufeinander zu pressen. Das sonst so schöne Gesicht war wutverzerrt.

„Ich glaube, ich gehe besser.", sagte Magdalena, die nur noch den Wunsch hatte, zu gehen, zu flüchten träfe es wohl eher.

„Bleib hier!", schrie Betty plötzlich. „Ich lasse ihn mir nicht von dir Hure wegnehmen!" Magdalena lief hastig zur Tür. Als sie das Zimmer verlassen hatte, hörte sie Betty schreiben. Sie fluchte. Dann hörte sie Geschirr scheppern. Magdalena begab sich eilig in ihr vertrautes Umfeld. In ihrem Zimmer angekommen, überlegte Magdalena, was sie tun sollte. Sie musste sich ablenken, denn sie spürte erneut Tränen aufkommen. Die Traurigkeit schien sie wieder einzuholen. Sie brauchte jemanden, dem sie sich anvertrauen konnte, mit dem sie reden konnte. Aber hier gab es niemanden. Niemanden, als den König selbst. Er war zu ihrer einzigen Bezugsperson geworden, ihr engster Vertrauter. Angst überkam sie. Was würde aus ihr werden, wenn er fort war? Entschlossen setzte sie sich an den Schreibtisch. Sie nahm sich die Feder und ein Blatt Papier.

Meine liebste Anna,

du wirst staunen, wo ich bin. In England, am Hof des Königs. Ich vermisse dich sehr und es gibt so viele schöne Momente, die ich so gern mit dir teilen möchte. Ich weiß nicht, wo ich anfangen soll...

18.

Magdalena schlief unruhig. Sie war ständig auf der Lauer, wann der König zurück kommen würde. Irgendwann musste sie schließlich doch eingeschlafen sein, denn nun war es bereits Morgen. Eilig stand sie auf und machte sich fertig. Die Verhandlung! Als sie in den Waschbereich ging, sah sie, dass das Bett des Königs immer noch so aussah, wie am Tag zuvor, als er gegangen war. Er war wohl nicht zurückgekommen. Magdalena kam gerade aus dem Waschbereich, als Gertrude vor ihr stand.

„Beeil dich! Man wartet bereits auf dich.", wies sie an. Sie wirkte nervös. Gemeinsam gingen sie in den großen Saal, der für allerlei Zwecke gebraucht wird. Heute fand hier die Verhandlung der sechs Männer, die vorhatten, Magdalena zu schänden, statt. Magdalena erkannte all ihre Gesichter wieder. Da waren die beiden Männer, die sie in den Keller geführt hatten und die drei Männer, die im Hintergrund standen und sich an Magdalenas Schreien ergötzt hatten. Alle fünf schauten zu Boden, als Magdalena den Saal betrat. Nur einer grinste ihr immer noch selbstbewusst ins Gesicht. Magdalena erwiderte seinen Blick, doch ihr war nicht zum Grinsen zu Mute, auch wenn sie wusste, dass dieser Prozess zu ihren Gunsten ausfallen würde. Als sie an dem Ekel vorbei gegangen war, sah sie nach vorn, in die Mitte des Saales. Der König sah sie nicht an. Sie starrte geradeaus, seinen Blick einfordernd, doch er blieb beständig und starrte auf die Schriftrollen, die vor ihm lagen. Magdalena setzte sich. Neben ihr saß ein weißhaariger, alter Mann, den sie noch nie zuvor gesehen hatte. Dann begann die Verhandlung. Der Mann neben Magdalena stand auf, verkündete die Anklage und berichtete von den Ereignissen, die an dem besagten Abend geschehen sind. Magdalena war stocksteif. Woher wusste er über die Details Bescheid? Magdalenas Atem setzte aus, als er zu dem Teil kam, der sich kurz vor dem Erscheinen des Königs abspielte. Tränen stiegen ihr auf. Dass es so schwer werden würde, hätte Magdalena nicht gedacht. Sie konnte nicht hinüber sehen. Sie konnte und wollte nicht in die Gesichter der Männer sehen. Sie wollte nur weg. Weg aus diesem Saal. Sie fühlte sich erneut gedemütigt. Sie fühlte sich erniedrigt und schwach. Immer wieder suchte sie den Blick des Königs. Er hätte ihr Sicherheit und Zuspruch verliehen, doch er sah sie nicht an.

„Magdalena Kaufmann, haben Sie noch etwas hinzuzufügen?", fragte einer der Männer, der neben dem König saß. Nun endlich schaute der König auf. Sie erkannte die Vertrautheit und die ihr vertraute Wärme in seinen Augen. Sie sehnte sich nach ihm, doch der Moment, der Magdalena vollends in seinen Bann zog, erlaubte ihr diesen Augenblick der Hingabe, auch wenn er nur in Gedanken stattfand, nicht. Dann senkte er seinen Blick.

„Werner.", sagte sie leise. Der König hob den Kopf.

„Bitte?", fragte der Mann, der sie zuvor angesprochen hatte. Magdalena sah dem König direkt in die Augen.

„Ich heiße Magdalena Werner.", wiederholte sie etwas lauter. „Ich, ähm, ich bin verheiratet." Sie sah dabei den König an. Tränen traten ihr in die Augen. Wusste er davon? War er enttäuscht? Sein Blick verriet, dass er es nicht wusste. Er sah überrascht aus.

„Nun, Magdalena. Davon wussten wir nichts." Er wandte sich an seinen Sitznachbarn und forderte ihn auf, das ins Protokoll aufzunehmen.

„Also, Magdalena Werner. Haben Sie noch etwas hinzuzufügen?", fragte er erneut. Magdalenas Blick lag immer noch starr auf den König gerichtet. Bitte sieh mich an, dachte sie flehend. Diese Ignoranz versetzte ihr noch mehr Leid und noch mehr Schmerz, als diese Verhandlung.

„Magdalena?", erinnerte sie der alte Mann neben ihr.

„Nein, nichts hinzuzufügen.", antwortete sie leise.

„Gut. Hat die Gegenseite etwas hinzuzufügen?" fragte der Mann nun die Männer. Er wartete jedoch nicht, sondern fuhr sofort fort: „Dann werde ich nun das Urteil verkünden." Der Mann nahm ein Blatt Papier in die Hand. Er konnte nicht mehr richtig sehen, denn er hielt das Blatt sehr weit von sich entfernt. Er setzte gerade an, als der König aufstand und ihm an den Arm fasste. Der Mann, der noch nicht angefangen hatte zu lesen, brach ab und sah den König überrascht an.

„Ich werde das Urteil verkünden.", wies der König an. Er sah den Mann neben sich an und bedeutete ihm, sich zu setzen. Der

Mann ließ sich perplex nieder und sah den König an.

„Die sechs Männer", er zählte die Namen der Männer auf, „werden bis an ihr Lebensende ins Exil geschickt. Nur die Ehefrauen dürfen die Männer begleiten. Aber auch für sie bedeutet dies, nie zurückkehren zu dürfen. Die Eltern sowie die Kinder bleiben hier." Ein Raunen ging durch den Saal. Ängstlich sahen sich die Familien an.

„Alle sechs Männer werden, bevor sie das Land verlassen, kastriert und erhalten ein Brandmal, welches jeden, aber auch jeden wissen lässt, welche Tat sie begangen haben. Dieses Brandmal steht nicht für den Versuch der Vergewaltigung und Schändung, sondern für den Hochverrat an den König von England." Damit verließ er seinen Platz und ließ alle Anwesenden verwirrt und überrascht zurück. Magdalena lief es eiskalt den Rücken hinunter. Sie sah in die angstverzerrten Gesichter der Frauen und Mütter der sechs Männer. Auch diese waren der Verzweiflung nahe. Magdalena wusste nicht, was sie getan hatte. Welche Strafe erschien nun schlimmer? Die Frauen brachen in herzzerreißendes Geschrei und Weinen aus. Die Väter schlugen ihre Hände vors Gesicht. Die Männer hatten mit dem Tode gerechnet. Aber in ihren entsetzten Gesichtern erkannte Magdalena die pure Angst vor dem, was nun kommen würde. Magdalena stand einen Augenblick regungslos da. Sie starrte auf die Familien, deren Reaktionen. Dann sah sie die Wache, die jeden der Männer fest an den Armen packte und aus dem Saal zerrte. Die Frauen klebten an ihren Männern. Sie konnten nicht begreifen, was geschehen war und haderten mit sich, was sie selbst tun sollten. Doch Magdalena war klar, dass sich letztlich jede für ihr Kind entscheiden würde. Dieser Moment war grauenvoll. Während Magdalena die Wache beobachtete, spürte sie die hasserfüllten Blicke der Familien. Noch nie zuvor fühlte sie sich mehr gehasst und verabscheut, als jetzt, hier in diesem Saal. Der alte Mann, der neben ihr saß, klopfte ihr ermutigend auf die Schulter und stammelte Worte, die Magdalena nicht verstand. Was es auch war, es würde ihr in dieser Lage nicht helfen. Dann vernahm Magdalena Geräusche hinter sich. Die Männer, die neben dem König am Tisch saßen, erhoben sich, sammelten die Schriftrollen ein und verließen ebenfalls den Saal. Magdalena fiel es wie Schuppen von den Augen. Sie hatte keine Zeit mehr! Sie rannte aus dem Saal, vorbei an den Männern mit den Schriftrollen, vorbei an der Wache, die mit den wimmernden Sträflingen zu kämpfen hatte, durch die plötzlich endlos erscheinenden Flure bis sie den Haupteingang erreicht hatte. Draußen tummelte sich bereits eine Masse an Menschen. Alle standen eng beisammen und schauten in eine Richtung. Magdalena versuchte sich vorbei zu schieben, doch sie fand einfach keine Lücke. Mit Mühe drängte sie sich bis zur ersten Reihe vor. Der König saß bereits auf seinem Pferd. Sein Gefolge war ebenfalls bereit zum Abmarsch.

„Warte!", rief sie und rannte auf den König zu. Der König drehte sich um. Einige seiner Gefolgsleute eilten herbei, um Magdalena aufzuhalten. Sie griffen sie und versuchten sie zu Boden zu reißen. Sie konnte sich kaum aufrecht halten, der Druck der Männer war zu strak.

„Bitte, warte!", flehte sie. Der König sah sie an. Er stieg ab und kam auf sie zu. Mit einem Wink wies er die Männer, die Magdalena noch immer hielten, an, sie loszulassen. Magdalena stand mit wackeligen Beinen auf und stand ihm nun gegenüber.

„Bitte, lass mich nicht allein.", hauchte sie. Er sah sie liebevoll an. Die Enttäuschung, die eben noch in seinen Augen stand, war verschwunden. Er wirkte aufgebracht, innerlich aufgewühlt. Behutsam nahm er ihr Gesicht in seine Hände. Sie ließ sich in seine Hände fallen. Sie hielt seine Hände mit ihren fest und wünschte sich, er würde sie nie mehr loslassen.

„Ich muss gehen.", flüsterte er.

„Nein bitte nicht. Geh bitte nicht!", bat sie ihn. Doch sie wusste, dass ihm nichts anderes übrig blieb.

„Ich komme wieder, Lena. Ich verspreche es dir." Er sah sie an. Sie spürte etwas in diesem Blick, was Worte nie hätten ausdrücken können.

„Ich dachte, du wüsstest, dass ich verheiratet bin.", platze es ihr plötzlich heraus.

Der König sah sie verständnisvoll an. „Ich hätte es mir denken müssen, Lena. Du bist eine junge Frau. Warum solltest du nicht verheiratet sein. Es war nur", er überlegte kurz, „das aus deinem Mund zu hören, auf diese Weise die Bestätigung zu bekommen und zu wissen, dass dich ein anderen Mann angefasst hat, machte mich zornig und eifersüchtig." Magdalena sah scheu zu Boden. Ihr war die Situation unangenehm. Sie selbst wünschte sich so oft, nicht verheiratet zu sein, all das nie erlebt zu haben, aber so war es, doch sie würde nun nicht mehr zurück schauen. Dann hob sie ihren Blick. Sie sah den König nun selbstsicher und überzeugt von ihren Gefühlen an.

„Ich werde warten.", sagte sie schließlich. Er wischte ihr die Tränen aus dem Gesicht und streichelte sie. Dann zog er sie an sich heran und küsste sie sanft auf die Stirn. Glücksgefühle durchströmten ihren Körper. Sie berührte seine Hände, die noch immer ihr Gesicht hielten, und fuhr ihre Finger zwischen seine. Dann ging er einen Schritt zurück. Er löste seine Hände und stieg auf sein Pferd. Er hob die Hand, sodass sein Gefolge wusste, er wäre bereit. Er sah sie ein letztes Mal an, zwinkerte ihr zu und ritt davon. Magdalena wartete bis sie nichts mehr sah, als die stillen, verlassen wirkenden Wälder. Als sich Magdalena umdrehte, spürte sie die Blicke der Menschen, die die Szene aufmerksam beobachtet hatten. Einige wirkten schockiert, andere äußerst verwundert. Seit dem Tod der Königin hatte man den König nie mit einer Frau in der Öffentlichkeit gesehen. Magdalena wusste das, aber in diesem kurzen Moment mit ihm, hatten beide die Zuschauer um sich herum vergessen. Es gab nur sie beide, die sich vielleicht für immer von einander verabschiedet hatten. Magdalena ging zielgerichtet zurück zum Eingang. Aus dem Augenwinkel heraus erkannte sie Betty, die sich angeregt mit einem Mann unterhielt. Es war Mr. Davis. Magdalena wusste nicht, dass die beiden sich kannten. Irgendetwas sagte ihr, das diese Verbindung nichts Gutes zu bedeuten hatte, doch im Moment wollte sie nicht weiter darüber nachdenken. Sie war zu aufgewühlt und ihre Gedanken kreisten wild in ihrem Kopf umher. Sie musste sich zunächst einmal beruhigen. Jeder ihrer Schritte wurde verfolgt. Sie konnte die fragenden Blicke der Menschen auf ihrem Rücken förmlich spüren. Als sie den Flur, der zum königlichen Gemach führte, entlang ging, sah sie Bewegung hinter der Burgmauer. Sie ging an das Fenster und sah hinaus. Die verurteilten Männer wurden gerade herausgeführt. Die Familien standen um ihre Söhne, Ehemänner und Väter herum, drückten und umarmten sie. Magdalena konnte selbst aus der Ferne die Verzweiflung und die Trauer über den Verlust eines geliebten Menschen erkennen. Sechs Pferde standen bereit. Keine der Frauen würde ihren Mann also begleiten. Sie würden sich nie wieder sehen. Die Männer wirkten schwach, konnten sich kaum auf den Beinen halten. Als die Wache sie antrieb, aufzusteigen, schrien sie vor Schmerzen. Sie krümmten sich. Einer wurde bewusstlos. Welch ein fürchterliches Szenario. Magdalena konnte nicht weiter zusehen. Sie mussten die körperliche Bestrafung bereits hinter sich haben! Die Wache schlug auf den bewusstlosen Mann ein. Seine Frau oder seine Mutter, Magdalena konnte es nicht genau erkennen, lief auf den Mann zu, um ihn zu schützen, doch die Wache schlug auch sie zu Boden. Dann kam der Mann zu sich. Die Wache hievte ihn auf das Pferd und brachte es mit einem Schlag zum Galopp. Die anderen folgten ihm. Magdalena blickte wieder auf die Familien. Fünf Gruppen standen vor der Burgmauer. Einer hatte nicht einmal jemanden, der ihn vermissen würde. Wie grausam, dachte sich Magdalena. Magdalena drehte sich um und setzte sich einen Augenblick auf die Fensterbank. Sie wollte jetzt auf keinen Fall allein sein. Also ging sie geradewegs zu einer Bekannten, der sie zwar nicht ihr Herz ausschütten konnte, die sie aber mit Sicherheit ablenken würde.

„Ich komme schon.", rief Fiona, als Magdalena an ihre Tür klopfte.

„Oh, Lena, schön dich endlich mal wieder zu sehen. Du hast dich lange nicht blicken lassen. Bitte, komm doch herein." Fiona öffnete die Tür, sodass Magdalena eintreten konnte. Sie sah fürchterlich aus. Magdalena ahnte es zwar nur, weil sie sich ebenso elendig fühlte, aber das Gesicht der Frau konnte die Überraschung nicht verbergen.

„Ich hoffe, ich störe dich nicht.", sagte Magdalena.

„Nein Kind, komm setz dich! Willst du etwas trinken?", sie überlegte kurz, was sie ihr anbieten konnte und sagte dann schließlich: „Hier nimm das." Sie goss eine braune Flüssigkeit in ein kleines Gefäß. Magdalena nippte daran und dachte sofort, ihre Kehle würde sich von innen auflösen. Es brannte und schmeckte ekelerregend. Aber es tat gut.

„Kann ich noch einen haben, bitte?" Fiona lächelte, goss sich selbst auch einen Schluck ein und setzte sich zu Magdalena.

„Ach Kindchen,“, begann sie, „ich weiß von deinem Schicksal. Mach dir nichts draus. So ist das als Geliebte nun einmal. Jeder hübschen Frau erging es so.“

Magdalena sah verwundert auf. „Was meinst du?“

„Nun ja, der König hatte viele Liebschaften. Und immer dachten die jungen Dinger, es wäre etwas Besonderes. Sie posaunten es überall heraus. Du weißt schon, sie würden die neue Königin werden, und so.“ Fiona lachte.

„Fiona, so ist das nicht.“ Was sollte sie sagen. Ja, es war etwas Besonderes. Aber sie wollte nicht die nächste Königin werden. Sie liebte ihn und sie wusste, dass auch er sie liebte. Es bestand ein Band zwischen ihnen, das niemand je wieder zerstören könnte, außer der Tod. Und davor fürchtete sich Magdalena am Meisten. Sie wusste, wenn er zurück kommt, wäre alles wie vorher. Aber er war geschwächt. Er konnte kaum zehn Meter laufen, ohne vor Erschöpfung eine Pause einlegen zu müssen. Wie sollte er im Krieg überleben, an der Front? Magdalena sah Fiona an, die anscheinend versuchte, ihre Gedanken anhand ihres angestrengten Gesichtes lesen zu können. Magdalena nahm den letzten Schluck des komischen Gesöffs und stand auf.

„Es tut mir leid, Fiona. Ich muss noch etwas erledigen." Fiona wirkte enttäuscht. Bevor Fiona die Gelegenheit hatte, etwas zu erwidern, war Magdalena bereits verschwunden. Magdalena betrat das Zimmer des Königs. Alles wirkte plötzlich verlassen und auf eine seltsame Weise fremd. Wieder überkam Magdalena eine Welle der Traurigkeit. Sie rannte auf das Bett zu, in dem sie mit ihm gelegen hatte, in dem sie ihm oft vorgelesen hatte und in dem sie einen Moment erlebt hatte, der unvorstellbar schön war. Sie ließ sich hinauf fallen und schloss die Augen. Sie weinte, bis sie eingeschlafen war.

Die folgenden Tage verbrachte Magdalena weitestgehend allein. Entweder saß sie in ihrem Zimmer und las oder sie lief durch den Garten, bis sie es vor Kälte nicht mehr aushielt. Sie fühlte sich nie zuvor so allein und unwillkommen, wie in dieser Zeit. Sie hatte das Gefühl, alle am Hof würden sie meiden und bewusst schneiden. Und das stimmte auch. Der Auftritt bei des Königs Abreise hatte für helles Aufsehen gesorgt. Jeder zerriss sich den Mund darüber und die heftigsten Spekulationen gingen umher. Anfangs hatte sich Magdalena geschämt, doch mittlerweile war sie nur noch genervt. Auf neugierige Blicke oder gar fiese Spitzen reagierte sie nicht mehr, sie ging stumm an den Menschen vorbei ohne sie auch nur eines Blickes zu würdigen. So vergingen mehrere Wochen, in denen sich Magdalena völlig vom Hofgeschehen abkapselte. Die einzigen Schritte, die sie nach draußen setzte, waren die, wenn der Postkutscher kam. Sie erwartete eine Antwort von Anna, doch Magdalena lief jedes Mal umsonst in der Früh hinaus, um ihren lang ersehnten Brief als erstes, bevor jemand anderes ihn in die Finger bekam, abfangen konnte. Vielleicht war er unterwegs verloren gegangen? Sollte sie einen neuen Brief verfassen? Jedes Mal ging Magdalena enttäuscht in ihr Zimmer zurück, setzte sich auf einen der weißen Stühle und starrte geistesabwesend nach draußen.

„Meine Güte, Lena. Willst du hier drinnen versauern?", fragte Gertrude, die, wie immer, jeden Morgen kam, um das Zimmer in Schuss zu halten. Außerdem brachte sie Frühstück und frische Kleider.

„Hast du schon etwas gegessen?", fragte Magdalena in Gedanken vertieft. Gertrude sah sie perplex an.

„Nein, noch nicht. Ich habe erst meine Pflicht zu erledigen, bevor..."

„Dann setz dich zu mir." Magdalena schaute nun zu Gertrude hinüber, die sich gerade an ihrem Bett zu schaffen machte. Anscheinend verstand sie nicht, denn sie hielt zwar inne, sah Magdalena aber an, als wäre sie von allen Sinnen.

„Komm, ich meine es ernst. Diese Einsamkeit macht mir zu schaffen. Außerdem möchte ich heute nicht allein essen." Magdalena erkannte Gertrudes Unsicherheit. Sie war selbst so gewesen. Vermutete hinter jedem Wort und jeder Geste eine List, die sie zu Falle bringen sollte. Magdalena lächelte die stets höfliche und nette Frau an und winkte sie heran. Überrascht kam Gertrude an den Tisch. Sie setzte sich und wartete, was nun passierte. Magdalena reichte ihr eine Scheibe Brot.

„Möchtest du Tee?" fragte Magdalena. Für sie war es selbstverständlich. Diese ganze Situation war selbstverständlich. Gertrude war ihres Gleichen, es gab keinen

Unterschied, außer, dass Magdalena ein wenig mehr Glück gehabt hatte. Zaghaft bereitete Gertrude ihr Brot zu. Immer wieder schaute sie zu Magdalena mit der Vermutung, vielleicht doch angefahren zu werden, was sie sich erlaube. Aber Magdalena tat dies nicht. Gemeinsam, aber schweigend, nahmen sie ihr Frühstück ein. Magdalena hatte sich zwar etwas anderes erhofft, aber es war besser, als die vorherigen Tage. Als sie fertig waren, stand Gertrude auf, räumte den Tisch ab und erledigte den Rest ihrer Arbeit. Magdalena beobachtete sie. Sie beeilte sich und war flink wie ein Wiesel. Innerlich musste Magdalena darüber lachen. Warum tat sie das? Es würde eh niemanden interessieren, wie es hier aussah.

„Gertrude, lass das!", forderte Magdalena sie schließlich auf. „Für mich brauchst du das nicht machen. Ich kann selber die Betten machen." Magdalena hielt kurz inne, ihr Gemüt trübte sich. „Ich meine mein Bett."

„Aber Lena, das ist meine Aufgabe. Ich habe sonst nichts anderes zu tun.", rechtfertigte sie sich.

„Das ist doch Quatsch." Magdalena wandte sich Gertrude zu. „Was würdest du machen, wenn ich dir frei gebe? Sagen wir die restliche Woche." Gertrudes Augen weiteten sich. Sie überlegte kurz und sagte: „Ich würde meine Familie besuchen. Ja, ich würde zu meiner Familie fahren." Ihre Augen leuchteten, als sie daran dachte.

„Gut, dann tu das.", sagte Magdalena.

„Wirklich? Oh Gott, ich weiß nicht, was ich sagen soll. Ich habe meine Familie ewig nicht gesehen!" Tränen standen in Gertrudes Augen. Sie konnte es nicht fassen. Magdalena freute es. Endlich fühlte sie sich gut. Die Freude anderer bereitete ihr ebenfalls Freude, und das war es, was sie dringend brauchte.

„Dann geh. Bleib so lange du willst, aber komm irgendwann wieder, ja? Wir brauchen dich schließlich." Magdalena zwinkerte ihr zu und gluckste vor Freude, als sie das Strahlen in den Augen der Frau sah.

„Zeige mir bitte nur vorher, wo ich meine Kleider her bekomme."

„Aber natürlich. Ich tue alles, was du willst!"

Gertrude zeigte Magdalena die Wäscherei. Dort befanden sich alle Kleider. Es gab mehrere Stapel. Jeder Stapel gehörte jemanden. Magdalena war verblüfft. Sie hatte noch nie so viele Kleider gesehen.

„Und hier ist die Herrenabteilung.", sagte Gertrude, als sie Magdalena in den Nebenraum führte. Magdalena kam aus dem Staunen nicht mehr heraus.

„Welcher ist meiner?", fragte Magdalena schließlich. Die beiden Frauen gingen zurück. Gertrude verwies auf einen Stapel gleich neben der Tür. Magdalena erkannte ihre Kleider. Sie drückte Gertrude die Hälfte des Stapels in die Hand und nahm die andere Hälfte selbst. Zusammen trugen die beiden Frauen die Kleider zurück in Magdalenas Zimmer. Magdalena wollte ihre Sachen bei sich haben. Sie konnte schließlich nicht jeden Morgen im Nachthemd nach unten in die Wäscherei gehen.

„Lena, du bist ein guter Mensch. Du hast ein gutes Herz, das spüre ich." Beide Frauen standen sich nun zum Abschied gegenüber. Gertrude nahm Magdalenas Hand und küsste sie.

„Ich danke dir.", sagte sie schließlich und ging. Magdalena stand noch immer auf der Stelle und überlegte, was sie tun sollte.

Vielleicht hätte sie Gertrude doch nicht gehen lassen sollen. Nun hatte sie auch noch die letzte bekannte Person abreisen lassen. Plötzlich überkam Magdalena ein wehmütiges Gefühl. Sie hatte ihre Familie auch eine Ewigkeit nicht gesehen. Sie dachte an ihre Brüder, die irgendwo in der Ferne waren. Ging es ihnen gut? Magdalena fasste einen Entschluss. Entschlossen lief sie durch die Flure, schaute in jeden Saal, auf der Suche nach Mr. Davis. Er würde ihr helfen können. Sie achtete nicht auf die Menschen, an denen sie vorbei lief. Sie war sich sicher, in dem was sie vorhatte und sie würde keine weitere Sekunde verschwenden. Je weiter sie lief, desto entschlossener war sie. Sie wollte ihre Familie sehen. Dann lief sie Susi in die Arme.

„Susi!" Magdalena blieb stehen und bemerkte, dass sie völlig außer Atem war.

„Lena, wie schön, dich zu sehen." Doch irgendetwas in Susis Blick verriet Magdalena, dass sie sich nicht aufrichtig freute, sie zu sehen.

„Was ist los?", fragte Magdalena.

„Naja." Susi nahm Magdalena ein paar Schritte beiseite. Offenbar war es ihr unangenehm mit Magdalena gesehen zu werden.

„Lena, es werden eine Menge Dinge über dich erzählt." Es überraschte Magdalena nicht.

„Susi, du brauchst nichts von alldem glauben.", versicherte sie ihr.

„Lena, ich glaube, du verstehst nicht." Susi sah sich ängstlich um. Sie wirkte plötzlich völlig hektisch. „Lena, ich kann nicht mit dir reden. Es ist ernst, glaube mir. Ich habe Dinge gehört, die nichts Gutes verheißen."

„Was soll das heißen? Susi, was ist los? Was meinst du?" Dann hörten sie Stimmen. Sie waren noch ein Stück entfernt, kamen aber langsam näher. Susi erschrak und ließ von Magdalena ab.

„Ich muss gehen, Lena. Es tut mir leid." Magdalena verstand wirklich nichts von dem, was Susi ihr sagte. Was meinte sie?

„Susi,", flüsterte Magdalena, „wo ist Mr. Davis?" Susi war schon einige Schritte entfernt. Sie blieb stehen und zeigte den Flur hinunter. Dann war sie weg. Magdalena dachte über Susis Worte nach, doch sie wollten keinen Sinn ergeben. Sie würde bei Gelegenheit noch einmal das Gespräch mit Susi suchen, doch jetzt wollte sie zu Mr. Davis. Er war gerade beim Essen. Um ihn herum saß eine Schar von jungen, hübschen Frauen. Zu seiner linken saß eine Frau, die herausstach. Sie war älter, als die anderen Damen und wirkte verbittert. Sie strahlte eine Unfreundlichkeit aus, dass Magdalena es kaum wagte, sie auch nur anzusehen. Sie musste Mrs. Davis sein. Die anderen Frauen schienen allerdings nicht deren Töchter zu sein.

„Mr. Davis, ich möchte wirklich nicht stören, aber kann ich Sie einen Moment sprechen?" Die jungen Damen schienen sich von Magdalena nicht stören zu lassen. Sie aßen, tranken Wein, es musste Wein sein, denn sie wirkten nicht mehr nüchtern, tuschelten und alberten herum. Nur Mrs. Davis erhob den Kopf und starrte Magdalena an. Was dachte sie? Dass Magdalena ebenfalls eine seiner Geliebten sei? Ihr Blick war leer. Doch es schwang noch etwas mit. Traurigkeit, unendliche Traurigkeit. Draußen, vor der Tür, erklärte Magdalena dem Mann ihren dringenden Wunsch, ihre Brüder zu sehen. Sie fragte ihn, ob es möglich sei, die beiden herkommen zu lassen oder selbst dorthin zu reisen.

„Lena, es ist viel zu weit! Wer soll dich bringen?" Er schüttelte den Kopf. „Wir sind in England und wir sind im Krieg. Die Reise in das Land des Kaisers ist derzeit unmöglich." Magdalena ließ den Kopf hängen. Sie hatte es sich einfacher vorgestellt, ja, sie hatte fest geglaubt, es würde klappen.

„Was willst du von ihnen?", fragte er schließlich. Er sah sie misstrauisch an.

„Ich vermisse sie schrecklich. Ich möchte sie einfach wiedersehen und sehen, ob es ihnen gut geht." Magdalena hatte das Gefühl, sich erklären zu müssen. Sie sammelte sich und überlegte, was sie sagen solle, um den Mann zu überzeugen. „Ich möchte wissen, was die beiden so treiben, was es Neues gibt." Sie hoffte auf das Verständnis des alten Mannes, aber sie fand es nicht. Er sah sie argwöhnisch an.

„Tut mir leid, ich kann nichts für dich tun.", sagte er und ging zurück zu seinen Damen. Magdalena stand vor verschlossener Tür.

„Hm, das ist traurig." Eine zarte Stimme vertrieb die Stille. Erschrocken drehte

Magdalena sich um. Betty stand hinter ihr an die Wand gelehnt. Zu Magdalenas Überraschung sah sie ehrlich mitfühlend aus.

„Ich habe eine Schwester.", sagte sie, „Ich habe sie auch lange nicht gesehen. Irgendwann hatte ich die Erlaubnis, meine Familie zu besuchen und", sie hielt inne, „meine Schwester war gestorben." Betty kam näher heran. Sie hatte Tränen in den Augen. „Es ist noch nicht sehr lange her. Ich habe einfach zu lange gewartet, habe mich mit anderen Dingen beschäftigt. Doch dann habe ich den König angefleht und er hat zugestimmt." Sie funkelte Magdalena böse an. Magdalena rührte sich nicht. Sie konnte die Situation nicht einschätzen.

„Ich weiß, wie es dir geht, Lena." Sie holte tief Luft und lehnte sich erneut gegen die Wand. Dann atmete sie lautstark aus und richtete sich auf. „Es tut mir leid. Du weißt schon, mein kleiner Ausrutscher letztens. Ich will ehrlich zu dir sein. Ich war eifersüchtig." Sie lächelte entschuldigend. „Ich stand sonst in der Gunst des Königs. Ich war die, die das Bett mit ihm teilte und nun ja", sie schmunzelte in sich hinein, „und gewisse andere Dinge mit ihm tat. Aber wie dem auch sei.", führte sie fort, „Ich bin nicht böse auf dich, Lena. Du bist jünger. Das ergeht wohl jeder Frau so." Magdalena spürte, dass irgendetwas an der Entschuldigung nicht stimmte. Sie war nicht aufrichtig, doch Magdalena war es leid, jedem und allem zu misstrauen. Vielleicht fiel es Betty wirklich schwer, ihren Fehler einzugestehen. Magdalena würde ihre Entschuldigung annehmen. Es ist einfach besser, etwas Gutes zu tun. Dazu gehört auch das Vergeben. Als Magdalena ihr die Hand reichte und sie ebenfalls anlächelte, strahlte Betty und umarmte sie. Sie drückte ihr einen freundschaftlichen Kuss auf die Wange und sagte: „So, nun, wo das geklärt ist, widmen wir uns deinem Problem. Lass uns ein Stück gehen." Betty hackte sich bei Magdalena unter und gemeinsam spazierten sie durch die Burg. Magdalena traute dem Frieden trotz allem nicht. Sie war nicht dumm und irgendetwas in ihr sagte ihr, dass sie aufpassen müsse.

„Du möchtest also deine Brüder sehen?" Es war eine rhetorische Frage. Betty wartete auch nicht lange, bis sie fortfuhr: „Du wirst niemals nach Deutschland reisen dürfen. Aber vielleicht können deine Brüder ja hierher kommen."

Magdalena sah Betty an. Ein letztes Fünkchen Hoffnung flammte auf. Betty merkte die aufkeimende Hoffnung und tätschelte ihr behutsam den Arm.

„Ich habe viele Kontakte." Sie wirkte stolz. „Nicht nur hier am Hof, auch außerhalb. Es wäre ein Leichtes, jemanden zu beauftragen, deine Brüder herzuholen." Betty genoss den Augenblick. Sie war nun die, um deren Gunst Magdalena betteln musste. Sie war die, die die Fäden in der Hand hatte. Aber so einfach wollte Magdalena es ihr nicht machen. Früher oder später würde sie den Preis zahlen müssen. Sie kannte diese Art von Menschen. Sie tun dir keinen Gefallen für lau. Sie tun dir einen Gefallen, um diesen dann später gegen dich zu verwenden.

„Ohne Erlaubnis von Mr. Davis geht es nicht.", erwiderte Magdalena.

„Aber sicher!" Betty schien erschüttert. „Glaubst du, du könntest die Beiden hier still und heimlich anreisen lassen?" Betty lachte lautstark. Sie fiel in schallendes Gelächter und tat, als ob sie nie etwas Komischeres gehört hatte. Magdalena kam sich blöd vor. Sie hatte in den vergangenen Monaten enorm viel an Selbstvertrauen und

Selbstbewusstsein dazu gewonnen, doch in Bettys Gegenwart schien es verschwunden zu sein. Sie war eingeschüchtert und kam sich naiv und absolut unwissend vor. Dann blieb Betty abrupt stehen. Sie drehte sich zu Magdalena um, sodass sich die beiden Frauen gegenüber standen.

„Hör zu, genug jetzt mit den Späßen." Betty wurde plötzlich sehr ernst. „Ich will dir helfen und ich meine es ernst. Ich mag dich, ehrlich. Ich rede mit Mr. Davis. Wenn ich seine Zustimmung habe, veranlasse ich die Abholung deiner Brüder. Setze noch ein Schreiben auf, damit deine Brüder dem Mann, der sie abholen wird, auch glauben." Betty lächelte Magdalena, die ungläubig vor ihr stand, an, klopfte ihr auf die Schulter und ging zurück.

Magdalena wartete zwei Tage ohne etwas von Betty, Mr. Davis oder sonst jemandem zu hören. Die Warterei machte sie wahnsinnig. Das einzige, was sie ablenkte, waren Susis Worte. Was meinte sie nur?

19.

Betty hatte Wort gehalten. Es waren nun schon mehr als zehn Tage vergangen, als sie Magdalena die freudige Nachricht verkündete. Von da an war das Strahlen, das Magdalena seit dem Tag in ihrem Gesicht trug, nicht mehr weg zu kriegen. Jeder Tag, der mehr verging, ließ bei Magdalena die Anspannung steigen. Sie wusste nicht, wann ihre Brüder die Burg erreichen würden, aber lange konnte es nicht mehr dauern. Und dann war der Tag gekommen. Endlich. Am Morgen sah sie die Kutsche in der Ferne und sie wusste instinktiv, dass diese Kutsche ihre geliebten Brüder zu ihr brachte. Magdalena sprang von dem Fensterbrett auf und lief so schnell sie konnte zum Haupteingang. Die Kutsche war noch nicht angekommen, aber sie kam immer näher. Dann endlich hielt sie vor der Treppe, die zum Eingang führte. Magdalena hielt es nicht mehr aus. Wie ein kleines Kind stand sie aufgeregt auf der Treppe. Ihr Körper zitterte, sie wusste nicht wohin mit ihren Händen und ihren Haaren. Sie warf sie immer wieder zurück, holte dann eine Strähne nach vor, warf sie zurück und zuppelte erneut an ihr herum. Der Kutscher stieg stöhnend ab, lief gemächlich um die

Pferde herum und öffnete schließlich die Wagentür. Tränen liefen Magdalena in Strömen über die Wange. Sie konnte nichts sagen. Sie weinte, schrie und japste nach Luft. Ihr Herz setzte für einen Moment aus und schlug dann heftiger denn je. Da stand er, ihr geliebter Bruder. Nach all der langen Zeit, nach Jahren des Getrenntseins, waren sie nun endlich vereint.

„Joseph!" Mehr brachte Magdalena nicht heraus. Sie lief die Treppe hinunter und fiel ihrem großen Bruder in die Arme. „Ich habe dich so sehr vermisst! Warum hast du mir nie geantwortet?", fragte Magdalena.

„Geantwortet? Ich habe nie etwas von dir gehört! Ich wusste nicht, dass du,", er hielt inne, „in England bist."

„Aber ich habe dir doch geschrieben. Als ich beim Kaiser war." Aber Joseph schüttelte nur den Kopf. Magdalena verstand. Ihre Briefe wurden nie abgeschickt. Sie hielten sich lange bis Magdalena eine weitere Hand auf ihrer Schulter spürte. „Gustav!" Wie sehr er sich verändert hatte. Aus dem pummeligen kleinen Gustav war ein stattlicher, hübscher Mann geworden. Magdalena fiel auch ihm in die Arme. Als sie sich beruhigt hatte, trat sie einen Schritt nach hinten, um sich ihre Brüder anzusehen.

„Meine Güte, Gustav. Ich hätte dich fast nicht erkannt."

„Ich dich aber auch nicht!", sagte er. Beide Brüder musterten ihre Schwester. Gustav schien nicht nur überrascht von der jungen Frau, die einst das kleine Mädchen war, sondern regelrecht überwältigt zu sein. Arm in Arm gingen die Geschwister in die Burg. Magdalena zeigte ihnen ihr Zimmer, welches sie im Vorfeld organisiert hatte, und führte die jungen Männer sogleich in einen kleinen Salon, in dem köstliches Essen und verschiedene Getränke serviert wurden. Die Brüder aßen ohne zu kauen und ohne aufzuschauen. Magdalena gluckste zufrieden und beobachtete ihre Brüder, die sich, wie schon immer, um den letzten Happen stritten. Satt und zufrieden plauderten die Drei bis in die späte Nacht hinein. Es gab so viel zu erzählen. Dann verabschiedete sich Magdalena und ging in ihr Bett. Sie fiel glücklich in ihr Bett und schlief sofort ein. Die nächsten Tage waren voller Freude, Witz und Spaß. Niemand hätte je vermutet, dass es sich um erwachsene Leute handelte, die laut lachend und albernd durch die Burg liefen.

Magdalena zeigte ihnen alles, führte sie herum und zeigte ihnen voller Stolz den Pavillon, an dem sie mitgewirkt hatte.

„Es ist zwar kalt, aber wollen wir hier kurz verschnaufen?", fragte Magdalena die Beiden. Die Zwei willigten ein und nahmen Platz. Sie erzählten sich alte Geschichten.

„Weißt du noch Gustav, die Arie mit den Baumblättern!" Gustav verdrehte die Augen und lachte. Magdalena erinnerte sich gut daran. Sie war so wütend, aber noch heute sah sie sich im Recht.

„Joseph, wir haben hier drüben,", sie zeigte in eine Richtung, „wunderschöne Apfelbäume. Die Blüte ist prachtvoller, als bei uns zu Hause. Es ist wunderschön!"

„Oh, wer ist denn das?", fragte Gustav plötzlich ernst. Magdalena drehte sich um. Betty kam den Weg zum Pavillon entlang spaziert. Sie sah atemberaubend aus. Trotz der Kälte trug sie nur ihr leichtes hellgrünes Kleid. Sie musste fürchterlich frieren.

„Guten Tag.", sagte sie freundlich und blieb vor den Geschwistern stehen. Sie schenkte Magdalena nicht einen Blick, sondern widmete ihre komplette Aufmerksamkeit den beiden jungen Männern.

„Wie ich sehe, habt ihr viel Spaß." Die Männer sahen sich an und schmunzelten. Beide wirkten plötzlich so verlegen. Sie fanden keine Worte und starrten Betty einfach nur an. Magdalena wurde unwohl und auf irgendeine Art und Weise zornig. Was wollte sie hier? Es war ihre Zeit und sie wollte ungestört sein. Betty schien Magdalenas Unbehagen zu spüren.

„Ich möchte nicht weiter stören. Ich wollte Sie nur herzlich willkommen heißen. Man sieht sich sicherlich." Sie zwinkerte den jungen Männern zu und führte ihren Spaziergang fort. Joseph und Gustav schienen entzückt zu sein. Sie konnten ihren Blick nicht von der Femme fatale abwenden. Magdalena wartete, bis Betty nicht mehr zu sehen war und versuchte die Aufmerksamkeit ihrer Brüder mit einer weiteren Geschichte zurück zu gewinnen. Zu ihrer Erleichterung stiegen die beiden Männer sogleich darauf ein.

„So, nun erzählt. Wie ist es euch ergangen?" Magdalena war neugierig. Sie wollte alles wissen. Es ist so viel Zeit vergangen und bestimmt hatte sich eine Menge zugetragen.

„Unser Gustav ist verlobt.", verkündete Joseph grinsend. Magdalena fiel aus allen Wolken.

„Oh Gustav, das freut mich. Wer ist denn die Glückliche? Kenne ich sie?"

„Nein, ich glaube nicht.", antwortete er. Er schien verlegen zu sein. Gustav stand noch nie gern im Mittelpunkt. So weit sich Magdalena zurück erinnern konnte, hielt sich ihr Bruder aus allem heraus und überließ alles Wichtige Joseph. Joseph piekste seinen Bruder. „Erzähl doch mal von deiner Auserwählten!" Er stachelte ihn an und zog ihn auf. Das war schon immer so gewesen, seit Magdalena denken konnte.

„Joseph,", sagte Gustav genervt, „hör auf damit!" Dann sah er nach unten und fuhr fort: „Da gibt es nicht viel zu erzählen. Wir haben uns kennen gelernt und dann haben wir uns verlobt. Ende der Geschichte."

„Du warst noch nie ein Mann großer Worte.", scherzte Magdalena und sah Joseph schmunzelnd dabei an. Gustav war es deutlich unangenehm, darüber zu sprechen, also ließ Magdalena ihren Bruder in Ruhe und erkundigte sich bei Joseph.

„Und du? Gibt es jemanden an deiner Seite?"

„Um ehrlich zu sein. Nein." Joseph wirkte plötzlich traurig. Er sah nachdenklich aus. Er sah Magdalena an und sie wusste sofort, dass ihn dieser Umstand sehr belastete. Auch Gustav wusste darum und versuchte das Gespräch über seinen Bruder in andere Bahnen zu lenken.

„So junges Fräulein. Jetzt weißt du ja ne Menge über uns. Was ist mit dir? Welcher junge Mann hat dir denn den Kopf verdreht?" Ihr Bruder sah sie schelmenhaft an. Er nickte mit seinem Kopf, als würde er über jedes dunkle Geheimnis Bescheid wissen. Magdalena überlegte. Ihr war die Situation auf einmal sehr unangenehm. Sie druckste herum und wusste nicht, was sie antworten sollte. Während Gustav neugierig auf eine Aussage ihrerseits lauerte, merkte Joseph, dass Magdalena nicht nur ein dunkles Geheimnis mit sich trug. Und diese Geheimnisse waren nicht der Art, die Gustav vermutete.

„Das geht uns nichts an, Gustav!", schritt Joseph schließlich ein.

„Ach, aber wir müssen alles preisgeben, ja?"
Er war enttäuscht. Er hatte sich sicher
spannende Geschichten am und über den
Hof erhofft. Die Stimmung war mit einem
Mal getrübt. Eine beklemmende Stille
herrschte. Niemand wusste, was er sagen
sollte. Als sich Joseph erhob und sagte, er
müsse sich ein bisschen hinlegen, dankte
Magdalena ihrem Bruder innerlich für den
Befreiungsschlag, denn so fühlte es sich an.
Gustav folgte ihm. Magdalena saß noch
einen Moment allein im Schutze des
Pavillons und ließ das Gespräch Revue
passieren. Konnte sie ihren Brüdern
vertrauen und ihnen mitteilen, was
geschehen war? Würde sie ihnen überhaupt
erzählen wollen, was passiert war. Die
meisten Dinge aus ihrer Vergangenheit
wollte sie einfach vergessen und bis jetzt
funktionierte der
Verdrängungsmechanismus sehr gut. Ab
und an holten diese schrecklichen
Gedanken Magdalena in ihren Träumen ein,
doch am Tage waren sie vergessen.
Magdalena stand schließlich auf und
entschloss, sich vor dem Abendessen
ebenfalls ein bisschen hinzulegen. Sie
würde sich außerdem frisch machen und
sich umziehen. Wahrscheinlich würde es
wieder eine lange Nacht bei Fiona und

313

Thomas werden. Als die Drei das Paar eines Abends spontan besucht hatten, waren allesamt so verzückt, dass sie den abendlichen Absacker zum festen Ritual werden ließen. Und bei einem Schnaps blieb es dann meist nie. Und auch heute waren sie erwartete Gäste. Als Magdalena ihr Zimmer betrat, schwappte ein Gefühl der Leere über sie. Sie sah den Schreibtisch, den Sessel, der daneben stand und all die privaten Dinge, auch wenn es nur wenige waren, des Königs. Die Sehnsucht übermannte Magdalena von jetzt auf gleich. Sie ging hinüber zum Schreibtisch, ließ ihre Finger über die massive Holzplatte gleiten und dachte an die Stunden zurück, in denen sie an diesem Tisch saß und er dort hinten auf dem Stuhl. Wie es ihm wohl ging. Es gab nicht einen Tag, an dem sie nicht an ihn dachte und sich fragte, was er mache, aber jetzt, da ihre Brüder hier waren, war sie abgelenkt. Sie lief hinaus auf den langen Flur, der geradeaus zur Bibliothek führte und sich nach rechts durch die Burg schlängelte, bis man irgendwann über eine Treppe, die nach unten führte, den Nebeneingang erreichte. Wahrscheinlich, so dachte Magdalena, war dies der geheime Weg nach draußen, wenn es gefährlich wurde. Magdalena ging geradeaus. Als sie beim

Vorbeigehen aus dem Fenster sah, erkannte sie unten im Garten ihren Bruder, Gustav. Er stand nahe bei einer Frau, die sie ebenfalls kannte. Betty. Die beiden unterhielten sich und immer wieder lachte einer der Beiden. Betty tätschelte Gustav einmal zu viel, um es platonisch aussehen zu lassen. Magdalena blieb stehen und beobachtete die Szene. Betty flüsterte Gustav etwas ins Ohr, woraufhin Gustav verlegen nach unten sah, sich dann aber voller Manneskraft und Stolz aufrichtete und ebenfalls etwas sagte. Die beiden lösten sich. Betty drehte sich beim Gehen noch einmal um und winkte Gustav zum Abschied. Dann drehte auch Gustav sich um und ging in das Gebäude. Magdalena spürte etwas in sich aufkochen. War es Eifersucht? Sie konnte das Gefühl nicht richtig einschätzen, aber es breitete sich immer mehr aus und Magdalena wusste, dass sie etwas unternehmen musste. Sie ging weiter. Dann sah sie ihn. Magdalena ging schnurstracks auf Mr. Davis zu.

„Haben Sie etwas vom König gehört?", flüsterte sie ihm ins Ohr. Mr. Davis, der wie immer mit anderen Männern in einer Runde stand und sich unterhielt, warf seinen Gesprächspartnern einen vielsagenden Blick zu und nahm Magdalena beiseite.

315

„Ihm geht es soweit gut, Lena. Ich weiß nicht, was da zwischen dir und dem König ist, aber lass es sein, ja?" Sein Gesichtsausdruck verfinsterte sich. „Vergiss nicht, wer du bist und welche Rolle du hier einnimmst. Ich habe von der Entlassung einer Magd gehört, die du veranlasst hast. Dazu hast du kein Recht. Glaube mir, es gibt hier am Hof nicht viele Leute, die dir wohlgesonnen sind." Dann drehte er sich um und ging zurück zu den Männern. Er schüttelte den Kopf und widmete sich der unterbrochenen Thematik. Magdalena war entsetzt. Ja, sie wusste, dass viele Leute sie nicht leiden konnten, weil sie ihrer Meinung nach einen zu engen Draht zum König pflegte, aber das es so ernst war, war Magdalena nicht bewusst. Immer noch verblüfft von der Ansage ging Magdalena zurück. Zumindest wusste sie nun, dass es dem König gut gehe. Auf dem Weg in ihr Zimmer wurde sie von mehreren Blicken verfolgt, die ihr alle nichts Gutes wollten. Magdalena spürte zum ersten Mal, dass sie nicht mehr sicher war. Sie bekam ein wenig Angst und ihr wurde bewusst, dass sie aufpassen musste.

Magdalena traf ihre Brüder bei Fiona und Thomas. Sie waren zum Abendessen eingeladen und sollten anschließend zu einem Absacker und einer Partie Schach bleiben.

„Joseph." Magdalena trat an ihn heran. Er wartete bereits draußen vor dem Eingang auf sie. „Wo ist Gustav?"

„Er trifft sich mit jemanden.", sagte der nur knapp. Seinen Zorn darüber konnte er kaum verbergen.

„Doch nicht etwa mit Betty!" Magdalena kannte die Antwort bereits. Mit wem hätte er sich sonst treffen sollen. „Joseph, wir müssen das verhindern. Du kennst Betty nicht. Niemand weiß, wozu diese Frau im Stande ist, aber sie hat bestimmt nichts Gutes vor." Magdalena machte sich Sorgen. Diese Konstellation verhieß nichts Gutes.

„Lass ihn machen, Magda. Soll er sich doch amüsieren." Joseph wartete nicht auf Magdalenas Reaktion. Zielgerichtet öffnete er die Tür und ging den langen Gang entlang. Magdalena war ihm nicht gefolgt. Er würde den Weg schon finden. Es ließ ihr keine Ruhe. Sie musste zurück. Wo konnten die beiden sich aufhalten? Magdalena rannte. Sie rannte zum Haupteingang, dann die Flure entlang bis sie letztlich vor Bettys Tür stand. Sie hörte bereits das Gelächter und die Stimmen, die verrieten, dass zumindest Betty drinnen war. Außer Atem klopfte Magdalena energisch an die Tür. Sie wartete, niemand öffnete. Dann klopfte sie erneut. Betty machte mit einem breiten Grinsen die Tür.

„Oh, Lena. Was hast du hier verloren?" Sie trat einen Schritt aus der Tür und lehnte diese an, sodass ihr Besuch nicht mitbekam, wer draußen war. „Hör zu, es ist wirklich sehr unpassend gerade." Sie war bereits betrunken. Ihr Atem hatte eine starke Alkoholfahne und ihre Wangen waren gerötet. Beim Heraustreten schunkelte sie leicht. Sie musste sich am Türrahmen festhalten, um nicht umzuknicken.

„Ist mein Bruder da drinnen?" Magdalena zeigte auf die Tür.

„Dein Bruder. Hm, warte. Nein, ich glaube nicht." Magdalena hatte Mühe sie zu verstehen. Sie lallte und Magdalena musste sich die Wörter quasi zusammenreimen.

„Lüg mich nicht an! Was hast du vor, Betty?" Magdalena war wütend. Sie wusste genau, dass Gustav hinter der Tür saß, stand oder lag. In jedem Fall war er dort und Betty log ihr frech ins Gesicht. Magdalena wusste, dass sie ihr nicht vertrauen konnte. Warum zum Himmel war sie nur so naiv gewesen.

„Was machst du für'n Wind?", fragte Betty nun nüchterner erscheinend. Plötzlich war sie ganz klar. Sie roch zwar immer noch nach Wein, aber ihr Blick war klar und starr.

„Ich will sofort meinen Bruder sprechen!", sagte Magdalena nun lauter und versuchte sich an Betty vorbei zu drängen, doch diese versperrte ihr den Weg und stieß sie heftig zurück.

„Wage es ja nicht, in meine Privatsphäre einzudringen, du Miststück." In Bettys Blick spiegelte sich der gesamte angestaute Zorn der vergangen Monate wider. „Jetzt merkst du mal, wie es ist, ausgestochen zu werden. Abgeschoben zu sein, uninteressant zu sein." Magdalena war außer Stande, noch etwas zu sagen. Sie war schockiert. Nicht von der jetzigen Reaktion, sondern von dem Hass, der ihr nun so deutlich und mit aller Macht entgegen prallte. Betty versuchte sich ein wenig zu beruhigen. „Verschwinde!", forderte sie und schloss die Tür hinter sich. Magdalena stand noch immer wie angewurzelt da. Sie vernahm erneut Stimmen im Inneren des Raumes, doch sie konnte die Worte nicht verstehen. Völlig

319

perplex ging sie den Weg zurück zu Joseph. Sie lief, routiniert, ohne nachzudenken. Ihr Kopf erschien ihr leer zu sein. Bei Fiona und Thomas angekommen sah sie an Josephs Blick, dass er wusste, was sie getan hatte und, was noch schlimmer war, wie es ausgegangen war. Er beachtete sie nicht weiter, sondern spielte den nächsten Schachzug, als ob nichts wäre. Immer noch benommen, setzte sich Magdalena neben ihn, sagte aber nichts. Den ganzen Abend sagte sie kein Wort mehr. Dann wandte Joseph sich plötzlich an sie: „Wir reisen bald ab." Magdalena nahm den Satz ihres Bruders wahr, reagierte aber nicht. Sie starrte geradeaus und alles, was sie hervor brachte, war ein *hm*. Joseph verlor die Partie Schach, zum vierten Mal. Es war bereits Nacht und umso erstaunlicher war, dass Thomas zu so später Stunde und mit deutlich viel Alkohol im Blut überhaupt noch Schach spielen konnte.

„Wir werden langsam gehen.", sprach Joseph für sich und seine Schwester. Thomas nickte. Er schien ein wenig traurig darüber zu sein.

„Ich will aber eine Revanche!", sagte Joseph, als er Thomas getrübtes Gemüt sah. Thomas Gesichtszüge erhellten sich.

„Na, Kumpel, willst du wirklich noch einmal gegen mich verlieren?", sagte er freudestrahlend.

„Nein. Beim nächsten Mal gewinne ich!" Damit verließen die Geschwister das Ehepaar und traten schließlich in die kühle Nacht hinaus. Beide liefen schweigend neben einander her. Es schneite. Magdalena war immer noch durcheinander. Sie versuchte die Ereignisse einzuordnen und deren Bedeutung zu verstehen, als Joseph sie plötzlich unsanft am Arm hielt und sie so zum Stehen zwang.

„Was ist hier los, Magdalena?" Magdalena sah ihn verwirrt an.

„Was meinst du?" Sie wusste wirklich nicht, worauf er hinaus wollte.

„Was ich meine? Alles hier. Mir kommen die seltsamsten Dinge zu Ohren, du verhältst dich sonderbar und deine Szene bei Gustav." Er schien wütend zu sein. Er drehte sich um, sah in die Dunkelheit, um sich zu beruhigen und wandte sich wieder Magdalena zu. Magdalena erkannte sofort, dass es ihrem Bruder ernst war. Auch wenn sie sich eine lange Zeit nicht gesehen hatten, hatte er sich zumindest nicht so stark verändert, dass Magdalena seine Mimik und Gestik nicht mehr deuten konnte.

„Joseph, was meinst du denn? Das mit Gustav?" Magdalena fühlte sich zu Unrecht angegriffen. Fand er es etwas toll, dass sein Bruder mit der Mätresse des Königs rummachte? Magdalena stellte ihm genau diese Frage.

„Nein, finde ich nicht.", antwortete Joseph. „Aber noch weniger schön finde ich, der Bruder der aktuellen Mätresse des Königs zu sein!" Magdalena fiel aus allen Wolken. Was hatte er da gesagt? Sie spürte Zorn in sich aufkochen.

„Willst du damit sagen, dass ICH..."

„Ja Magdalena, genau das will ich damit sagen. Du ziehst uns mit deinen Machenschaften in den Schmutz. Du bist verheiratet, meine Güte! Glaubst du, ich spüre nicht die wissenden Blicke der Leute hier? Glaubst du, an mir gehen die verachtenden Spitzen der Menschen am Hof vorbei? Du solltest von zu Hause weg, um vor deinem Mann zu flüchten und nicht, um dem König von England deine Dienste zur Verfügung zu stellen!" Joseph war außer Atem. Er beugte sich nach vorn und stütze sich auf die Knie. Dann erhob er sich und sah seine Schwester an. Noch nie hatte sie ihn so enttäuscht von ihr gesehen. Aber es stimmte nicht, was er sagte.

„Joseph, bitte lass mich das erklären. Es ist nicht so, wie die Leute hier am Hof sagen." Magdalena sah sich in die Ecke getrieben. Wie sollte sie ihrem Bruder nur verständlich machen, dass nichts an ihrem Verhalten verwerflich war. Doch Joseph schien ihre Erklärung nicht hören zu wollen. Er schüttelte den Kopf und war gerade daran zu gehen.

„Warte!", rief Magdalena ihm energisch hinterher. „Bleib gefälligst stehen und höre dir meine Geschichte an! Wenn du mich schon beschuldigst, dann solltest du wissen, was wirklich geschehen ist!" Magdalena war den Tränen nahe. Nicht auch noch ihr Bruder. Das würde sie nicht verkraften.

„Ich will nichts hören!", rief er ihr entgegen, „Ich habe genug gesehen!"

„Du hast gar nichts gesehen!" Magdalena war nun wütend. Es reichte ihr, dass alle Welt sie verurteilte und ihr Dinge unterstellte, die sie nicht getan hat. Joseph entfernte sich immer weiter. Nein, so konnte das hier nicht enden, dachte sie. Sie rannte ihrem Bruder nach und ergriff die Initiative. Diesmal war sie es, die ihn am Arm zurück hielt.

„Joseph, du hörst mir jetzt zu, wenn es schon sonst niemand tut." Dann erzählte sie ihm die ganze Geschichte. Sie berichtete von den Zuständen beim Kaiser, von ihrer Vergewaltigung, ihrer Angst und ihren Gefühlen. Sie dachte, sie wäre bereits tot, denn schlimmer hätte es nicht werden können. Sie erzählte ihm von den Stunden im Verließ, die Kälte und die Todesangst und schließlich davon, dass der König sie mitnahm, um sie vor dem Tode zu retten. Joseph hörte nun aufmerksam zu. Er schien schockiert zu sein. Kein Wort kam mehr aus ihm heraus. Magdalena fuhr fort. Sie erzählte von ihren Tagen hier am Hof, ihrem Leben hier, von der Krankheit des Königs und ihren wahren Diensten, die sie erbracht hat. Und schließlich auch von Betty. Joseph war einerseits erschüttert von dem harten Schicksal, welches seine kleine Schwester getroffen hatte, andererseits war er unglaublich stolz und betrachtete Magdalena nun ganz anders, als zuvor. Er bewunderte ihre Stärke, ihren Mut und ihre Kraft, heute noch immer hier zu stehen und all das über sich ergehen zu lassen.

„Meine Güte, Magda.", brachte er schließlich heraus, als Magdalena unter Tränen mit ihrer Geschichte fertig war. Er nahm seine Schwester in die Arme. Magdalena fühlte sich seit langem endlich wieder geliebt. Die Arme ihres Bruders gaben ihr so viel Sicherheit und Geborgenheit, wie sie es lange nicht gespürt hatte. Endlich war jemand da, der sie verstand und ihr glaubte. Eine unendliche Erleichterung überkam sie.

„Schau!", sagte Joseph und brach das Schweigen. Magdalena blickte zu ihm auf und sah, dass er in den Himmel zeigte. Sie folgte seiner Hand mit ihren Augen.

„Das Himmels-W." Sie sah ihren Bruder an. Sie würde nie wieder so lange auf ihn verzichten. Sie gehörten zusammen, auch wenn nun jeder sein eigenes Leben lebte, aber sie durften sich nicht noch einmal aus den Augen verlieren.

„Hast du das gehört?", fragte Joseph plötzlich. Magdalena horchte auf.

„Nein, was ist denn?"

„Da, schon wieder" Er ließ von ihr ab und drehte sich im Kreis, als würde es ihm helfen, die Geräusche besser zu lokalisieren. Magdalena hörte nichts. Doch da war etwas. Es klang wie, sie überlegte, Trompeten? Die Geschwister sahen sich gleichzeitig an.

„Trompeten!", flüsterte Joseph. Im selben Moment verfinsterte sich Josephs Miene, während Magdalenas zu strahlen begann. Er kam zurück! Magdalenas Augen leuchteten und sie spürte ein Kribbeln im Bauch. Ihre Hände fingen zu schwitzen an und sie wurde plötzlich nervös. Als sie Joseph ansah, hielt sie den Atem an.

„Was ist?", fragte sie ihren Bruder.

Joseph sah ängstlich aus. „Magda, um Himmels Willen, er wird nicht erfreut sein uns hier an seinem Hof zu sehen."

„Joseph, hör mir zu. Eure Reise wurde vom engsten und treuesten Berater abgesegnet. Ich wäre niemals solch ein Risiko eingegangen. Vertrau mir, ja?" Magdalena reichte ihm ihre Hand. Joseph nahm sie in seine und drückte sie. Dann drang das Strahlen wieder durch. Joseph sah sie eindringlich an. Er wusste, was in ihr vorging und er verstand, dass sie jetzt nichts sehnlicher tun wollte, als zu ihm zu gehen.

„Wir sehen uns morgen.", sagte Joseph schließlich. „Geh schon!" Das war das

Stichwort. Magdalena lief so schnell sie konnte um die Burg. Draußen war nichts mehr zu sehen. Sie rannte die Stufen hinauf und öffnete mit Schwung die schwere Eingangstür. Sie sah ihn nicht. Es versammelten sich viele Leute zu einem Kreis, der undurchdringbar schien.

„Herr, hier bitte. Trinken Sie erst einmal einen Schluck.", hörte sie eine Stimme sagen. Dann bewegte sich die Masse. Magdalena erspähte Betty. Sie stand, deutlich betrunken, im Flur, auf den sich die Menschen zu bewegten. Sie lächelte und sah starr auf einen Punkt in der Masse. Betty zupfte ihr Haar zurecht und verbeugte sich elegant, doch die Masse zog ohne zu zögern an ihr vorbei. Der König hatte keine Kenntnis von ihr genommen. Enttäuscht sah sie ihm hinterher. Magdalena erkannte, dass sie ihre Hände zur Faust geballt hatte und wütend auf den Boden stampfte. Als sie Magdalena sah, hielt sie abrupt inne und starrte sie verächtlich an. Betty hatte Mühe sich aufrecht zu halten. Sie schwankte und musste sich immer wieder am Fensterbrett festhalten, um nicht umzufallen. Dann schritt sie torkelnd auf Magdalena zu. Sie lächelte sie an und zeigte schwankend auf sie.

„Das wirst du mir büßen!" Betty glaubte wahrscheinlich leise zu sprechen, doch sie schrie. So laut, dass die Masse stoppte und sich alle Menschen neugierig umsahen. Magdalena sah beschämend zu den Leuten, die die Szene aufmerksam verfolgten, doch dieses Mal würde sie nicht wie angewurzelt da stehen und den Mund nicht aufbekommen. Dieses Mal würde sie ihr zeigen, dass sie keine Angst vor Betty hatte und sich zu wehren wusste, wenn auch nur verbal.

„Lena!" Die Stimme drang wie ein Wall zu ihr vor. Die Menschen traten auseinander und machten Platz. Sie bildeten eine Gasse, sodass sich ihre Blicke endlich trafen. Magdalena achtete nicht mehr auf Betty, die nun auch stehen geblieben war. Sie musste bemerkt haben, dass sie außer Kontrolle war und hatte zumindest noch ein Fünkchen Verstand, um zu erkennen, dass sie sich zurückhalten sollte. Magdalena bewegte sich nicht. Als der König den ersten Schritt auf sie zu machte, nahm Magdalena all ihren Mut zusammen und folgte ihrem Verlangen. Sie rannte auf ihn zu. Es waren nicht viele Schritte bis sie endlich in seine geöffneten Arme fiel. Er hob sie hoch und schwenkte sie im Kreis. Beide Herzen schlugen schneller und beiden war anzusehen, dass sie im Moment nichts mehr erfreuen könnte, als sich in den Armen zu liegen. Magdalena drückte ihr Gesicht an seinen Hals, als er sie wieder herab ließ. Sie roch seinen Duft und spürte seine Haut an ihren Händen. Sie hätte ihn am liebsten überall angefasst, nur um ihn zu berühren. Er hatte ihr so sehr gefehlt.

„Lass mich nie wieder los!", flüsterte sie ihm ins Ohr.

„Paul, wir reden morgen.", sagte er zu Mr. Davis, gab ihm das Glas mit der klaren Flüssigkeit zurück und wandte sich dann wieder Magdalena zu. Er sah sie an, nahm ihre Hand und führte sie weg von den Menschen, die ihren Augen nicht trauten. Magdalena konnte die Blicke der Menschen auf ihrem Rücken spüren, bis sie, dem Flur folgend, um die Ecke verschwunden waren. Als sie außer Sichtweite waren, blieb er plötzlich stehen. Der König drehte sich zu Magdalena um und sah sie eindringlich an. Er sah ihr in die Augen und hielt dabei ihre Hände in seinen. Beide strahlten, beide waren unendlich froh, einander zu sehen, denn beide wussten, dass es auch anders hätte enden können. Magdalena überkam es, sie löste ihre Hände von seinen und fiel ihm erneut in die Arme. Sie hielt sich an ihm fest und schmiegte sich an ihn. All die angestauten Gefühle, die sie zu verbergen versuchte und die sie sich nicht eingestehen wollte, überwältigten sie und Magdalena konnte nicht anders, als sich ihnen endlich zu beugen. Entschlossen hob er ihr Gesicht, sodass sich ihre Blicke trafen. Er hielt es mit einer Hand fest und zog sie näher an sich heran. Magdalena schloss die Augen, ihr Herz raste und ihr Atem setzte aus. Jede seiner Berührungen löste ein Kribbeln in ihr aus, welches sich durch ihren ganzen Körper, wie eine Welle, schlängelte. Sie hatte Gänsehaut. Dann endlich kam der erlösende Augenblick. Seine Lippen trafen auf ihre und er küsste sie, lange und innig. In Magdalena schien ein Feuerwerk zu explodieren. Tausende von Glückshormonen wurden frei und durchströmten ihren Körper. Sie blendete alles um sich herum aus, nahm nichts mehr wahr, als diesen lang ersehnten Kuss. Sie zog ihn näher an sich heran und klammerte sich an seinen Armen fest. Magdalenas Leidenschaft und das Verlangen nach ihm waren entfacht und es fühlte sich gut an. Gut und richtig und sie würde es nie mehr vor irgendjemanden verbergen. Dann spürte Magdalena seine starken Arme, wie sie sich unter ihren Po und hinter ihren Rücken legten und sie schließlich hochhoben. Er trug sie, ohne den Blick von ihr abzuwenden, in ihr Zimmer. Behutsam ließ er sie auf sein Bett gleiten. Er zündete zwei Kerzen an und kam auf sie zu. Magdalena lag auf dem Bett und sah ihn verliebt wie nie zuvor an. Sie zitterte. Vor Liebe, vor Verlangen und vor Lust. Sie sah ihm tief in die Augen, als er sich zu ihr setzte, und erkannte, dass es ihm genauso ging. Er beugte sich über sie und küsste sie erneut, dieses Mal leidenschaftlicher und hemmungsloser. Magdalena hatte Mühe zu atmen, doch das war ihr egal. Sie würde auch ersticken, solange der Kuss nur nicht aufhörte. Doch plötzlich änderte sich etwas in Magdalenas Gefühlswelt. Sie überkam ein tief sitzendes schlechtes Gewissen.

„Warte!", sie hielt ihre Hand vor seinen Mund, um ihn daran zu hindern, sie wieder zu küssen. Sie lachte, als er versuchte an ihrer Hand vorbei zu kommen.

„Nein, warte!", forderte sie.

„Was ist?", fragte er. Er ließ von ihr ab und sah sie lächelnd an. „Hast du Angst?", fragte er schließlich. Magdalena lag noch immer unter ihm.

„Ich muss dir etwas sagen.", begann sie.

„Nicht jetzt, Lena. Das hat Zeit bis morgen.", sagte er und liebkoste ihren Hals. Magdalena drückte ihn etwas energischer zurück. Überrascht sah er auf.

„Meine Brüder sind hier.", platze sie heraus. Für eine Sekunde herrschte absolute Stille. Sie wartete seine Reaktion ab und hoffte inständig, dass er einfach darüber hinweg sehen würde und sie küsste. Doch das tat er nicht. Er setzte sich auf und sah geradeaus, an ihr vorbei. Magdalena erkannte, dass sich etwas in seinem Gesicht veränderte. Was hatte sie getan. Magdalena bereute es in diesem Augenblick. Sie bereute es nicht, ihm von der Anwesenheit ihrer Brüder erzählt zu haben, sondern die beiden überhaupt hier her kommen gelassen zu haben. Denn anscheinend, so stellte sie nun fest, war es ganz und gar nicht in Ordnung. Magdalena setzte sich auf und rutschte näher an ihn heran. Sie berührte seine rechte Schulter und küsste sie sanft. Doch ohne etwas zu sagen stand er auf. Er ging einige Schritte weg vom Bett und drehte sich um.

„Wie konntest du deine Brüder hier her holen?", Eine geballte Ladung Zorn traf

Magdalena. Sie hatte innerlich Angst vor einer derartigen Reaktion, doch damit hatte sie nicht gerechnet.

Magdalena versuchte sich zu verteidigen: „Ich habe mit Mr. Davis gesprochen. Er hat zugestimmt." Der König sah sie an, aber in seinen Augen waren die Liebe und Zuneigung, die sie kurz zuvor genossen hatte, verschwunden. Aufgebracht lief er nun hin und her.

„Bitte, ich wollte keinen Schaden anrichten. Ich war allein und ich wollte meine Familie sehen. Ich hätte nicht gehen dürfen, aber..."

„Aber was?", fragte er ohne sie anzusehen.

„Ich weiß nicht. Ich hatte einfach Sehnsucht.", sagte sie kleinlaut. Der König blieb stehen. Dann lief er wieder hin und her. Er kam auf sie zu und setzte sich neben sie.

„Lena, deine Brüder sind keine Engländer!", er suchte nach den passenden Worten. „Sie leben im Land des Kaisers und niemand weiß, ob er uns noch wohlgesonnen ist. Das Bündnis ist zerbrochen und Gott weiß, ob er sich jetzt nicht gegen uns wendet. Damit sind deine Brüder Staatsfeinde." Er sah sie an und hoffte, dass sie verstand. Und sie verstand. Er hatte recht.

„Was soll ich machen?", fragte sie.

„Sie müssen sofort abreisen.", antwortete er. „Ich veranlasse die Abreise gleich morgen früh." Für einen Moment saßen sie beide schweigend nebeneinander. Er unterbrach die Stille, indem er sagte: „Du solltest jetzt schlafen gehen." Er war enttäuscht. Es gab nichts, was Magdalena noch hätte sagen können. Also stand sie auf und ging in ihren Bereich. Tränen standen ihr in den Augen. Sie hatte alles zerstört! Alles, und sie wusste nicht, ob sie es jemals wieder gut machen könnte. Weinend legte sie sich in ihr Bett. Sie fand keinen Schlaf. Sie beobachtete den Kerzenschein, der noch immer im Nachbarraum flackerte. Sie hatte das Verlangen sich zu schlagen oder zu treten, sich die Haare auszureißen, irgendetwas, um sich zu bestrafen für ihre Dummheit und Naivität. Magdalena schwor sich, nie wieder etwas Unüberlegtes zu tun. Ja, es war schön, ihre Brüder um sich zu haben, doch der König hatte recht, es war dumm von ihr, sie hierher zu holen. Es war gefährlich für sie, aber vor allem für Joseph und Gustav. Magdalena dachte die ganze Nacht darüber nach. Die Kerzen waren mittlerweile abgebrannt und die Nacht ergab sich langsam dem Morgengrauen. Viele Stunden konnte nicht vergangen sein. Es kam Magdalena eher vor wie einige Minuten. Sie entschloss sich, nachdem ihre Brüder abgefahren waren, sich unendliche Male bei dem König zu entschuldigen und sich nichts mehr zu leisten, solange, bis er ihr verzieh. Dann stand sie auf. Sie wollte ihren Brüdern mitteilen, dass sie gehen mussten. Sie zog ihr Kleid von gestern über, fuhr sich ein Mal durch die Haare und verlies das Zimmer. Sie lief den Flur entlang und blieb plötzlich stehen, als sie sah, dass ihr wieder eine Masse an Menschen den Weg versperrten. Alle neigten die Köpfe und drängelten.

„Was ist hier los?", fragte Magdalena eine junge Dame, die direkt vor ihr stand. Sie drehte sich um und wusste sofort um wen es sich handelte. „Dein Bruder.", sagte sie nur. Sie sah Magdalena einen kurzen Augenblick mitfühlend an und drehte sich dann wieder nach vorn.

„Was ist mit meinem Bruder?" Panik stieg in ihr auf. „Was ist mit meinem Bruder?", rief sie nun lauter und voller Angst. Magdalena versuchte sich durch die Menge zu drängen, doch es gab kein Durchkommen. Magdalena sammelte all ihre Kraft und boxte sich einen Weg aus der Masse frei. Sie befand sich am Eingang des Verhandlungsraumes, in dem sie selbst schon gestanden hatte. Sie erkannte ihren Bruder auf der rechten Seite und eine Frau auf der linken Seite.

„Gustav!", rief Magdalena. Die Frau drehte sich um. Ihr Gesicht war dunkelrot und hochgradig geschwollen. Ihre roten Haare waren zerzaust und hingen in Fetzen an ihr herunter. Magdalenas Blick wanderte schockiert an ihr hinab. Ihr Kleid war zerfetzt. Ihre Beine waren übersät mit blauen Flecken und ihr rechtes Knie blutete stark. Dann wanderte Magdalenas Blick wieder an ihr hoch. Ihre Augen waren fast komplett zugeschwollen. Sie blutete aus der Nase. Magdalena hielt sich die Hand vor den Mund. Dann sah sie etwas aufblitzen. Es war ein Stein, der die ersten Sonnenstrahlen des Tages reflektierte. Ein hellblauer Stein, der an einer Kette hing.

20.

Betty. Magdalena rang nach Luft. Sie atmete so heftig ein, dass sie sich daran verschluckte. Nein, nein, das kann nicht sein. Sie sah rüber zu Gustav. Auch er hatte sich zu ihr umgedreht. Sie sah, dass er weinte. Er war verzweifelt und die pure Angst stand in seinem Gesicht.

„Verlassen Sie sofort den Raum!", wies ein Mann sie scharf an. Er saß in der Mitte des Podestes, an der selben Stelle, an der der König bei ihrer Verhandlung gesessen hatte. Neben ihm saß Mr. Davis. Magdalena sah nun zu ihm und hoffte etwas in ihm zu sehen, das ihr Mut und Hoffnung gab, doch sein Blick war eiskalt und ausdruckslos.

„Gustav, was ist hier los?", fragte Magdalena aufgebracht. Im selben Moment kamen zwei Wachen, die Magdalena zu greifen versuchten. Sie wand sich, doch die Wache hatte sie blitzschnell ergriffen.

„Verdammt, was zum Teufel geht hier vor sich?", schrie sie aus Leibeskräften. Doch niemand antwortete ihr. Sie wurde hinaus gezerrt und stehen gelassen. Panisch sah sich Magdalena um. Alle starrten sie an. Einige schienen auf makabere Weise schadenfroh zu sein, andere trauten sich nicht, Magdalena anzusehen und wieder andere wirkten ebenfalls schockiert. Magdalena suchte Halt, sie drohte umzukippen, doch sie versuchte sich zusammen zu reißen.

„Meine Güte, Magdalena! Was ist passiert?" Es war Joseph, der sich zu ihr durch drängte.

„Oh, Joseph." Magdalena fiel in seine Arme. Immer noch schockiert sah sie ihn an. „Ich weiß es nicht. Gustav ist da drinnen und Betty. Sie sieht furchtbar aus, als wäre sie..." Sie brach ab. Dann versuchte sie es erneut. „Als wäre sie brutal verprügelt worden." Magdalena sah ihren Bruder angsterfüllt an. Auch er sah besorgt aus, doch er versuchte die Fassung zu bewahren. Er hielt seine verzweifelte Schwester in den Armen und versuchte angestrengt zu überlegen, was zu tun war.

„Du musst mit dem König sprechen!" Joseph wusste, dass dies die letzte und einzige Möglichkeit war. „Magda!" Er schüttelte sie, denn er erkannte, dass sie kaum mehr ansprechbar war. Sie stand vermutlich unter Schock und nahm nichts um sich herum wahr.

„Ja, der König.", flüsterte sie.

„Magdalena!", schrie er sie an und rüttelte erneut an ihr. „Jetzt reiß dich zusammen, verdammt noch mal!" Magdalena schaute ihren Bruder plötzlich mit klaren Augen an.

„Du hast recht. Es tut mir leid, Joseph. Ich gehe sofort zum..." Dann öffnete sich die Tür. Alle hielten den Atem an und verstummten. Als erstes verließ Betty den Saal. Als sie an Magdalena und Joseph vorbei ging hatte sie ein Grinsen im Gesicht, welches beiden Geschwistern einen eiskalten Schauer den Rücken herunter laufen ließ.

„Dieses Miststück!", schrie Magdalena auf. Sie löste sich aus den Armen ihres Bruders und stürzte sich auf Betty, doch Joseph hielt sie auf. Er griff dazwischen und konnte den Angriff abwehren. „Ich mache dich fertig!", schrie Magdalena ihr hinterher. Doch Betty schlenderte entspannt den Flur hinunter und beachtete sie nicht mehr. Kurz danach sah sie Gustav, der von der Wache aus dem Saal gebracht wurde. Er weinte bitterlich, seine Augen waren stark gerötet und auch er sah fürchterlich aus. Joseph und Magdalena hatten keine Zeit und keine Möglichkeit an ihn heran zu kommen. Die neugierigen Menschen drängten und schubsten sie beiseite.

„Gustav!", rief Joseph. „Gustav!"

„Ich war es nicht. Ich habe nichts getan, das müsst ihr mir glauben!", rief er ihnen zitternd entgegen. Die anderen Menschen hatten ihn nicht verstanden und fragten sich untereinander, was er gesagt hätte. Es wurde plötzlich so laut, dass Magdalena ihr eigenes Wort nicht verstand.

„Du musst jetzt sofort zum König gehen. Wir haben keine Zeit!", befahl Joseph seiner Schwester. Magdalena nickte und löste sich von ihrem Bruder. Sie versuchte sich durch die Menge zu drängen und den Flur, der zum König führte, zu erreichen, als plötzlich erneut helle Aufregung aufkam. Magdalena drehte sich um, konnte aber nichts, als die Köpfe der Menschen vor ihr, sehen. Etwas war im Gange.

„Der andere auch?", fragte eine der Hofdamen ihre Nachbarin. Für einen kurzen Augenblick drehte sich alles um Magdalena herum. Alle Konturen schienen zu verschmelzen, die Farben entwichen den Gegenständen und die Luft schien aus

Magdalenas Lungen zu strömen. Sie bekam keine Luft. Ihre Kehle war wie zugeschnürt.

„Magda.", rief Joseph aufgebracht. Angst lag in seiner Stimme. „Magda, wo bist du? Komm zurück!" Er flehte, bettelte und sie war doch da. Sie war ganz dicht bei ihm, aber sie konnte ihn nicht sehen. Und er konnte sie nicht sehen. Er dachte, sie wäre bereits fort, doch sie stand nur wenige Schritte von ihm entfernt.

„Joseph, ich bin hier!", schrie sie und versuchte ihre Stimme gegen die der aufgebrachten Menschen durch zu setzten. Aber sie war sich nicht sicher, ob er sie gehört hatte. Entschlossen versuchte sie erneut sich durch die Menge zu bewegen, aber dieses Mal zurück zu ihrem Bruder. Sie kämpfte sich durch die Masse und stellte fest, dass Joseph bereits gefesselt war und dabei war abgeführt zu werden. Hinter ihm stand Mr. Davis.

„Mr. Davis, was um Himmels Willen ist hier los?", Magdalena fand kaum die Worte. Es fiel ihr schwer, sich zu konzentrieren, doch sie musste stark und wach bleiben. Was geschah hier? War sie in einem Albtraum, dann wollte sie auf der Stelle erwachen.

„Wir müssen uns unterhalten.", sagte er völlig emotionslos. „Sofort!", fügte er hinzu. Magdalena drehte sich verzweifelt um und konnte gerade noch den Rücken ihres Bruders erkennen, der einen Augenblick später hinter einer Tür verschwand. Magdalena zitterte. Sie sah sich hilfesuchend um. Was sollte sie tun? Um Gottes Willen, was sollte sie tun? Beide Brüder waren festgenommen. Magdalena hatte Angst, Angst um das Leben ihrer Brüder. Sie sah hinauf zur Decke und schickte ein Gebet zum Himmel. Das kann nicht passieren. Das kann nicht wirklich passieren, sagte sie sich, doch sie wusste, dass es gerade jetzt passierte. Magdalena schossen Tränen in die Augen. Sie liefen ihr unentwegt die Wangen hinunter. Oh nein, nein, nein! Magdalena war dem Zusammenbruch nahe. Ihr Gehirn schien auszusetzten und ihr Körper wollte ihr nicht mehr gehorchen. Sie fiel auf die Knie und hielt sich die Hände vors Gesicht. Sie fühlte sich machtlos und absolut hilflos. Dann, wie vom Blitz getroffen, stand sie auf und rannte. Sie rannte so schnell sie konnte. Sie riss die Tür auf, rannte durch das Zimmer und blieb abrupt vor dem Bett stehen. Der König lag in seinem Bett und schien zu schlafen. Magdalena war so verwirrt, dass sie das, was sie sah, nicht glauben konnte. Sie rieb sich die Augen und wischte sich die Tränen daraus, doch ihr Sinn hatte sie nicht getäuscht. Der König lag schlafend in seinem Bett!

„Herr, wach auf!", sagte Magdalena hektisch. Als er nicht reagierte, lief sie zu ihm ans Bett und wiederholte sich: „Bitte, wach auf!" Doch auch dieses Mal kam keine Reaktion, kein Regen, kein Erwachen. Ein Schauer lief Magdalena über den Rücken. Sie schlug hastig die Decke zurück, aber sie erkannte sofort, dass er atmete.

„Wach auf!", rief sie. Wut entflammte in ihr. Wie konnte er nur schlafen? Sie hätte ihn am liebsten geschlagen, bis er endlich seine schlaftrunkenen Augen öffnete und ihr half. Sie rüttelte an ihm, erst sacht, dann immer heftiger, bis sie seinen gesamten Körper in Bewegung gesetzt hatte. Er regte sich nicht. Oh Gott im Himmel, nein! Magdalena sah sich panisch um. Doch alles schien normal und wie immer zu sein.

„Er wird heute nicht mehr aufwachen." Magdalena drehte sich erschrocken um. Mr. Davis stand zusammen mit Betty hinter ihr. Magdalena hatte die beiden nicht reinkommen gehört. Angsterfüllt hielt sie die Luft an.

„Was geht hier vor sich?", fragte Magdalena. Betty bewegte sich auf Magdalena zu. Sie sah noch immer furchtbar zugerichtet aus, aber sie hatte nicht mehr diesen schmerzverzerrten Gesichtsausdruck, den sie noch bei der Verhandlung aufgelegt hatte. Sie grinste und schritt um Magdalena herum. Dann sah auf das Bett und atmete theatralisch ein und aus. „So sah er immer aus, wenn ich mit ihm fertig war." Sie gluckste vor Freude und ging langsam zurück zu Mr. Davis, der Magdalena ernst betrachtete.

„Mr. Davis, bitte erklären Sie mir, was das alles zu bedeuten hat!", bat Magdalena.

„Hast du nicht gesehen, was dein versoffener Bruder mit mir gemacht hat!", schrie Betty plötzlich. „Sieh mich an oder bist du etwa blind? Er hat mich verprügelt, weil ich nicht mit ihm schlafen wollte." Sie fing an zu schluchzen. Sie spielte ihre Rolle fantastisch. Kein Wunder, dass ihr jeder das Schauspiel abgenommen hatte.

„Du lügst. Gustav würde so etwas nie tun. Ich war doch am Abend noch bei dir!", schrie ihr Magdalena entgegen. „Du hast ihn verführt, du miese…"

„Ja, komm doch!", provozierte Betty sie. Sie grinste ihr frech ins Gesicht.

„Mr. Davis, glauben sie ihr nicht! Sie lügt. Ich habe gesehen, wie sie sich an meinen Bruder rangemacht hat. Sie hat ihn verleitet und ihm Alkohol gegeben. Wahrscheinlich hat sie sich selbst verletzt."

„Hör auf, Lena!", fauchte er. „Du wagst es. Du hast den Bogen überspannt. Du dachtest wohl, du könntest dir die Herrschaft an den Nagel reißen, uns alle für dumm verkaufen, aber ich muss dich enttäuschen. Das wird dir nicht gelingen!" Magdalena verstand nicht, was der Mann meinte.

„Ich verstehe nicht.", sagte sie schließlich. Betty lachte auf. „Du verstehst nie, stimmt's?" Sie sah Mr. Davis lächelnd an, dann fuhr sie fort: „Vielleicht verstehst du ja das. Dein Bruder, ähm, wie war sein Name?" Fragend sah sie Mr. Davis an, doch sie wusste genau, wie er heißt. Dann tat sie, als fiele es ihr gerade wieder ein: „Gustav. Ja, richtig. Gustav ist ein verurteilter Straftäter. Er hat mich brutal zusammen-geschlagen." Sie machte eine Pause. „Ich

345

bin mir sicher, er wollte mich umbringen!" Sie atmete schwer, so als fiele es ihr alles andere als leicht, über die Geschehnisse zu reden. Dabei sah sie immer wieder zu Mr. Davis, der regungslos, aber aufmerksam hinter ihr stand. Sie hatte die Zügel in der Hand, sie hatte das Kommando und das ganze war ihr Plan. Es fiel Magdalena wie Schuppen von den Augen. Dann fuhr Betty fort: „Er wird noch heute gehängt." Sie sagte es so beiläufig wie möglich, achtete aber genauestens auf Magdalenas Reaktion. Sie wollte sich daran ergötzen und sich selbst auf die Schulter klopfen, wie clever sie doch war. Und sie hatte ihr Ziel erreicht. Magdalena wurde schwindelig. Für einen Moment schien ihr Herz aufzuhören zu schlagen. Magdalena hatte das Gefühl, das Blut würde in ihren Adern gefrieren. Ihr war plötzlich eiskalt. Sie zitterte wieder, aber dieses Mal vor Kälte. Ihre Lippen bebten und das Blut schien aus ihren Gliedern und aus ihrem Kopf zu weichen. Noch immer war ihr schwindelig und dann war plötzlich alles schwarz. Magdalena schwankte, konnte sich aber gerade noch an der Bettkante abstützen, bevor ihre Beine nachgaben. Sie ließ sich auf das Bett fallen und hielt sich am Bettpfosten fest. Ihre Gedanken kreisten wild. Dann sah sie langsam auf, doch wieder erschienen die Personen verschwommen und seltsam verzerrt. Bewegten sie sich? Magdalena spürte plötzlich einen dumpfen Schlag in ihrem Gesicht. Eine leise Stimme wurde allmählich lauter. Die verschwommenen Konturen wurden nach und nach schärfer, bis Magdalena wieder klar bei Bewusstsein war.

„Hör zu, verdammt noch mal!", schrie Betty hysterisch. Magdalena fasste sich an die Wange. Einer von Beiden hatte sie geschlagen. Die Stelle glühte förmlich. Sie hielt sich weiterhin am Pfosten fest und richtete ihren Blick und ihre Aufmerksamkeit auf die Beiden. Mr. Davis trat hervor und legte Betty beruhigend die Hand auf ihre Schulter. Er verzog keine Miene, doch Magdalena erkannte die Wut in seinen Augen. Hilfesuchend sah Magdalena sich zum König um, doch er lag immer noch regungslos auf dem Bauch im Bett.

„Was habt ihr ihm gegeben?", fragte sie schließlich.

„Keine Sorge." Lächelte er, fragte sich Magdalena, als sie ihren Blick wieder den Beiden zuwandte. „Es ist nur ein Schlafmittel. Morgen ist er wieder der Alte,

347

nicht wahr?" Mr. Davis drehte sich zu Betty um, die jedoch auf einmal abwesend zu sein schien.

„Warum?", brachte Magdalena nach einer langen Pause hervor.

„Wie sonst hätten wir den Prozess führen können?", antwortete er knapp.

„Wir? Es ist also euer beider Plan gewesen." Magdalena ließ den Kopf hängen und schniefte lautstark, als sie der Kummer erneut übermannte.

„Euer Plan!", höhnte Mr. Davis, „Das klingt ja wie eine List." Er lachte plötzlich auf. „Nein, Lena. Es ist keine List. Du bist Schuld daran. Du hast deine Rolle übertrieben und den König um den Finger gewickelt. Er war nicht mehr der Mann, der einst das Land regierte. Er war außer Verstand. Das Urteil der sechs Männer war bestialisch und die öffentlichen Auftritte mit dir! Weißt du, was das ausgelöst hat?" Er sah sie fragend an, doch Magdalena rührte sich nicht. „Die Leute haben angefangen über ihn zu reden. Sie haben sich das Maul zerrissen und an seinen Führungsqualitäten gezweifelt. Es war nur eine Frage der Zeit, bis dich jemand aufhalten musste. Aber selbst das reichte nicht. Ich habe dir gesagt, dass deine Brüder nicht kommen dürften. Hat es dich gehindert, nein!", Er holte kurz Luft. Er begann sich in Rage zu reden. „Du hast die Beiden trotzdem hier her kommen lassen!" Nun sah Magdalena auf. Sie sah Betty an. Sie hätte es sich denken können. Diese hinterhältige Schlange. Auch Betty sah Magdalena an. Um ihre Lippen herum bildete sich erneut dieses intrigante Grinsen. Magdalena schüttelte den Kopf. Wie dumm war sie gewesen, wie dumm nur!

"Aber das Schlimmste ist, dass du eine miese kleine Verräterin bist!", beendete er seine Rede. Magdalena hob verblüfft den Kopf. „Verräterin?", wiederholte sie.

„Ach, bist du nicht, nein?", fragte Mr. Davis, der wahrscheinlich damit gerechnet hatte, dass Magdalena es abschreiten würde.

„Nein, ich weiß nicht, was..."

„Halt die Klappe!", befahl er nun mit kräftiger Stimme. „Willst du also ernsthaft abstreiten, dass du diesen Brief an die Nichte des Kaisers geschrieben hast?" Er zog einen Briefumschlag aus seiner Jackeninnen-tasche. Magdalena erkannte den Brief sofort. Die Umschläge des Königs waren andere, als die gebräuchlichen.

„Na, kommt er dir bekannt vor? Hast du gedacht er geht an uns vorbei? Du musst uns wirklich für dumm halten." Wieder drehte er sich zu Betty um, die ihn zustimmend anlächelte. Magdalena war verzweifelt. Ihr fiel nichts ein, was sie hätte sagen können. Sie mussten den Brief abgefangen haben. Magdalena schlug die Hände vors Gesicht und schüttelte ihren Kopf, hin und her. Nein, das muss ein Albtraum sein! Bitte, lass mich erwachen, bitte, flehte sie, doch niemand wollte sie erhören.

„Es heißt, Joseph hatte den Brief in seinem Gepäck", sagte Mr. Davis. Er hob die Augenbrauen und drehte sich überrascht wirkend zu Betty um. Das war ihr Zeichen.

„Gustav hat mir davon erzählt, gestern Nacht, als er noch vernünftig war. Er sagte, Joseph hätte einen Brief von dir erhalten und er habe den Auftrag, diesen umgehend an Anna weiterzureichen. Es passt alles, Magdalena." Sie sprach ihren Namen übertrieben betont und langsam aus. „Ist es nicht so? Du hast dem Feind Informationen zukommen lassen wollen und deinen Bruder als Boten benutzt." Ihre Stimme war klar und ruhig. Die Hysterie war weg und sie war Herr ihres Verstandes.

„Nein, das stimmt nicht. Ich habe den Brief abgeschickt, lange bevor meine Brüder hier ankamen! Joseph konnte den Brief nicht haben!" Magdalena hielt inne. Sie begriff. „Ihr habt ihn ihm untergeschoben. Ihr habt den Brief abgefangen und auf den richtigen Moment gewartet, bis ihr ihn gegen mich verwenden konntet." Magdalena konnte es nicht glauben. Von Anfang an hatte man auf diesen Moment gewartet. Man wollte sie vernichten, sie zerstören und alle mitreißen, die zu ihr gehörten. Doch Magdalena gab nicht auf.

„Ich habe keine Informationen weitergeben wollen. Ich wollte einer Freundin schreiben, das ist alles.", versuchte sich Magdalena zu rechtfertigen.

„Einer Freundin schreiben?" In Mr. Davis Stimme klang erneut eine geballte Ladung Wut. „Willst du, dass ich ihn dir vorlese? Willst du das? Wenn du so schwer von Begriff bist, frage ich mich, wie du überhaupt im Stande bist, solche Briefe zu schreiben!" Zorn, Wut und Verachtung trafen auf

Magdalena, deren Situation immer auswegloser erschien.

„Ich weiß, was ich geschrieben habe und ich habe gewiss keinen Verrat begangen."

„Du sagst also, du hättest nicht geschrieben, dass der König nach Frankreich aufbreche, um seine Truppen zu unterstützen, er aber so schwach sei, dass du Angst um ihn hast. Du hast nicht geschrieben, welche Sorgen er sich um die Provinz mache und das er einen Plan entwickelt hat, wie er gegen die Schotten vorgehen könnte. Ja, ist das richtig?" Jetzt, wo Mr. Davis die Dinge aufzählte, hätte man ihm glauben können. Man hätte ihm glauben müssen, doch Magdalena hatte es so nicht geschrieben. Aber unterm Strich hatte er recht. Sie sah ihren schweren Fehler ein.

„Anna hätte damit nichts anfangen können, auch der Kaiser nicht.", setzte Magdalena an. „Niemand hätte mit dieser Information etwas anfangen können."

„Hör endlich auf, Lena!", schritt Betty ein. „Es ist vorbei."

Magdalena sah zu den Beiden auf. Ihr Verstand war klar und wach. Im Gegensatz zu vorher, waren ihre Sinne scharf wie nie.

Magdalena sah nun alles gestochen scharf, sie hörte die erste Biene dieses Jahres am Fenster brummen, roch den Duft des kommenden Frühlings und wusste sogleich, dass sie die Apfelbäume dieses Jahr nicht würde blühen sehen.

„Was muss ich tun?", fragte sie schließlich. Magdalena griff nach hinten und berührte den Fuß des Königs. Der letzte Funken Hoffnung verließ sie, als sie keinerlei Regung spürte. Sie gab auf, innerlich. Sie hatte keine Chance, aus dieser Situation heraus zu kommen.

„Du kannst deinen Bruder retten.", setzte Mr. Davis an. Magdalena schaute auf.

„Joseph? Wie?", fragte sie ohne zu zögern.

„Du für ihn oder ihr Beide, ganz einfach.", antwortete Betty. „Er kann gehen, wenn du das hier nimmst." Betty holte ein kleines Fläschen hervor. Die Flüssigkeit war hell und klar. Es war nur ein Schluck, aber Magdalena wusste genau, was dieser Schluck für Folgen haben würde. Betty kam heran und legte das Fläschen auf den Tisch am Fenster. Magdalena folgte ihr mit ihrem Blick und sah resigniert zu Boden.

„Trink es und dein Bruder kann das Land verlassen.", sagte sie, während sie zurück ging.

„Du hast ein paar Minuten.", fügte Mr. Davis hinzu. Dann sahen sich Beide an und verließen den Raum, ohne ein weiteres Wort zu sagen.

„Wartet!", setzte Magdalena an. Die zwei waren gerade dabei die Tür schließen, als sie inne hielten und warteten, was Magdalena zu sagen hatte.

„Wie kann ich mir sicher sein, dass ihr Joseph gehen lasst?"

Mr. Davis kam ein paar Schritte auf Magdalena zu. „Gar nicht.", antwortete er. „Du wirst uns wohl vertrauen müssen." Er grinste schelmisch. Das Böse war ihm buchstäblich ins Gesicht geschrieben.

„Das reicht mir aber nicht!", schrie Magdalena wütend.

„Lena, entweder du trinkst die Flüssigkeit und dein Bruder wird noch heute das Land gesund und munter verlassen oder du tust es nicht und siehst ihn in wenigen Minuten neben deinem anderen perversen Bruder am Mast baumeln." Magdalenas Gesicht war vor Wut verzerrt.

„Wie können Sie es wagen, Gustav als pervers zu bezeichnen, Sie Mistkerl!"

„Magdalena, trink jetzt!" Nun war auch er laut geworden. „Es gibt keine Alternative!" Damit verließ er endgültig den Raum.

21.

Eine Weile saß Magdalena einfach nur da. Ihr Kopf war leer, ihre Kraft aufgebraucht. Sie hatte verloren. Magdalena sah weinend nach oben. Sie suchte etwas, was ihr Mut machte, etwas oder jemanden, der ihr half, die Qual zu überstehen. Sie traf keine Schuld und ihre Brüder ebenso nicht. Sie war in eine Falle getappt, aus der sie nicht frei kam. Zu eng war das Netz, in dem sie sich verfangen hatte. Und sie hatte Unschuldige in den Abgrund mitgerissen. Unschuldige, bei denen sie Trost und Halt suchte, Unschuldige, die nichts für ihre Fehler konnten. Magdalena schrie. Sie trommelte auf ihre Beine bis es weh tat. Sie zog sich an den Haaren, bis sie sich eine Strähne herausgerissen hatte. Dann stand sie auf. Sie lief um das Bett herum. In ihr herrschte unaufhaltsame Wut, die überzulaufen drohte. Sie schlug auf den König ein.

„Wach auf! Wach auf!", schrie sie immer wieder. Ihre Stimme wurde heiser. Sie hatte sich völlig verausgabt. Dann setzte erneut die Verzweiflung ein. Sie kniete sich nieder und rüttelte an seinem Arm. „Oh bitte wach doch auf!". Magdalena flehte ihn an. Er würde ihr helfen. Er würde ihr glauben und sie und ihre Brüder retten. Magdalena weinte und rüttelte unentwegt weiter an ihm. Doch nichts geschah. Ihre Bewegung wurde langsamer bis sie schließlich aufgab und sich auf den Boden fallen ließ. So lag sie eine Weile, bis sie sich sammelte, ihre letzte Reserve an Kraft aufbrachte und entschlossen aufstand. Magdalena ging ans Fenster. Die Sonne, die am Morgen noch herrlich schien, war nun von dicken, grauen Wolken verdeckt. Sie sah hinaus, sah die weiten Wiesen, die bald wieder voller wilder Blumen sein würden, sah die Wälder, die so wunderschön aussahen, als sie, vor nicht allzu langer Zeit, mit glitzerndem Schnee bedeckt waren und sah einen Teil des Gartens. Dort standen sie, die Apfelbäume, deren Knospen schon zu erkennen waren. Magdalena dachte zurück an ihre Heimat, an ihren wilden Garten, an ihren Wald und an ihre Wiesen, auf denen unzählige Gänseblümchen wuchsen. Sie lächelte. Sie sah sich mit Joseph im Garten umherspringen, während Gustav auf der Wiese lag und mit einem Grashalm zwischen den Lippen genüsslich schlief. Magdalena atmete ein letztes Mal tief ein und aus, drehte sich um und nahm die Flasche mit der tödlichen Flüssigkeit. Sie ließ das Fläschen in ihrer Hand verschwinden und sah dann den König an. Sie schluchzte und wischte sich die Tränen aus dem Gesicht. Langsam ging sie um das Bett herum. Sie streifte ihre Schuhe ab, setzte sich und schwang die Beine hoch. Das Fläschen immer noch in der Hand haltend, legte sie sich auf das Bett. Sie rutschte an ihn heran, drehte sich auf die Seite und sah ihn an. Er wirkte so entspannt und in sich ruhig. Ob er träumte, fragte sie sich. Er sah so friedlich aus. Magdalena streichelte sein Gesicht. Es war ihr zugewandt. Sie beugte sich zu ihm und küsste ihn. Sie küsste seine Stirn, dann seine Nase, seine linke, seine rechte Wange und schließlich seinen Mund. Wie sehr wünschte sie sich, dass er die Augen öffnete, sie ansah und sie in den Arm nahm und ihr versicherte, dass alles gut werden würde. Aber er erwiderte ihren Kuss nicht. Magdalenas Tränen tropften auf sein Gesicht und perlten an seinem Kinn ab. Ein letztes Mal streichelte sie ihn und strich ihm eine Strähne aus der Stirn. Sie ließ sein Haar durch ihre Finger gleiten und ließ dann von ihm ab. „Ich liebe dich.", flüsterte sie. Magdalena vernahm Trommelschläge in der Ferne. Sie wusste, was dies zu bedeuten hatte.

„Gustav.", hauchte sie und kämpfte erneut mit einem Schwall an Tränen, der sie zu überrollen drohte. Gefasst drehte sie sich um. Sie lag auf dem Rücken und starrte die Decke an. Dann holte sie das Fläschen hervor. Sie betrachtete die schwankende Flüssigkeit. Magdalena kämpfte gegen die Tränen, die ihr das Sehvermögen zu nehmen schienen. Dann öffnete Magdalena das Fläschen. Ein beißender Geruch trat heraus. Der Trommelschlag wurde immer lauter und fand in kürzeren Abständen statt. Magdalena schloss die Augen und öffnete sie sogleich wieder. Mit der einen Hand griff sie nach der des Königs, mit der anderen hielt sie die Flasche fest. Die Trommeln dröhnten nun in kaum zählbaren Schlägen. Magdalena hielt seine Hand, sie drückte sie, um sich an ihm festzuhalten. Dann setzte sie die Flasche an den Mund. Der Trommelwirbel war kurz vor dem Höhepunkt. Magdalenas Herz raste. Sie drückte die Hand des Königs so fest sie konnte. Dann herrschte Stille. Die Trommeln verstummten, Jubelschreie setzten stattdessen ein. Magdalena ließ das Fläschen fallen, drehte sich zu dem König um und hielt weiterhin seine Hand. Die letzten Tränen liefen ihr übers Gesicht. Magdalenas Puls wurde langsamer und langsamer und langsamer. Ihr fiel es plötzlich schwer, ihre Augen offen zu halten, sie fielen ihr immer wieder. Doch sie spürte eine Ruhe in sich, die ihr gut tat. Ihr Atem war flach und er würde jeden Moment aussetzen. Magdalena schloss nun ihre Augen. Sie war bereit. Bereit den Weg zu gehen. Den Weg, der zu ihrem Bruder führen würde. Magdalena bekam nicht mehr mit, wie er sich regte, wie seine Augenlider zu flattern begangen und seine Muskeln zuckten. Ein letzter Atemzug verließ Magdalenas Körper und sie ergab sich der unendlichen Stille.

Herstellung und Verlag:
BoD - Books on Demand, Norderstedt
ISBN 978-3-7357-9446-8